Jul.

睡美人

[日] 川端康成 著

人们恐惧死亡，但更恐惧衰老

叶渭渠 唐月梅 译

浙江人民出版社

目录 Contents

- 睡美人　001

- 舞　姬　103

- 附录　326

　　《睡美人》解读　326

　　《舞姬》解读　328

　　川端康成生平年谱　336

　　译著等身，风雨同路：记学者伉俪叶渭渠、唐月梅　345

一

客栈的女人叮嘱江口老人说：请不要搞恶作剧，也不要把手指伸进昏睡的姑娘嘴里。

看起来，这里称不上是一家旅馆。二楼大概只有两间客房，一间是江口和女人正在说话的八叠宽的房间，以及贴邻的一间。狭窄的楼下，似乎没有客厅。这里没有挂出客栈的招牌。再说，这家的秘密恐怕也打不出这种招牌来吧。房子里静悄悄的。此刻，除了这个在上了锁的门前迎接江口老人、之后还在说话的女人以外，别无他人。她是这家的主人呢，还是女佣？初来乍到的江口不会知道。总之，她不喜欢客人多问，还是不多问为妙。

女人四十来岁，小个儿，话声稚嫩，仿佛有意操着缓慢的语调，只见两片薄薄的嘴唇在嚅动。嘴巴几乎没有张开，不太看对方的脸。她那双乌黑的瞳眸里含着能使对方放松警惕的神色，还有一种习以为常的沉着，使人丧失对她的戒心。桐木火盆上坐着铁壶，水烧开了，女人用这开水沏了茶。论茶的质量、点茶人掌握的火候，在这种地方、这种场合，实在是出乎意料地再好不过了。这也使江口老人感到心情舒畅。壁龛里挂着川合玉堂的画——无疑是复制品，不过，却是一张温馨的枫林尽染的山村风景画。在这八叠宽的房间里，看不出隐藏着什么异常的迹象。

"请您不要把姑娘唤醒。因为再怎么呼唤她，她也绝不会睁眼的……姑娘熟睡了，什么都不知道。"女人又说了一遍，"她熟睡了，就什么也不知道，就连跟谁睡也……这点请不必顾虑。"

江口老人不免产生各种疑窦，嘴上却没有说出来。

"她是个漂亮的姑娘呢。我也只请一些可以放心的客人来……"

江口没有把脸背过去，而把视线投在手表上。

"现在几点了？"

"差一刻钟十一点。"

"是时候了。上年纪的人都是夜间早睡，清晨早起，您请便吧……"女人说着站起身去打开通往邻室的房门锁。她大概是个左撇子，总使用左手。江口受到开锁女人的影响，屏住了气息。女人只把头伸进门里，好像在窥视着什么。她无疑已习惯于这样去窥视邻室的动静，她的背影本来极其一般，可是，在江口看来却觉得很奇异。她的腰带背后结的花样是一只很大的怪鸟。不知道是什么鸟。如此装饰化的鸟，为什么还给它安上写实的眼睛和爪子呢？当然，这不是一只令人毛骨悚然的鸟，只是模样显得做工笨拙而已。不过，这种场合的女人的背影，要说最能集中反映其可怖性的，就是这只鸟。腰带的底色是几近白色的浅黄色。

邻室显得昏暗。

女人按原样把门关上，没有上锁，钥匙放在江口面前的桌子上。她的神情也不像是检查过邻室，语调也一如既往。

"这是房门钥匙，请舒舒服服地睡一觉吧。如果睡不着，枕边放有安眠药。"

"有什么洋酒吗？"

"噢，这里不备酒。"

"睡前喝点酒也不行吗？"

"是的。"

"姑娘就在隔壁房间吗？"

"她已经睡着了，等着您呢。"

"是吗？"江口有点惊讶。那姑娘什么时候进隔壁房间的呢？什么时候入睡的呢？刚才女人眯缝着眼睛窥视，难道就是要确认姑娘是否已睡着吗？江口从熟悉这家情况的老年朋友那里听说过，姑娘熟睡后等待客人，并且不会醒过来。但到这里来看过，他反而难以置信了。

"您要在这儿换衣服吗？"如果换，女人打算帮忙。江口不言语。

"这里可以听到浪涛声，还有风……"

"噢，是浪涛声。"

"请歇息吧。"女人说着便离去了。

只剩下江口老人独自一人的时候，他环视了一圈这间悄然无声的八叠房间，随后将视线落在通往邻室的门上。那是一扇用三尺长的杉木板做成的门。看样子这门是后来才安装上去，而不是当初盖房子的时候就有的。察觉到这点，他又发现这面墙原先可能就是隔扇拉门，但为了做"睡美人"的密室，后来才改装成墙壁的吧。这面墙壁的颜色，虽说与四周的墙很协调，但还是显得新些。

江口拿起女人留下的钥匙看了看。这是一把极简单的钥匙。拿钥匙自然是准备去邻室的，可是江口没有站起身来。刚才女人说过，浪涛汹涌。听起来像是海浪撞击着悬崖的声音。这幢小房子坐落在悬崖边上。风传来了冬天将至的信息。风声使江口老人感觉到冬之将至，也许是由于这幢房子的缘故，也说不定是江口老人的心理作用。这里属温暖地带，只要有个火盆就不觉寒冷。四周没有风扫落叶的动静。江口深夜才到这里来，不太清楚这附近的地形，却闻到海的气味。一走进大门，就看到庭院远比房子宽阔得多，种植了许多参天的松树和枫树。黑松的树叶在昏暗的空中摇曳，显得强劲有力。这家先前可能是幢别墅。

江口用还攥着钥匙的手，点燃了一支香烟，只抽了一两口，就将它掐灭在烟灰缸里，接着又点燃第二支，慢条斯理地抽着。这时他的心境，与其说是在自嘲心中的忐忑不安，莫如说是涌上一种讨厌的空虚感更为贴切。往常江口临睡前总要喝点洋酒，不过睡眠很浅，又常做噩梦。江口读过一个年纪轻轻就因癌症死去的歌女的和歌，其中写到她在难眠的夜里吟了这样一首歌："黑夜给我准备的，是蟾蜍、黑犬和溺死者。"江口还牢记不忘。现在他又想起这首和歌来。在邻室睡着的姑娘，不，应该说是让人弄睡着了的姑娘，是不是就像那"溺死者"呢？想到这儿，江口就对去邻室踌躇不前了。虽然没有听说用什么办法让姑娘熟睡，但总而言之，她似乎是陷入不自然的、不省人事的昏睡状态。比如说，她也许吸了毒，是一副肌肤呈混浊的铅色、眼圈发黑、肋骨凸现、瘦骨嶙峋的模样，或是一副胖乎乎的全身冰凉的浮肿模样，也许还是一副露出令人生厌的污秽的紫色牙龈、呼出轻轻的鼾声的样子呢。江口老人在六十七年生涯中，当然经历过与女人相处的丑陋之夜。而且这种丑陋反而难以忘怀。那不是容貌丑陋的问题，而是女人不幸人生的扭曲所带来的丑陋。江口觉得自己都这把年纪了，并不想再增添一次与女人的那种丑陋的邂逅。他到这家来，真到要行动的时候，就是这样想的。然而，还有什么比一个老人躺在让人弄得昏睡不醒的姑娘身边睡上一夜更丑陋的事呢？江口到这里来，不正是为了寻觅老丑的极致吗？

客栈女人说过"可以放心的客人"。确实，到这家来的，似乎都是些"可以放心的客人"。告诉江口这家情况的，也属于这样的老人。此人已经完全成为一个非男性的老人了。这个老人似乎认定江口也同样进入了耄耋之年的行列。这家女人大概净同这样一些老人打交道，因此她对江口既没有投以怜悯的目光，也没有露出试探的神色。不过，精于寻花问柳路数的江口，虽然还不属于女人所说的"可以放心的客人"，但是只要他想那样做，自己是可以做到的。那就要看届时自己的心情如何、地点怎样，还要根据对象来决定。在这一点上，他觉得自己已进入老丑之境，距这家的老龄客人那种凄怆境地为期不远。到这儿来看看，正是这种征兆的显露。因此，江口绝不想揭示在这里的老人们的丑态，或打破那可怜的禁忌。如果想不打破，也是可以不打破的。这里似乎也可以叫作"秘密俱乐部"，不过很少有老人会员。江口来这里不是为了揭露俱乐部的罪恶，也不是为了搅乱俱乐部的规矩。自己的好奇心不那么强烈，正显示自己已经老得可怜。

"有的客人说，入睡后做了美梦。还有的客人说，想起了年轻时代的往事呢。"江口老人想起刚才那女人说的话，脸上没有一丝苦笑，他一只手扶着桌子站起身来，把通往邻室的杉木门打开了。

"啊！"

深红色的天鹅绒窗帘使江口不由得脱口喊了一声。由于房间昏暗，那深红色显得更深了，而且窗帘前面仿佛有一层微微的亮光，令人感到恍若踏入梦幻之境。房间的四周都垂下帷幔。江口刚穿过的那扇杉木门，本来也是盖着帷幔的，帷幔的一头就在这里拉开了。江口把门锁上后，一边把帷幔掩上，一边俯视着昏睡的姑娘。姑娘并非在装睡，他确实清晰地听见了她深沉的鼻息。姑娘那意想不到的美，使老人倒抽了一口气。意想不到的不仅仅是姑娘的美,还有姑娘的年轻。姑娘侧着身,左手朝下,脸朝这边侧卧着。只见她的脸,却看不见她的身躯。估计不到二十岁吧。江口老人觉得自己的一颗心仿佛在振翅欲飞。

姑娘的右手腕从被窝里伸了出来,左手好像在被窝里斜斜地伸着。她右手的拇指有一半是压在脸颊的下方,这张睡脸靠在枕头上。熟睡中的指尖很柔软,稍微向内弯曲,手指根部可爱的凹陷都看不到了。温暖的血色从手背流向指尖,血色越发浓重。这是一只滑润而又白皙的手。

"睡着了吗?不想起来吗?"江口老人像是要去抚触这只手才这样说的。他终于握住这只手,轻轻地摇了摇。他知道姑娘是不会睁开眼睛的。江口一直握住她的手,心想她究竟是个怎样的姑娘呢?望了望她的脸,只见她眉毛的妆也是淡雅的,紧合着的眼睫毛很整齐。他闻到姑娘秀发的芬芳。

良久,江口听见汹涌的涛声,那是因为他的心被姑娘夺去了。不过,他决意换了装。这才察觉到房间里的光线是从上面投射下来的,他抬头望去,只见天花板上开着两个天窗,灯光透过和纸扩散开去。这种光线也许很适合天鹅绒深红的颜色,也许在天鹅绒颜色的映衬下,姑娘的肌肤才显出梦幻般的美,心情激动的江口开始冷静地思考问题了。姑娘的脸色好像不是被天鹅绒的红色映衬出来的。江口的眼睛逐渐适应了这房间里的光线，对往常习惯在黑暗中睡觉的他来说，这房间太亮了，但又不能把天花板上的照明灯关掉。他一眼就瞧见了那一床华美的鸭绒被。

江口轻轻地钻进了被窝，生怕惊醒本不会醒过来的姑娘。姑娘似乎一丝不挂。而且当老人钻进被窝的时候，姑娘似乎也毫无反应，连耸缩胸脯或抽缩腰部之类的动作都没有。对于一个年轻女子来说，无论睡得多么熟，这种灵敏的条件反射的动作总会有的，可是，看样子她这是非同寻常的睡眠了。这样，江口反而伸直了身子，像是要避免触碰姑娘的肌肤似的。姑娘的膝盖稍微向前弯曲，江口的腿就显得拘束了。左手朝下侧身睡着的姑娘，江口即使不看，也感觉得到她的右膝不是朝前搭在左膝上的那种防守性姿势，而是将右膝向后张开、右腿尽量伸直的姿态。肩膀与腰的角度由于躯体的倾斜而变得不一样。看样子姑娘的个子并不高。

江口老人刚才握住姑娘的手摇了摇，她的指尖也睡得很熟，一直保持着江口放下时的那种形状。老人把自己的枕头抽掉时，姑娘的手就从枕头的一端掉落下来。江口将一只胳膊肘支在枕头上，一边凝视着姑娘的手，一边喃喃自语："简直是一只活手嘛。"活着这个事实当然不容置疑，他的喃喃自语，流露出着实可爱的意思。但这句话一出口，又留下了令人毛骨悚然的弦外之音。被弄成熟睡得不省人事的姑娘，就算不是生命停止，也是丧失了生命的时间，沉入了无底的深渊。难道不是吗？没有活着的偶人，所以她不可能变成活着的偶人，只是为了不让已经并非男性的老人感到羞耻，被造成了活着的玩具。不，不是玩具。对这样的一些老人来说，也许那就是生命本身。也许那就是可以放心地去触摸的生命。在江口的老眼里，姑娘的手柔软又美丽。抚触它，只觉肌理滑润，看不见纤细的皮肤纹理。

姑娘的耳垂色泽，与流向指尖的越发浓重而温暖的血一样红。它映入了老人的眼帘。老人透过她的秀发缝隙窥视她的耳朵。耳垂的红色与姑娘的娇嫩刺激着老人。虽说江口出于好奇心的驱使才来这秘密之家，但也开始感到迷惘，他琢磨着，可能越衰老的老年人就越是带着强烈的喜悦和悲哀进出这里的。姑娘的秀丽长发是自然生成的。也许是为了让老人们抚弄才留长的吧。江口一边把她的脖颈放在枕头上，一边撩起她的秀发，让她的耳朵露出来，皮肤洁白极了。脖颈和肩膀也很娇嫩。没有女人圆圆的鼓起。老人把视线移开，环视室内，只见自己脱下的衣服放在无盖箱里，哪儿也看不见姑娘脱下的衣物。也许是刚才那个女人拿走了，但也说不定姑娘是一丝不挂地进房间里来的。想到这儿，江口不禁吓得心里扑通一跳。姑娘的全身，可以说一览无余。事到如今，还有什么可怕的呢。虽然江口明知姑娘就是为了让人看才被人弄得昏睡不醒的，但他还是用被子盖上姑娘那显露的肩膀，然后闭上了眼睛。在飘逸的姑娘的芳香中，一股婴儿的气味蓦地扑鼻而来。这是吃奶婴儿的乳臭味，比姑娘的芳香更甜美、更浓重。

"不至于吧……"这姑娘不会是生了孩子涨奶了，乳汁便从乳头分泌出来了吧。江口又重新打量了一番，观察姑娘的额头、脸颊，以及从下巴颏到脖颈，十足的少女般的线条。本来光凭这些就足以判明了，可是他还是稍微掀开盖着肩膀的被子，窥视了一眼。显然不是喂过奶的形状。他用指尖轻轻抚触了一下，乳头根本就没有湿。再说，就算姑娘不到二十岁，形容她乳臭未干也不合适，她身上理应早已没有乳臭味。事实上，应该只有成熟女子的气味。然而江口老人此时此刻确实嗅到吃奶婴儿的气味。莫非这是刹那间的幻觉？他纳闷：为什么会产生这种幻觉？他百思不得其解。也许那是从自己心灵上突然出现的空虚感的缝隙里冒出的吃奶婴儿的气味吧。江口这样思忖着，不觉陷入了悲伤的寂寞情绪。与其说是悲伤或寂寞，不如说是老年人冻结似的凄怆。面对散发着芬芳靠过来的又娇嫩又温暖的姑娘，这种凄怆逐渐演变成一种可怜和可爱的情怀。也许这种情怀忽然把冷酷的罪恶感掩饰过去了。不过，老人在姑娘身上感受到了音乐的奏鸣。音乐是充满爱的东西。江口想逃出这个房间，他环视了一下四面的墙壁。然而，四周笼罩在天鹅绒的帷幔中，没有一个出口。深红色天鹅绒承受着从天花板投射下来的光线，十分柔软，却纹丝不动。它把昏睡的姑娘和老人闭锁在里面了。

"醒醒吧！醒醒吧！"江口抓住姑娘的肩膀摇晃了一下，而后又抬起她的头，对她说，"醒醒吧！醒醒吧！"

江口内心涌起一股对姑娘的感情，才做出这样的动作。姑娘昏睡着，不说话，不认识老人，也听不见老人的声音。就是说，姑娘这样不省人事，连对象是江口其人也全然不晓得。这一切，使老人越发忍受不了。他万没有想到，姑娘对老人的存在一无所知。此刻姑娘是不会醒过来的，昏睡的姑娘那沉甸甸的脖子枕在老人的手上，她微微颦蹙双眉，这点使老人觉得姑娘确实是活着的。江口轻轻地把手停住。

假如这种程度的摇晃就能把姑娘给摇醒，那么，给江口老人介绍这儿的木贺老人所说的"活像与秘藏佛像共寝"的所谓这家的秘密，就不成其为秘密了。绝不会醒过来的姑娘，对这些冠以"可以放心的客人"的老人来说，无疑是一种使人安心的诱惑、冒险和安乐。木贺老人他们曾对江口说，只有在昏睡的姑娘身旁时才感到自己是生机勃勃的。木贺造访江口家时，从客厅里望见一个红色的玩意儿，掉落在秋天庭院枯萎的苔藓地上，不禁问道："那是什么？"

说着立即下到院子里去把它捡了起来。原来是常绿树的红色果实。稀稀拉拉地掉个不停。木贺只捡起了一颗，把它夹在指缝间，一边玩弄着，一边谈这个秘密之家的故事。他说，他忍受不了对衰老的绝望时，就到那家客栈去。

"很早以前，我就对女人味十足的女人感到绝望。告诉你吧，有人给我们提供熟睡不醒的姑娘呢。"

熟睡不醒，什么话也不说，什么也听不见的姑娘，对早已不能作为男性成为女人的对象的老人来说，她什么话都会对你说，你说什么话她都会爱听吗？但是，江口老人还是第一次与这样的姑娘邂逅。姑娘肯定多次接触过这样的老人。一切任人摆布，一切全然不知，像昏死过去般沉睡，沉睡得那么天真无邪、那么芳香、那么安详。也许有的老人把姑娘全身都爱抚过了，也许有的老人自惭形秽地呜咽大哭。不管是哪种情况，姑娘都全然不知。江口一想到这里，就什么也不能做了。连要把手从姑娘的脖颈下抽出来，也是小心翼翼的，恍如处置易碎的东西，然而，心情还是难以平静，总想贸然把姑娘唤醒。

江口老人的手从姑娘的脖颈下抽出来时，姑娘的脸缓缓地转动了一下，肩膀也随之挪动，变成仰卧了。江口以为姑娘会醒过来，将身子向后退了些。仰躺的姑娘的鼻子和嘴唇，承接着从天花板上投射下来的光，闪闪发亮，显得十分稚嫩。姑娘抬起左手放到嘴边，像是要吸吮食指。江口心想，这可能是她睡觉时的毛病吧。不过，她的手只轻轻碰了一下嘴唇，嘴唇松弛，牙齿露了出来。原先用鼻子呼吸，现在变成用嘴呼吸，呼吸有些急促。江口以为姑娘呼吸困难，但她又不像是痛苦的样子。姑娘的嘴唇松弛微张，脸颊仿佛浮出了微笑。这时拍击着高崖的涛声又传到江口的耳边。从海浪退去的声音，可以想象高崖下的岩石之大。积存在岩石背后的海水也紧追着退去的海浪远去了。姑娘用嘴呼吸的气味，要比用鼻子呼吸的气味更大些。但是，没有乳臭味。刚才为什么会忽然闻到乳臭味呢？老人觉得奇怪，他想，自己可能还是在姑娘身上感受到了成熟的女人味吧。

江口老人现在还有个正在吃奶、散发着乳臭味的外孙。外孙的身影浮现在他的脑海里。他的三个女儿都已出嫁，生了孩子。他不仅记得外孙们乳臭未干时的情景，还忘却不了抱着还在吃奶婴儿时代的女儿们的往事。这些亲骨肉在婴儿时代的乳臭味忽然复苏了，像是在责备江口。不，这恐怕是江口爱怜昏睡着的姑娘，在自己的心灵里散发出来的气味吧。江口自己也仰躺着，不去碰触姑娘的任何地方，就合上了眼睛。他想还是把放在枕边的安眠药吃了吧。这些安眠药的药劲肯定不像让姑娘服用的那么强烈，自己肯定会比姑娘早醒。不然，这家的秘密和魅惑，不就整个都崩溃了吗？江口把枕边的纸包打开，里面装有两粒白色的药片。吃一粒就昏昏然，似睡非睡。吃两粒就会睡得像死了一样。江口心想：果真这样，不是很好吗？他望着药片，有关令人讨厌的乳臭的回想和令人狂乱的往事的回忆又浮现出来。

"乳臭味呀，是乳臭味嘛。这是婴儿的气味啊！"正在拾掇江口脱下的外衣的女人勃然变了脸色，用眼睛瞪着江口说，"是你家的婴儿吧。你出门前抱过婴儿吧？对不对？"

女人哆哆嗦嗦地抖动着手又说："啊！讨厌！讨厌！"旋即站起身，把江口的西服扔了过来。"真讨厌！出门之前干吗要抱婴儿呢？！"她的声音骇人，面目更可怕。这女人是江口熟悉的一个艺伎。虽然她明知江口有妻小，但江口身上沾染的婴儿乳臭味，竟引得她泛起如此强烈的嫌恶感，燃起如此妒忌之火。从此以后，江口与艺伎之间的感情就产生了隔阂。

这艺伎所讨厌的气味，正是江口的小女儿所生的吃奶婴儿传给他的乳臭味。江口在结婚前也曾有过情人。由于妻管严，偶尔与情人幽会，情感就格外激越。有一回，江口刚把脸移开，就发现她的乳头周围渗出薄薄的一层血。江口大吃一惊，却装作若无其事的样子，温柔地把脸凑了上去，将血吸吮干净。昏睡不醒的姑娘，全然不晓得有这些事。这是经过一阵狂乱之后发生的事，江口就算对姑娘说了，她也不会感到疼痛。

如今两种回忆都浮现了出来，这是不可思议的。那已是遥远的往事了。这种回忆是潜藏着的，所以突然感受到的乳臭味，不可能是从这个熟睡着的姑娘身上散发出来的。虽说这已经是遥远的往事，但试想一想，人的记忆与回忆，也许唯有旧与新的区别，而难以用真正的远近来区别吧。六十年前幼年时代的往事，也许比昨天发生的事记得更清晰鲜明、栩栩如生。老来尤其是这样，难道不是吗？再说，幼年时代发生的事，往往能塑造这个人的性格，引导他的一生，不是吗？说来也许是桩无聊的事，不过，第一次教会江口"男人的嘴唇可以使女人身上几乎所有部位出血"的，就是那个乳头周围渗出血的姑娘。

在这个姑娘之后,江口反而避免让女人渗出血来,但是他觉得这个姑娘给他送来了一件礼物,就是使这个男人的一生变强了。直到年满六十七岁的今天,他这种思绪依然没有消失。

也许这是一件更加无聊的事:江口年轻的时候,曾有某大公司的董事长夫人——人到中年,风传是位"贤夫人",又是位社交广泛的夫人——对他说:"晚上,我临睡前,会合上双眼,掰指数数有多少男人跟我接吻而不使我生厌。我快乐得很。如果少于十个,那就太寂寞啦。"

说这话时,夫人正与江口跳华尔兹。夫人突然做了这番坦白,让江口听起来仿佛自己就是她所说的、即使接吻也不使她生厌的男人中的一个,于是年轻的江口猝然把握住夫人的手松开了。

"我只是数数而已……"夫人漫不经心地说,"你年轻,不会有什么寂寞得睡不着的事吧。如果有,只要把太太拉过来就了事。不过,偶尔也不妨试试嘛,有时我也会对人有好处的。"夫人的话声,是枯燥无味的。江口没有什么回应。夫人说"只是数数而已",然而江口不禁怀疑她可能一边数数,一边想象着那男人的脸和躯体,而要数到十个,得费相当长的时间去想入非非吧。江口感受到最好年华刚过的夫人那股迷魂药般的香水味,骤然间浓烈地扑鼻而来。夫人睡觉前,如何去想象江口这个被她认定为跟她接吻也不生厌的男人,纯属夫人的秘密和自由,与江口无关。江口无法防止,也无从抱怨。但一想到自己在全然不知的情况下，成为中年女人心中的玩物，不免感到龌龊。夫人所说的话，他至今也没有忘却。后来他也曾经怀疑，说不定那些话是夫人为了不露痕迹地挑逗年轻的自己，或是试图调戏自己而编造出来的呢。此后不知过了多少年，脑子里只留下夫人的话语。如今夫人早已过世。江口老人也不再怀疑她的话。那位"贤夫人"临死前会不会还带着"一生中不知跟几百个男人接吻"的幻想呢？

江口已日渐衰老，在难以成眠的夜里，偶尔想起夫人的话，也掰指掐算女人的数目。不过，他的思绪不轻易停留在与之接吻也不生厌的女人身上，而往往容易去追寻那些与他有过交情的女人的往事。今夜由昏睡的姑娘诱发的乳臭味的幻觉，使他想起了昔日的情人。也许因为昔日情人乳头渗出的血才使他突然闻到这姑娘身上根本不可能散发的乳臭味。一边抚摩着昏睡不醒的美人，一边沉湎在一去不复返的对昔日女人的追忆中。也许这是老人可怜的慰藉。不过，江口形似寂寞，内心却感到温馨和平静。江口只抚摩了姑娘的胸脯，看看是否濡湿了，他内心没有涌起那股疯狂劲头，也没有想让晚醒的姑娘看见乳头渗出血而感到害怕。姑娘的乳房形状很美，但是老人却想着另一个问题：在所有的动物中，为什么只有女人的乳房形状，经过漫长的历史演变渐臻完美呢？使女人的乳房渐臻完美，难道不是人类历史的辉煌荣光吗？

女人的嘴唇大概也一样。江口老人想起有的女人睡觉前化妆，有的女人睡觉前则卸妆，有的女人在抹掉口红后，嘴唇的色泽就变得黯然无光，露出萎缩的混浊来。此刻自己身边熟睡的姑娘，在天花板上的柔和灯光照耀下，加上四周天鹅绒的映衬，无法辨明是否化过淡妆，但她确实没有让眼睫毛翘起来，张嘴露出的牙齿闪烁着纯真的亮泽。这姑娘不可能具备这样的技巧，比如睡觉时嘴里含着香料，散发着年轻女人从嘴里呼出的芳香。江口不喜欢色浓而丰厚的乳晕，轻轻地掀开盖住姑娘肩膀的被子，看到它似乎还很娇小，呈桃红色。姑娘是仰躺着的，接吻时胸脯可以紧贴着她。她哪里只是即使接吻也不生厌的女人。江口觉得像他这样的老人能与这般年轻的姑娘度过这样的时刻，不论付出多大的代价都是值得的，哪怕把一切都赌上也在所不惜。江口还想，恐怕到这里来的老人也都沉湎在愉悦之中吧。老人中似乎也有贪婪者，江口的脑海里也不是没有闪过那种贪婪无度的念头。但是，姑娘熟睡着，她什么都不知道，醒来时她的容貌会不会也像此时此地所看到的这样，既不龌龊，也不变形呢？江口没有陷入恶魔般丑陋的放荡，因为熟睡不醒的姑娘睡姿着实太美。江口与其他老人不同，是不是因为他还保留着男子汉的能力呢？姑娘就是因为那些老人才让人弄得昏睡不醒。江口老人已经两次试图把姑娘唤醒，尽管动作很轻。万一有个差错，姑娘真的醒来，老人打算怎么办呢？他自己也不知道。不过，这可能是出于对姑娘的爱吧。不，也许是出于老人自身的空虚和恐惧。

"她是在睡吗?"老人意识到大可不必喃喃自语,可自己却唠叨出来,便补充了一句,"是不会永远睡下去的。姑娘也罢,我也罢……"姑娘就是在非同往常的今晚,也一如平日,是为了明早活着醒来才闭上眼睛的。姑娘把食指放在唇边,弯曲的胳膊肘显得碍事。江口握住姑娘的手腕,将她的手伸直放在她的侧腹处。这时正好触到姑娘手腕的脉搏,江口就势用食指和中指按住姑娘的脉搏。脉搏很可爱地、有规律地跳动着。她睡眠中的呼吸很安稳,比江口的呼吸稍缓慢些。风一阵阵地从房顶上掠过,但风声不像刚才那样给人一种冬之将至的感觉。拍击悬崖的浪涛声依然汹涌澎湃,然而听起来却觉得它变柔和了。浪涛的余韵就像姑娘体内奏鸣的音乐从海上飘来,其中仿佛夹杂着姑娘手腕的脉搏和心脏的跳动。老人恍若看到洁白的蝴蝶,和着音乐在眼帘里翩翩起舞。江口把按住姑娘脉搏的手松开,这样就没有抚触姑娘的任何部位。姑娘嘴里的气味、身体的气味、头发的气味都不太强烈。

江口老人又想起与那乳头周围曾渗出血的情人,从北陆绕道私奔到京都那几天的情景来。现在能如此清晰地回想起那些往事,也许是因为隐约感受到了这位纯真姑娘体内的温馨。从北陆去京都的铁路沿线有许多小隧道。火车每次钻进隧道的时候,姑娘可能会因为害怕而惊醒过来,靠到江口的膝上,握住他的手。火车一钻出小隧道,每每看到一道彩虹挂在小山上或海湾的上空。

"啊！真可爱！""啊！真美！"每次看到小小的彩虹，姑娘都会扬声赞叹。可以说，火车每次钻出隧道，她都左顾右盼地寻找彩虹，也都能找到。彩虹的颜色浅浅淡淡的，若隐若现，模糊不清，令人感到奇妙。她觉得这是不吉利的兆头。

"我们会不会被人追上呢？一到京都，很可能就被人抓住，一旦送回去，就再也不能从家里跑出来啦。"江口明白，自己大学毕业后刚就职，无法在京都谋生，除非双双殉情，不然早晚还得回东京。江口的眼里又浮现出那姑娘观看淡淡的彩虹的情景，以及姑娘那美丽的秘密之地，这幻影总也拂不去。江口记得那是在金泽的河边一家旅馆里看到的。那是一个细雪纷飞的夜晚。年轻的江口为那美丽倒抽了一口气，感动得几乎流下眼泪。此后的几十年里，在他所见过的女人身上，再也没有看到那种美了。他越发懂得那种美，逐渐意识到那秘密之地的美，就是那姑娘心灵的美，有时他也揶揄自己"净想那些傻事"，但那憧憬却逐渐变成真实，成为这老人至今仍不可能抹掉的强烈的回忆。在京都，姑娘被她家派来的人带回家后，不久就让她出嫁了。

偶然在上野的不忍池畔与那姑娘邂逅，姑娘是背着婴儿走来的。婴儿戴着一顶白色的毛线帽。那是不忍池的荷花枯萎的季节。今天夜里，江口躺在熟睡的姑娘身边，眼帘里浮现出翩翩飞舞的白蝴蝶，说不定是那婴儿的白帽子的缘故呢。

在不忍池畔相会时，江口只问了她一句话："你幸福吗？""嗳，幸福。"姑娘猛然回答。她只能这样回答吧。"为什么一个人背着婴儿在这种地方漫步？"姑娘对这滑稽的提问缄口不语，望了望江口的脸。

"是男孩儿还是女孩儿？"

"瞧你问的！是女孩儿，看不出来吗？"

"这个婴儿，是我的孩子吧？"

"啊！不是，不是的！"姑娘怒形于色，摇了摇头。

"是吗？如果这是我的孩子，现在不告诉我也没关系，几十年后再告诉我也可以，等你想说的时候，再告诉我吧。"

"不是你的，真的不是你的孩子。我不会忘记曾经爱过你，但请你不要怀疑到这孩子身上。这样会搅扰孩子的。"

"是吗？"江口没有硬要看看孩子的脸，却一直目送着这女人的背影。女人走了一段路，一度回过头来。她知道江口还在目送她，就加快脚步匆匆离去。此后就再也没有见面。江口后来听说，她在十多年前就已辞世。六十七岁的江口，亲戚挚友作古的也为数不少，然而唯独对这姑娘的回忆最鲜明。婴儿的白帽子和姑娘秘密之地的美，以及她那乳头四周渗出来的血搅和在一起，至今还记忆犹新。这种美是无与伦比的。这一点，在这个世界上除了江口之外，恐怕就没有别人知道了。江口老人心想，自己距死亡已不遥远，将完全从这个世界上消失。那姑娘虽然很腼腆，但还是坦诚地让江口看了。也许这是姑娘的性格，不过她肯定不知道自己那地方的美，因为她看不见。

江口和这姑娘到达京都后，一大早就漫步在竹林道上。竹叶在晨光的照射下，闪烁着银色的亮光，随风摇曳。上了年纪，回想起来，只觉得那竹叶又薄又软，简直就是银叶，连竹竿也像是银做的。竹林一侧的田埂上，开着大蓟和鸭跖草花。从季节上来说，似乎不合时宜，但是这样一条路却浮现了出来。过了竹林道，沿着清溪溯流而上，只见一道瀑布滔滔地倾泻下来，在日光的照耀下，溅起金光闪闪的水花。水花中站着一个裸体姑娘。虽然实际上不会有这种事，可是不知从什么时候起，这情景竟留在江口老人的记忆里。上了年纪之后，有时看到京都附近小山上一片优美的赤松树干，就会唤回对这个姑娘的记忆。但是很少像今夜回忆的这样清晰。难道这是受到熟睡姑娘的青春的诱惑吗？

江口老人睁大眼睛，毫无睡意。除了回忆眺望淡淡彩虹的姑娘以外，他不想再回忆别的女人，也不想抚摩或露骨地看遍熟睡的姑娘。他俯卧着，又把放在枕头下面的纸包打开。这家女人说是安眠药，但究竟是什么药呢？与让这姑娘吃的药是不是一样的呢？江口有点踌躇，只拿了一片放进嘴里，然后喝了许多水。他惯于在睡觉前喝点酒，大概是平素没有服用过安眠药，吃下去很快就进入了梦乡。老人做了梦，梦见被一个女人紧紧地抱住。这个女人有四条腿，她用这四条腿缠绕着他。另外还有胳膊。江口蒙眬地睁开眼，觉得四条腿好不奇怪，但并不觉得可怕，反而觉得比两条腿对自己的诱惑力更强。他精神恍惚，心想：吃这药就是让你做这种梦的吧。这时，姑娘背朝着他翻了个身，腰部顶着他。江口觉得比腰更重要的是她的头转向了另一边，似乎怪可怜的。他在似睡非睡的甜美中，把手指伸到姑娘披散的长发里，为她梳理似的，又进入了梦境。

第二次做的梦，是个实在令人讨厌的梦。在医院的产房里，江口的女儿生下了一个畸形儿。究竟畸形成什么样子，老人醒来后也记不清了。大概是不愿记住的缘故吧。总之，是很严重的畸形。产妇立即将婴儿藏了起来。站在产房白色窗帘后面的产妇，正在虐杀婴儿，要将之抛弃。医生是江口的友人，穿着白大褂站在一旁。江口也站在那里观看。于是就像被梦魇住，惊醒过来，这回是清清楚楚的。把四周围起的深红色的天鹅绒帷幔让他毛骨悚然。他用双手捂着脸，揉了揉额头。这是一场多么可怕的噩梦。这家的安眠药里，不至于潜藏着恶魔吧。难道是由于为寻求畸形的快乐而来，才做了畸形快乐的梦吗？江口老人不知道自己的三个女儿中，哪个女儿是梦中所见的，但不论哪个女儿，他连想都没想过会那样，因为她们三个都生下了身心健全的婴儿。

如果江口现在能起床，他也会希望回家。但是为了睡得更沉，江口老人把枕头下面剩下的另一片安眠药也服用了。开水通过了食道。

熟睡的姑娘依然背向着他。江口老人心想：这个姑娘将来也未必不会生下那么愚蠢、那么丑陋的孩子。想到这儿，江口老人不由得把手搭在姑娘那松软的肩膀上，说："转过身来，朝着我嘛。"姑娘仿佛听见了似的，转过身来，并且出乎意料地将一只手搭在江口的胸脯上，像是冷得发抖似的把腿也凑了过来。这个温馨的姑娘怎么可能冷呢。姑娘不知是从嘴里，还是从鼻孔里发出了细微的声音："你不是也在做噩梦吗？"

但是，江口老人早已沉睡了。

二

江口老人根本没有想到会再度来到"睡美人"之家,至少初次到这里来的时候没有想过还要来。就是翌日早晨起床回家的时候也一样。

江口给这家打电话询问:"今天夜里我可以去吗?"这是距初次去半个月以后的事。从对方接听人的声音来看,似乎还是那个四十来岁的女人,电话里的声音是从一个寂静的地方传来的,听起来又冷淡又低沉。

"您说现在就来,那么几点钟才能到达这里呢?"

"是啊,大概九点过后吧。"

"这么早来不好办呀。因为对方还没有来,即使来了也还没有熟睡呢……"

"……"

老人不禁吓了一跳。

"我会让她在十一点以前睡觉,那个时候您再来吧,我们等着您。"女人说话的语调慢条斯理,可是老人心中却已迫不及待。"好,就那时去。"他回答,声音干枯乏味。

江口本想以半开玩笑的口吻说："姑娘还没有睡不是挺好吗，我还想在她睡前见见她呢。"尽管这不是真心话。可是这话堵在喉咙里没说出来。说出来就会冒犯这家的秘密戒律了。这是一条奇异的戒律，必须严格遵守。因为这条戒律哪怕遭到一次破坏，这家就会无异于常见的娼家，这些老人可怜的愿望、诱人的梦也都将消失得一干二净。江口听到电话里说晚上九点太早，姑娘还没有睡，十一点钟以前会让她睡的，心中突然震颤着一种热烈的魅惑，这点连他自己也完全没有料到。这可能是一种突然受到诱惑的惊愕，这诱惑把自己带到日常的现实人生之外的另一个世界。因为姑娘熟睡后绝不会醒过来。

本来以为不会再来，但半个月后又决定要到这家来。对江口老人来说，这种决定是太早还是太晚呢？总之他并没有不断地硬把诱惑按捺下去，毋宁说他无意去重复那种老丑的游戏，再说江口还没像其他到这家来的老人那样衰老。但是，初次造访这家的那天夜里，留下的并不是丑陋的记忆。即便这显然是一种罪过，江口甚至也感到：在自己过去的八十七年岁月里，还未曾像那天夜里那样，与那个姑娘过得如此纯洁。早晨醒来也是这样。好像是安眠药起了作用，上午八点才醒，比平时晚。老人的身体根本没有与姑娘接触。在姑娘青春的温馨与柔和的芳香中醒来，犹如幼儿般甜美。

姑娘面向老人而睡，头稍向前伸，胸脯则向后缩，因此可以看到姑娘娇嫩修长的脖颈，下巴下方隐约浮现出青筋。长长的秀发披散至枕后。江口老人把视线从姑娘那美妙地合拢着的嘴唇，移到姑娘的眼睫毛和眉毛，一边观赏一边确信姑娘还是个处女。江口把老花眼凑得太近，甚至无法将姑娘的眼睫毛和眉毛一根根地看清楚。老花眼也看不见姑娘的汗毛，只觉姑娘的肌肤光滑柔嫩。从脸部到脖颈，一颗黑痣都没有。老人忘却了夜半所做的噩梦，一味地感到姑娘可爱极了，情思到了这份儿上，便觉有股暖流涌上心头，自己仿佛变成了一个备受姑娘爱护的幼儿。探索着姑娘的胸脯，掌心轻轻地抚触它。它就像江口母亲身怀江口前的乳房，闪现了一股不可名状的触感。老人虽然把手收了回来，可是这种触感从手腕直蹿到肩膀上。

传来了打开隔壁房间隔扇的声音。

"起来了吗？"这家女人招呼说，"早餐已经准备好了……"

"噢。"江口应声答道。朝阳的光线透过木板套窗的缝隙投射进来，把天鹅绒帷幔照亮。然而房间里却感觉不到晨光和天花板投下的微弱灯光交织在一起。

"可以拾掇房间了吧。"女人催促说。

"哦。"

江口支起一只胳膊，一边悄悄地脱身，一边用另一只手轻轻地抚摩姑娘的秀发。老人知道女人要趁姑娘未醒之前，先把客人叫醒。女人有条不紊地伺候着客人用早餐。她让姑娘睡到什么时候呢？可是又不能多问，江口漫不经心地说："真是个可爱的姑娘啊！"

"是啊,做好梦了吗?"

"你让我做了好梦。"

"今早风平浪静,可以说是个小阳春天气吧。"女人把话题岔开。

时隔半个月后再度到这家来的江口老人,不像初次来时那样满怀好奇心,他的心灵被一种强烈的愧疚的感情抓获了。从九点等到十一点,开始焦躁,进而变成一种令人困惑的诱惑。

打开门锁迎他进来的,也是先前的那个女人。壁龛里依然挂着那幅复制的画。茶的味道也同前次一样,清香可口。江口的心情虽然比初到之夜更为激动,但却像熟客似的坐在那里。他回头望着那幅枫林尽染的山村风景画。

"这一带很暖和,所以枫叶无法红尽,就枯萎了。庭院昏暗,看不大清楚……"他净说了些错话。

"是吗?"女人心不在焉地回答,"天气逐渐变冷,已备好电热毯,是双人用的,有两个开关,客人可以按照自己喜欢的温度自行调节。"

"我没有使用过电热毯。"

"如果您不爱用,可以把您那边的开关关掉,但姑娘那边的请一定要开着,不然……"

老人明白她言外之意是说,因为姑娘身上一丝不挂。

"一张毯子,两人可以按照各自喜欢的温度自行调节,这种设计很有意思。"

"这是美国货……不过请不要使坏,请不要把姑娘那边的开关关掉。不管多么冷,姑娘也不会醒的,这点您是知道的。"

"……"

"今晚的姑娘比上次的更成熟。"

"啊?"

"这也是个标致的姑娘。她是不会胡来的,要不是个漂亮的姑娘……"

"不是上次的那个姑娘吗?"

"哎,今晚的姑娘……换一个不是挺好吗?"

"我不是这种风流人物。"

"风流?……您说的风流韵事,您不是什么也没有做吗?"女人那缓慢的语调里,似乎带有几分轻蔑的冷笑,"到这里来的客人,谁都不会做什么的。来的都是些可以放心的客人。"薄嘴唇的女人不看老人的脸。江口觉着难堪得几乎发抖,可又不知说些什么才好。对方只不过个冷血的、老练的鸨母,难道不是吗?

"再说,即使您认为是风流,可是姑娘睡熟了,根本就不知道与谁共寝。上次的姑娘也罢,今晚的姑娘也罢,全然不知道您是谁,所以谈不上什么风流不风流……"

"有道理,因为这不是人与人之间的交往。"

"为什么呢？"

来到这家之后，又把一个已经变成非男性的老人与一个让人弄得熟睡不醒的姑娘的交往，说成什么"不是人与人之间的交往"，未免可笑。

"您不是也可以风流一下吗？"女人用稚嫩的声音说罢，奇妙地笑了，仿佛要让老人缓和下来，"如果您那么喜欢上次那个姑娘，等下次您来的时候，我让她陪您一起睡，不过，以后您又会说还是今晚的姑娘好哟。"

"是吗？你说她成熟，怎么个成熟法？她熟睡不醒嘛。"

"这个嘛……"

女人站起身，走去把邻室的门锁打开，探头望了望里面，然后把那房门钥匙放在江口老人面前，说："请歇息吧。"

剩下江口一人时，他端起铁壶往小茶壶里倒开水，慢慢地喝烹茶。本想慢慢地喝，可是手上的茶碗竟颤抖起来。不是年龄的关系。"嗯，我可能还不是可以放心的客人。"江口自言自语道。我能不能替那些在这里遭到诬蔑和蒙受屈辱的老人报仇呢，不妨打破一下这家的戒律如何？对姑娘来说，这样做难道不是一种更有人情味的交往吗？虽然不知道他们给姑娘服了多么强烈的安眠药，但是自己身上可能还有足以使姑娘醒过来的男人的粗野吧。江口老人尽管做了各种设想，但是心里却抖擞不起这股精神来。

再过几年，那些到这里来寻求某种乐趣的可怜老人，他们那种丑陋的衰老将走近江口。在江口以往的六十七年人生中，对性那不可估量的广度和难以见底的深度，究竟触及了多少次呢？而且在老人们的周围，女人新的肌体、年轻的肌体、标致的肌体不断地诞生。可怜的老人们未竟的梦中的憧憬、对无法挽回的流逝岁月的追悔，难道不都包含在这秘密之家的罪恶中吗？江口以前也想过，熟睡不醒的姑娘正是给老人们带来没有年龄区别的自由吧。熟睡不语的姑娘，说不定会投其所好地与老人们搭话呢。

江口站起身，打开了隔壁房间的门，一股温馨的气息扑面而来。江口微笑了。有什么可想不开的呢？姑娘仰躺着，双手伸出来放在被面上，指甲染成桃红色，口红涂得很浓。

"是成熟的吗？"江口喃喃自语着走了过去，只见姑娘不仅双颊绯红，由于电热毯的温暖，她满脸都通红了。香味浓重。上眼皮有点鼓起，双颊非常丰满。在红色天鹅绒帷幔的映衬下，脖颈显得格外洁白。从她闭眼的姿态来看，俨然是一个熟睡中的年轻妖妇。江口在距她稍远点的地方，背向着她更衣的时候，姑娘温馨的气息不断地飘过来，充满了整个房间。

江口老人不再像对待上次那个姑娘那样含蓄了。他甚至想：不论这姑娘是醒着还是睡着，她都在主动引诱男人。就算江口打破了这家的戒律，也只能认为是姑娘造成的。江口闭目凝神，仿佛在想象即将享受到的快乐。光凭这点,就足以使他内心涌起一股暖流,顿觉精神焕发。客栈的女人说,今晚的姑娘更好。客栈的女人怎么能找到这样的姑娘呢?老人越发感到这家客栈特别奇怪。老人真舍不得去触碰姑娘,沉醉在芬芳之中。江口不太懂得香水,他觉得姑娘身上的芳香无疑是她本身的香味。如果能这样甜美地进入梦乡,那就再幸福不过了。他甚至很想体验体验。于是他轻轻地把身子靠了过去,姑娘似乎有所感应,柔软地翻过身来,把手伸进被窝里,仿佛更挨住江口。

"啊,你醒了?醒了吗?"江口向后退缩,摇晃了一下姑娘的下巴颏。在摇晃下巴颏时,江口老人的指尖大概多使了点劲,姑娘躲开似的把脸趴到枕头上,嘴角有点张开,江口的食指尖碰到了姑娘的一两颗牙齿。江口没有把手指收回,一动不动。姑娘的嘴唇也没有嚅动。姑娘当然不是装睡,而是睡得很深沉。

江口没有想到今晚的姑娘与上次的姑娘不同,虽然无意中埋怨了客栈的女人,但现在也没有必要去想它,这样连夜利用药物让姑娘熟睡不醒,一定会损害姑娘的身体吧。也可以认为正是姑娘们的健康,激起了江口这些老人的"风流"。然而,这家的二楼不是只能容纳一个客人吗?楼下的情况如何,江口不得而知,但就算有可供客人使用的房间,充其量也只有一间吧。由此看来,在这里陪伴老人的熟睡姑娘并不太多。江口第一夜和今晚邂逅的姑娘,都是这几个各有姿色的姑娘吧?

江口的手指触碰到姑娘的牙齿，那上面少许的黏液濡湿了手指。老人的食指摩挲着姑娘成排的牙齿，在她的双唇之间探索。来回摸了两三次。姑娘嘴唇本来有点干燥，嘴里流出的口水使它变得光润了。她右侧牙齿有颗龅牙。江口又用拇指按了按那颗龅牙，然后想将手指伸进她的口腔。可是，姑娘虽然睡熟了，但上下两排牙齿合得严严实实的。江口将手收了回来，手指上沾有口红的痕迹。用什么东西把口红抹去呢？如果把它蹭在枕罩上，当作姑娘趴着睡时蹭下的，也交代得过去吧。可是在蹭之前不舔一舔手指，上面的污渍就蹭不掉。说也奇怪，江口总觉得把沾有红渍的指尖放进嘴里舔很脏。老人将这根手指在姑娘额前的发上蹭了蹭。他用姑娘的头发不断揩拭食指和拇指尖的时候，五根手指不由得抚弄起姑娘的秀发来。老人把手指插入姑娘的秀发，不大一会儿就把姑娘的秀发弄得凌乱不堪，动作也越来越粗暴了。姑娘的发尖噼噼啪啪地放出静电，传到了老人的手指上。秀发的香味越发浓烈。可能是由于电热毯的温热，从姑娘身下传来的气味越发浓重了。江口变换着各种手势玩弄姑娘的秀发。他看到她的发际，特别是修长脖颈的发际，恍若描绘的一般鲜明美丽。姑娘把脑后的头发剪短，向上梳拢。额前的秀发长短有致地垂下来，形成自然的形状。老人把她额前的秀发撩了上去，望着姑娘的眉毛和眼睫毛。他用另一只手的手指深深探入姑娘的头发，直到触及头皮。

"还是没有醒。"江口老人说着抓住姑娘的头，摇晃了一下，姑娘觉得痛苦似的皱了皱眉头，半翻过身子俯卧着。这样一来，她就把身子靠近了老人这边。姑娘伸出两只胳膊，把右胳膊放在枕头上，右脸颊压在右手背上。这姿势使得江口只看见这只手的手指。眼睫毛下方有小指，食指从嘴唇下方露了出来。手一点点地张开。拇指藏在下巴颏下。稍稍向下的嘴唇的红色与四根手指的长指甲上的红色，聚集在洁白的枕罩上。姑娘的左胳膊肘弯曲着，几乎整个手背都尽收江口的眼底。姑娘脸颊丰满，可是手指却很细长，这使老人联想到她那双脚也这样修长。老人用脚掌去探摸姑娘的脚。姑娘左手也舒适地张开了五指。江口老人把一边脸颊压在姑娘这只手背上。姑娘感受到它的分量，连肩膀都动了动。但是，她无力把手抽出来。老人的脸颊久久地压在那上面，纹丝不动。姑娘的两只胳膊都伸了出来，肩膀也稍稍抬起，肩膀顶端出现了青春的圆润鼓起。江口把毛毯往肩膀上拉，同时用掌心柔和地抚摸着匀圆的肩头。嘴唇从指尖顺着手背向胳膊移动。姑娘肩膀的芬芳、脖颈的芳香实在诱人。她的肩膀到背部本是紧缩着的，但很快就放松了。这体态把老人吸引住了。

此时，江口就是为了蒙受轻蔑和屈辱的老人们前来这里，在这个被弄得昏睡不醒的女奴隶身上报仇的。就是要破坏这里的戒律。他知道他再也不能到这家来了。毋宁说，江口就是为了把姑娘弄醒，才用了粗暴的动作。然而，江口立即又被少女真正的象征阻挡住了。

"啊！"他惊叫一声，松开了手。他呼吸急促，心怦怦地跳动。

与其说是突然停住了动作，莫如说受惊的成分更大些。老人闭上眼睛，使自己镇静下来。他与年轻人不同，要镇静下来并不困难。江口一边轻轻地抚摩姑娘的秀发，一边睁开了眼睛。姑娘依然保持着俯卧的姿势。如此青春妙龄，竟是个雏妓。她无疑是个娼妓，难道不是吗？一想到这儿，犹如一场暴风雨过后，老人对姑娘的感情、老人对自己的感情，整个儿都发生了变化，再也恢复不了原样。他毫不惋惜。对一个熟睡而毫无所知的女人，无论施展什么伎俩，也不过是一种无聊罢了。但那突然袭来的惊愕究竟是什么呢？

江口受了姑娘那妖妇般的姿色的诱惑，对她做出了错误的行为，然而，他转念又想：到这里来的老人们不都是带着远比自己想象的更加可怜的愉悦、更加强烈的饥渴、更加深刻的悲哀吗？就算这是老后的一种轻松的玩乐、一种简便的返老还童，但在它的深层，恐怕还潜藏着一种追悔莫及的、焦躁也难以治愈的东西吧。所谓"成熟"的今夜的妖妇，依然还保留着处女之身，与其说是老人们自重和坚守誓约，不如说是确凿无疑地象征着他们凄凉的衰老。仿佛姑娘的纯洁，反而映衬出老人们的丑陋。

姑娘垫在右脸颊下的手，可能变得麻木了，她把手举到头上，两三次缓慢地弯曲或伸长手指，触碰了江口正在抚弄头发的手。江口抓住了她的手。手有点凉，手指很柔软。老人使劲抓住它，仿佛要把它攥坏似的。姑娘抬起左肩，翻了半边身，举起左胳膊在空中划了划，仿佛要搂住江口的脖颈,但是这只胳膊软弱无力,没有缠住江口的脖子。姑娘的睡脸朝向江口,靠得太近,江口的老眼都看花了。眉毛画得过于浓重,还有投下过黑阴影的假睫毛、眼帘和稍鼓的双颊、修长的脖子,依然是第一眼看到她的那个印象——是个妖妇。她的乳房稍微下垂,却十分丰满,作为日本姑娘来说,乳晕显得较大,而且鼓起。老人顺着姑娘的脊梁骨一直摩挲到脚。腰部以下肌肉长得非常结实。上下身显得不很协调,也许因为她是处女吧。

此时,江口老人已经能心平气和地凝望姑娘的脸和脖颈了。姑娘的肌肤,与天鹅绒帷幔隐约映衬在她脸上的红色显得很协调。诚如这家女人所说,姑娘很"成熟",尽管几经老人的玩弄,但她还是个处女。这说明老人已衰颓,也表明姑娘让人弄得昏睡得多么深沉。这个妖妇般的姑娘,今后将会度过怎样千变万化的一生呢?江口蓦地涌起一股类似天下父母心的忧思来。这也证明江口已经老了。姑娘肯定是为了钱才睡在这儿的。但是,对于付钱的老人们来说,能够躺在这样的姑娘身边,无疑是享受一种非人世间的快乐。由于姑娘绝不会醒来,老年客人无须为自己的耄耋自卑羞愧,还可以展开追忆和幻想的翅膀,在女人的世界里无比自由地翱翔。不惜付出比醒着的女人更高的价钱,其原因也在于此吧?熟睡不醒的姑娘不知道老人是谁,这使老人感到放心,老人对姑娘的生活状况和人品如何也一无所知。再说也没有任何线索可以感知这些情况,就连姑娘平素穿什么衣服也不知道。对老人们来说,恐怕这不只是使他们免去事后的烦恼这样简单的原因。其原因也许就像黑暗的无底深渊里一束奇怪的亮光。

然而,江口老人不习惯与不说话、不睁眼看人的姑娘,也就是根本不知道江口这个人是谁的姑娘交往,所以无法消除内心的空虚和不足。他想看看这个妖妇般的姑娘的眼睛,想听她的声音,听她说话。对江口来说,只抚摩熟睡不醒的姑娘这种欲望不那么强烈,毋宁说随之而来的是可怜的思虑。不过,江口没有想到姑娘是个处女,很是吃惊,从而打消了打破戒律的念头,顺从了老人们的常规惯例。虽然同样是熟睡不醒,但今晚的姑娘确实比上次的姑娘更有生气。姑娘的香味、触摸的手感、翻身的动作,都给人一种确实的感觉。

与上次一样,枕头下面备有两片安眠药,是给江口服用的。但是,他今晚没有早早就服用安眠药睡觉,想多看姑娘几眼。姑娘尽管睡熟了,却经常动。一夜之间翻身二三十回。她背向着老人,可是很快就把脸转了回来,面对着老人。她用胳膊探摸江口老人。江口把手搭在姑娘一边的膝上,把她拉过来。

"嗯,不要。"姑娘仿佛发出了模糊的声音。

"你醒了吗?"老人以为姑娘醒了,更使劲地拽着她的膝盖。姑娘的膝盖毫无力气,朝这边弯曲。江口把手腕探入姑娘的脖颈后面,把她的头稍抬了起来,试着摇晃了一下。

"啊,我去哪儿?"姑娘说。

"你醒了，醒醒吧。"

"不，不。"姑娘仿佛要躲开他的摇晃，把脸滑落在江口的肩膀上。姑娘的额头触到老人的脖颈，额发刺入他的鼻子。这是可怕的硬发。江口甚至觉得有点痛。芳香扑鼻，他把脸背过去。

"你干吗？讨厌。"姑娘说。

"什么也没干呀。"老人回答。原来姑娘是在说梦话。是她在睡梦中强烈地感觉到江口的动作呢，还是她梦见其他老人在另外的夜里的恶作剧？总之，就算梦话前后不连贯地断断续续，但是江口好歹能与姑娘对话，这使他心情激动。说不定清晨时分还可以把她叫醒。不过现在老人只是在跟她搭话，谁知道姑娘在睡梦中听不听得见。老人不如用动作去刺激她，那样更能让她说梦话吧？江口也曾想狠狠揍姑娘一顿，或掐她一把试试，最后急不可耐地把她搂了过来。姑娘既没有反抗，也没有作声。她准会感到喘不过气来。那香甜的呼吸吹到老人的脸上。倒是老人气喘吁吁的。任人摆布的姑娘再次引诱着江口。从明天起，如果姑娘知道自己已经不是处女，会多么悲伤啊！她的人生不知会发生怎样的变化。不管未来会怎样，总之，直到明儿天亮以前，姑娘对这一切都是不知道的。

"妈妈。"姑娘仿佛在低声呼唤。

"哎呀，哎呀，你走了？原谅我，宽恕我……"

"你做的什么梦？是梦，是梦呀。"姑娘的梦话使老人把她搂得更紧，试图让她从梦中醒过来。姑娘呼唤母亲的声音里包含的悲切，渗入了江口的心中。姑娘的乳房紧紧地压在老人的胸脯上。姑娘挥动着胳膊，是不是在梦中误把江口当作妈妈来拥抱呢？不，即使她被人弄得昏睡不醒，即使她是个处女，也终究是个不折不扣的妖妇。江口老人这六十七年的人生中，还未曾如此全身心地拥抱过年轻的妖妇。如果说有妖艳的神话，那么她就是神话中的姑娘吧。

她不是妖妇，而像是被妖术附身的姑娘，因此是个"活着昏睡"的人。就是说，虽然让她的心昏睡了，但是作为女人的肉体反而更清醒了。变成一个没有人心只有女人躯体的人。正像这家女人所说的"成熟"，作为老人们的对象，是很成熟了吧。

江口把紧紧抱住姑娘的胳膊放松，变得柔和些了。姑娘裸露的胳膊，也重新变成拥抱江口的姿态，这时姑娘真的是温柔地拥抱着江口了。老人纹丝不动，平静地闭上了眼睛，陶醉在一派温情之中。几乎处于一种无忧无虑的恍惚状态。他仿佛领悟到了到这里来的老人们的乐趣和幸福的感受。对于老人们来说，这里有的不全是耄耋之年的悲哀、丑陋和凄凉，难道不是还充满青春活力的恩泽吗？对一个完全衰老的男人来说，还有什么时刻比得上被一个年轻姑娘全身心拥抱着更忘我呢？然而，老人们为此玩弄了一个被人弄得昏睡不醒的牺牲品——姑娘，他们觉得无罪又心安理得吗？还是这种潜藏的罪恶意识，反而平添了他们的乐趣？处于忘我状态的江口老人，似乎也忘却了姑娘是个牺牲品，他用脚去探索姑娘的脚趾。因为只有那里他还没有触及。姑娘的脚趾细长，而且优美地动着。脚趾的各个关节时而弯曲收缩，时而伸直张开，活像手指的动作，也只有那里才是这个姑娘作为一个魅惑的女人，传递给江口的最强烈的引诱。熟睡着的姑娘竟能用她的脚趾，表达出她那枕边的窃窃私语。但是，老人只把姑娘脚趾的动作当作稚嫩不稳却很娇媚的音乐来听，久久地跟踪追寻着这种音乐。

江口觉得，姑娘似乎是在做梦，又像是把那个梦做完了。说不定不是在做梦，而是随着老人狠劲触动她，她就用梦话来进行对话，进行抗议，从而形成一种习惯吧。即使不说话，姑娘在熟睡中也能用身体与老人进行洋溢着娇媚的对话。哪怕是不协调的梦话也没关系，听听声音也就足矣。这种愿望纠缠住江口，大概是江口还没有完全适应这家的秘密吧。江口老人感到困惑的是不知说什么，或按哪个部位，姑娘才会用梦话来回答。

"不再做梦了吗？梦见妈妈上哪儿去了，是吗？"江口说着顺着姑娘脊梁骨上的那道沟摩挲下去。姑娘耸耸肩膀，又趴着入睡了。看来这是姑娘喜欢的睡姿。姑娘的脸还是朝向江口，右手轻轻地抱着枕头的一端，左胳膊搭在老人的脸上。但是姑娘什么也没有说。柔和的鼻息暖融融地拂面而来。只有搭在江口脸上的这只胳膊像在寻求安定的位置似的动了动，老人用双手将姑娘的胳膊放在自己眼睛上方。姑娘长长的指甲尖轻轻扎了一下江口的耳垂,纤细的手腕在江口右眼帘的上方弯曲着耷拉下来,盖住了江口的眼帘。老人希望她的胳膊就这样放下去,于是按住姑娘放在自己双眼上方的手。姑娘肌肤的芳香渗进眼珠,又给江口带来新鲜而丰富的幻想。眼前浮现出诸如适逢时宜的季节,大和古寺的高墙下,两三朵寒牡丹迎着小阳春的阳光开放,诗仙堂檐廊边的庭院里绽满了白色的山茶花,时值春天,有奈良的马醉木花、紫藤花,还有椿寺里怒放的散瓣山茶花。

"对了!"这些花勾起江口对三个已婚女儿的回忆。他曾带过三个或其中一个女儿去旅行赏花。如今已为人妻、为人母的女儿们也许记不清了,可是江口却记得很清楚,不时想起并对妻子谈起关于花的往事。做母亲的在女儿出嫁后,似乎并不像做父亲的那样感到与女儿分别了,事实上她们母女之间还不断有亲密的交往,因此不太把与结婚前的女儿一起去旅行赏花之类的事放在心上。再说,有时去旅行赏花,做母亲的也没有跟着去。

江口摸着姑娘的手,眼睛深处浮现出许多花的幻觉,而后消失,复又浮现。他任凭幻觉浮沉,只觉得昔日那股感情复苏了,那就是女儿出嫁后不久,他甚至看到别人的女儿也觉得可爱极了,总挂在心上。此刻他觉得这个姑娘就跟当年别人家的一个女儿一样。老人把手收回,姑娘的手依然搭在他的眼睛上方。江口的三个女儿当中,只有小女儿跟着他去看了椿寺凋落的山茶花,那是小女儿在出嫁前半个月所做的告别旅行。此时椿寺的山茶花在江口的幻觉中最为强烈。特别是小女儿在婚姻问题上有莫大的痛苦。有两个年轻人在争夺小女儿,不仅如此,在争夺中小女儿丧失了贞操。江口为了转换一下小女儿的心情,才带她去旅行的。

据说,如果山茶花"吧嗒"一声从枝头凋落下来,是不吉利的,不过椿寺有棵山茶花古树,树龄据说有四百年了,一棵大树上竟开出五种色彩的花,据说这重瓣的花不是成朵凋落,而是散瓣凋落,因而得了散瓣山茶花之名。

"落花缤纷时节,有时一天可扫满五六簸箕的散瓣呢。"寺院的年轻太太对江口说。

据说从向阳面观赏大山茶花,不如背光欣赏来得更美。江口和小女儿所坐的廊道位置是朝西的,时值太阳西斜,正是背光,也就是逆光。但是,春天的阳光穿不透大山茶树那繁枝茂叶和盛开满树的花厚厚的重层。阳光好像都凝聚在山茶花上,山茶树树影边缘仿佛飘忽着晚霞。椿寺坐落在人声杂沓的普通市街上,庭院里除了这一棵大山茶花古树外,似乎别无其他值得观赏的。再说,在江口的眼里,除了大山茶花外,什么也看不见。心被花夺走,连市街的杂沓声也听不见了。

"花开得真漂亮啊!"江口对女儿说。

寺院的年轻太太回答说:"有时清晨醒来,落花都盖地了。"说罢站起身离去，让江口与他女儿留在那里。究竟是不是一棵树开了五种颜色的花呢？树上确实有红花，也有白花，还有含苞待放的蓓蕾。但江口无意深究这些，他被整棵山茶花树吸引住了。这棵有四百年树龄的山茶花树，竟能开出那么漂亮、那么丰富的花来。夕阳的光全被山茶花树吸收进去，这棵山茶花树树干粗壮，树身温暖。虽然不觉得有风，但是有时边缘的花枝也会摇曳。

然而，小女儿并不像江口那样被这棵著名古树的散瓣山茶花吸引。她没精打采，与其说她在赏花，莫如说她是在想心事。在三个女儿中，江口最疼爱小女儿。她也最会向江口撒娇。尤其是两个姐姐出嫁后，她更是如此。两个姐姐还以为父亲会把幺妹留下，为她招个入赘女婿当养子呢。她们曾向母亲流露出忌妒之意，江口是从妻子那里听说此事的。幺女性格比较开朗。她有很多男朋友，这在父母看来，总觉得有点轻浮。可是，每当众多男友围着她转的时候，她显得格外朝气蓬勃。不过，在这些男友中，她喜欢的只有两个。这件事，做父亲的和在家中款待过她的男友们的母亲是最清楚的。那两个人中的一个玷污了小女儿。小女儿在家中也有好一阵子一言不发，比如更衣时的手势显得特别急躁。母亲很快就察觉到女儿一定发生了什么事，便轻声询问了她。女儿毫不踌躇地坦白。这个年轻人在百货公司工作，住在一间公寓里。女儿好像是被邀请到他公寓里去了。

"你要与他结婚吧？"母亲说。

"不，我决不。"女儿回答。这使母亲感到困惑。母亲估计这个年轻人一定有非礼的举动，遂与江口坦率地商量。江口也觉得犹如掌上明珠受到了伤害一般，当他听到小女儿与另一个青年匆匆订了婚约之后，更觉震惊了。

"你觉得怎样，行吗？"妻子恳切地问道。

"女儿有没有把这事跟未婚夫说呢？坦率地说了吗？"江口的话声变得尖锐了。

"这点嘛，我没有问她，因为我也吓了一大跳……要不，问问她吧？"

"不。"

"这种错误还是不向结婚对象坦白为好，世间成年人一般认为，不说可保平安无事。可是，还要看女儿的性格和心情啊。为了瞒着对方，女儿会独自痛苦一辈子的。"

"首先，是家长承不承认女儿的婚约，还没有决定，不是吗？"

被一个年轻人玷污，突然又跟另一个年轻人订婚，江口当然不认为这种做法是自然的、冷静的。家长也知道这两个青年都很喜欢小女儿。江口也认识这两个青年，他甚至曾想过，他们两人中的任何一方与女儿结婚似乎都不错。然而，女儿突然订婚，难道不是一种冲击的反作用吗？难道不是在对一个人的愤怒、憎恨、埋怨、懊恼等不平衡的心态中，转而向另一个人倾斜吗？或是在对一个人的幻灭中、在自己的心慌意乱中，试图依靠另一个人？由于被玷污而对那个年轻人产生反感，反而促使她更加强烈地倾心于另一个年轻人，这种事未必不会在小女儿的身上发生。也许这未必不能说是一种报复，一种半是自暴自弃的不纯行为。

但是，江口没想到这种事情会发生在自己的小女儿身上。也许任何做父母的都会这样想吧。尽管小女儿被男友们包围着，可她显得快活、自由，又素来性格好强，江口对她似乎也感到放心。不过从事情发生后来看，他并没有感到一点意外。就说小女儿吧，她的生理结构与世上的女人没有什么不同，有可能被男性强求。江口的脑子里蓦地浮现出那种场合下女儿的丑态，一股剧烈的屈辱感和羞耻感向他猛袭过来。他把前面两个女儿送出去新婚旅行时，不曾有过这种感觉。事到如今江口才想到，纵令小女儿引发了男子的爱情之火，也是因为女儿无法抗拒的生理结构。对父亲来说，这难道是一种超出常规的心理吗？

江口既没有立即就承认小女儿的婚约，也没有从一开始就表示反对。父母亲是在事发很久以后才知道，有两个年轻人在激烈地争夺小女儿。而且江口带小女儿到京都观赏盛开的散瓣山茶花的时候，小女儿已经快结婚了。大山茶花树的花簇里隐约有股嗡嗡声在涌动。可能是蜂群吧。

小女儿结婚两年后，生了一个男孩。女婿似乎很疼爱孩子。星期天这对年轻夫妇到江口家来,妻子下厨房与母亲一道干活时,丈夫很能干地给孩子喂牛奶。江口看到此番情景,知道这小两口日子过得很和谐。虽说同是住在东京,但结婚后女儿难得回娘家来。有一回,她独自回娘家。

"怎么样?"江口问。

"什么怎么样?哦,很幸福。"女儿回答。也许夫妻之间的事她不怎么想对父母说,不过,按照小女儿这种性格,本应把丈夫的情况更多地讲给父母听的,江口总觉得有点美中不足,也多少有点担心。然而小女儿犹如一朵绽开的少妇之花,变得越发美丽了。就算把这种变化只看作从姑娘到少妇的生理上的变化,如果在变化的过程中有心理性的阴影的话,这样一朵花也不可能开得如此鲜艳吧。生孩子后的小女儿,像全身甚至体内都被洗涤过一般,肌肤细嫩而光润,人也稳重多了。

也许出于这些原因,江口在"睡美人"之家,把姑娘的胳膊搭在自己肉边的眼帘上,眼前才浮现出盛开的散瓣山茶花的幻影吧?当然,江口的小女儿,或是在这里熟睡的姑娘,都没有山茶花的那种丰盈。不过,单从姑娘身体的丰腴来看,或只从她温顺地在一旁陪睡这点来看,是难以了解的,不能同山茶花相比较。从姑娘的胳膊上传到江口眼帘深处的,是生的交流、生的旋律、生的诱惑,而且对老人来说,又是生命力的恢复。江口将姑娘的胳膊拿下来,因为它搭在眼帘上方的时间太长，眼珠感到有点沉重了。

姑娘的左胳膊无处可放，它顺着江口的胸部用力伸直，大概是觉得不舒服吧。姑娘半翻着身，把脸朝向江口。双臂弯曲放在胸前，手指交握着。它触到了江口老人的胸口。不是合掌的手势，却像祈祷的姿势。就像一次温柔的祈祷。老人用双手握住姑娘交握着手指的双手。这样一来，老人闭上眼睛，自己也像是在祈祷什么似的。然而，这恐怕是老人抚触熟睡中的姑娘的手所流露出来的一种悲哀的心绪。

夜间开始降雨，雨打在静寂的海面上，声音传到了江口老人的耳朵里。远方的响声，不是车声，似是冬天的雷鸣，但难以捕捉。江口把姑娘交握着的手指掰开，除了拇指之外的四根手指，一根根都掰直，细心地观看。他很想把这细长的手指放进嘴里咬一咬。如果让小指头留下齿痕，渗出血来，姑娘明天醒来会怎么想呢？江口把姑娘的胳膊伸直，放在她身边，然后观看姑娘丰满的乳房。她的乳晕较大、鼓起，且色泽较浓。江口试着托起有些松软的乳房，只觉得微温，不像姑娘贴着电热毯的身体那么温暖。江口老人想把额头伏在两个乳房之间的凹陷处，但是脸刚靠近，姑娘的芳香就使他踌躇了。江口趴着，把枕头底下的安眠药取了出来，今晚他一次服下了两片。上回第一次到这家来的夜里，先服了一片，做了噩梦，惊醒过来又服了一片。他知道这只是普通的安眠药。江口老人很快就昏昏入睡了。

姑娘抽抽搭搭地哭着，然后号啕大哭起来。哭声把老人惊醒了。

刚才听到的哭声，又变成了笑声。这笑声持续了很久。江口的手在姑娘胸脯上来回摩挲，然后摇晃着她。

"是梦呀，是梦呀。一定是在做什么梦了。"

姑娘那阵久久的笑声止住之后的宁静，令人毛骨悚然。但由于安眠药在起作用，江口老人好不容易才把放在枕头下面的手表拿出来看了看，三点半了。老人把胸口贴紧姑娘，把她的腰都搂了过来，暖融融地进入梦乡了。

清晨，又被这家的女人叫醒了。

"您睡醒了吗？"

江口没有回答。这家的女人会不会靠近密室的门扉，把耳朵贴在杉木门上呢？她的动静使老人感到害怕。可能是由于电热毯太热，姑娘将裸露的肩膀露在被子的外面，一只胳膊举在头上。江口给她盖上了被子。

"您睡醒了吗？"

江口还是没有回答，把头缩进被窝，下巴颏碰在姑娘的乳头上。他顿时兴奋得恍若燃烧，搂住姑娘的脊背，用脚把姑娘缠住。

这家的女人轻轻地叩了三四次杉木门。

"客人！客人！"

"我已经起来了，现在正在更衣。"看样子江口如果不回答，那女人很可能就会开门走进来。

隔壁房间里，洗脸盆、牙刷等都已准备好。女人一边侍候他用早饭，一边说："怎么样，是个不错的姑娘吧？"

"是个好姑娘，确实……"江口点了点头，又说，"那姑娘几点醒过来？"

"这个嘛，几点才能醒过来呢？"女人装糊涂地回答说。

"我可以在这里等她醒来吗？"

"这，这家没有这种规矩呀。"女人有点慌张，"再熟的客人也不行。"

"可是，姑娘确实太好了。"

"请您不要自作多情，只当同一个熟睡的姑娘有过交往就够了，这样不是挺好吗？因为姑娘完全不知道同您共寝过，绝不会给您添什么麻烦的。"

"但是，我却记住她了。如果在马路上遇见……"

"哎呀，您还打算跟她打招呼吗？请您不要这样做。这样做难道不是罪过吗？"

"罪过？……"

"是啊。"

"是罪过吗？"

"请您不要有这种逆反心理，就把她当作一个熟睡的姑娘，包涵包涵吧。"

江口老人本想说"我还不至于那么凄惨吧",但最终作罢。

"昨夜,好像下雨了。"

"是吗?我一点也不知道。"

"我确实听见了下雨声。"

透过窗户,眺望大海,只见岸边的微波迎着朝日闪闪发光。

三

　　江口老人第三次到"睡美人"之家，距第二次只隔了八天。第二次与第一次之间隔了半个多月，这次差不多缩短了一半时间。

　　江口大概已经逐渐被睡美人的魅力吸引住了。

　　"今晚是个来见习的姑娘，也许您不惬意，请将就一下吧。"这家女人一边沏茶一边说。

　　"又是另一个姑娘吗？"

　　"您临来才给我们打电话，只能安排来得及的姑娘……您如果希望指定哪个姑娘，得提前两三天告诉我们。"

　　"是啊。不过，你所说的见习姑娘是怎样的？"

　　"是新来的，年纪也小。"

　　江口老人吓了一跳。

　　"她还不习惯，所以有些害怕。她说过两人在一起也可以，可是，客人不愿意也不行。"

　　"两个人吗？两个人也没有关系嘛。再说熟睡得像死了一样，哪会知道什么怕不怕呢？"

　　"话是这么说，不过她还不习惯，请您手下留情。"

　　"我不会怎么样的。"

"这我知道。"

"是见习的。"江口老人喃喃自语,心想准有怪事。

女人一如往常,把杉木门打开一道窄缝,望了望里面说:"她睡着了,您请吧。"说罢就离开了房间。老人自己又斟了一杯煎茶,然后曲肱为枕,躺了下来。内心总觉有点胆怯、空虚。他不起劲地站起身来,悄悄地把杉木门打开,窥视了一下那间围着天鹅绒的密室。

"年纪也小的姑娘"是个脸形较小的女孩。她松开了本来结成辫子的头发,蓬乱地披在一边的脸颊上,一只手背搭在另一边脸颊和嘴唇上。这使脸显得更小。一个纯洁的少女熟睡了。虽说是手背,手指却是舒展着的,因此手背的一端轻轻地触到眼睛的下方,于是弯曲的手指从鼻子旁边盖住了嘴唇。较长的中指直伸到下巴颏下面。那是她的左手。她的右手放在被头边上,手指轻柔地抓着被头。一点也没有化妆,也不像是睡前卸过妆。

江口老人从一旁悄悄地钻进了被窝。他小心翼翼地不碰到姑娘的任何部位。姑娘一动也不动。但是姑娘身上的暖和气息,把老人给笼罩住了。这种温暖,不同于电热毯的温暖。它像是一种未成熟的野生的温暖。也许是她的秀发和肌肤散发出来的芳香,让他有这种感觉吧。但也不全是这个原因。

"她约莫十六岁吧。"江口自言自语。虽说到这家来的老人们无法把女人当作女人对待,然而能同这样的姑娘共寝,也能追寻自己一去不复返的生的快乐踪迹，以求得短暂的慰藉吧。对第三次到这家的江口来说，这点一清二楚。恐怕也有些老人暗暗地希望：但愿能在被人弄得熟睡不醒的姑娘身旁永远安眠。姑娘青春的肉体，唤醒了老人死去的心，似乎有一种悲切的感觉。不，到这家来的老人中，江口属于多愁善感的人，也许大多数到这里来的老人，为的只是从熟睡的姑娘身上感染一下青春的气息，或是为了从熟睡不醒的姑娘那里寻找某种乐趣。

枕头底下依然放有两片白色安眠药。江口老人拿起来看了看，药片上没有文字或标记，所以无法知道是什么药名。当然肯定与让姑娘吃的或注射的药不同。江口想下次来时，不妨问这家女人要与姑娘所吃的一样的药试试。估计她不会给，但如果能要到，自己也像死一般地睡着会怎样呢？与死一般睡着的姑娘一起，死一般地睡下去，老人感到这是一种诱惑。

"死一般睡着"这句话，勾起江口对女人的回忆。记得三年前的春天，老人曾带一个女人去神户的一家饭店。因为是从夜总会出来的，到饭店时已是半夜三更。他喝了客房内备有的威士忌，也劝女人喝了。女人喝得与江口一样多。老人换上客房备有的浴衣式睡衣，没有女客的睡衣，他只好抱着穿内衣的女人。当江口把手绕到女人脖子后面，温柔地抚摩着她的背部，正在销魂时，女人却蓦地坐起身子说道："穿着它我睡不着。"

说罢，女人把身上的穿着全部脱光，扔在镜子前的椅子上。老人有点吃惊，心想，她这是与白人共寝时的习惯吧。然而，这女人却格外温顺。江口松开女人，说："还没有……"

"狡猾，江口先生，滑头。"女人说了两遍，但还是很温顺。酒性发作，老人很快就入睡了。第二天早晨，女人的动静把江口吵醒了。她面对镜子整了整头发。

"你醒得真早啊！"

"因为有孩子。"

"孩子？……"

"是的，有两个，还小呢。"

女人行色匆匆，没等老人起床就走了。

这是个身材修长、长得很结实的女人，竟已生了两个孩子。这点使江口老人感到意外。她的体态不像是生过孩子的人。乳房也不像是喂过奶的。

江口外出前想换件新衬衫，便打开旅行提包，发现提包内收拾得整整齐齐的。在十天的旅行期间，他把换下来的衣服揉成团塞进包里，如果想从里面取出一件什么东西，得翻个底朝天。他把在神户购买的东西、人家送的礼物，以及土特产等统统塞进包里，东西乱七八糟地挤得鼓鼓的，连提包盖子都合不上了。可能是由于盖子隆了起来，可以窥见里面，或是老人取香烟的时候，让女人看见了里面凌乱不堪吧。尽管如此,她为什么有心替老人拾掇呢?再说她是什么时候归置的呢?连穿过的内衣裤,她都一一叠齐放好,女人再怎么手巧,肯定也要花些时间。难道是昨夜江口睡着之后,女人睡不着才起来收拾提包内的东西吗?

"啊?"老人望着整理好了的提包,心想,她想干什么呢。

翌日傍晚,那女人穿着和服,按照约好的时间来到一家日本饭馆。

"你有时也穿和服吗?"

"哎,有时穿……不相称吧。"女人腼腆地莞尔一笑,"中午时分,有个朋友打来电话,对方吓了一大跳呢,说'你这样做行吗'。"

"你都说啦?"

"哎,我毫无保留地都说了。"

两人在街上走,江口老人为那女人买了一身和服衣料和腰带后,折回了饭店。透过窗户可以望见进港船上的灯光。江口把百叶窗和窗帘拉上,站在窗边与女人亲吻。江口拿起头天夜里喝过的威士忌酒瓶给她看了看,可是她摇了摇头。女人大概害怕酒醉失态,所以强忍住了。她睡得很沉。翌日早晨,江口起床,女人跟着也醒来了。

"啊!睡得简直就跟死了一样,真的就像死了一样啊。"

女人睁开眼睛,纹丝不动。这是一双彻底洗净的晶莹的眼睛。

女人知道江口今天要回东京。她丈夫是外国商社派驻神户的,他在神户期间与她结婚,近两年去了新加坡,打算下个月再回到神户的妻子身边来。昨天晚上，女人把这些情况告诉了他。在听到女人的叙述之前，江口并不知道这个年轻女子是有夫之妇，而且是外国人的妻子。他从夜总会不费吹灰之力就把她带来了。江口老人昨晚一时心血来潮去了夜总会，邻桌坐着两个西方男人与四个日本女子。其中有个中年女人认识江口，就与江口寒暄了一番。他们好像都是这个女人带来的。外国人与两个女子去跳舞后，这个中年女人就向江口建议，是否同那个年轻女子跳舞。江口跳到第二支曲的中途，就邀她溜到外面去。这个年轻女子对那种事似乎很感兴趣，毫无顾虑地就跟他到饭店里来了，江口老人进房间后，反而觉得有点不大自然。

江口老人终于同一个有夫之妇，而且是一个外国人的日本老婆私通了。女人似乎满不在乎地把小孩托付给保姆或看小孩的人，自己就在外面过夜。她丝毫不因为自己是有夫之妇而内疚，所以江口也不觉得有什么不道德的感觉猛然逼将过来，不过事后内心还是受到没完没了的苛责。但是，这女人说他熟睡得就跟死了一样。这种愉悦就像青春的音乐留在他心里。那时，江口六十四岁，女人在二十四五至二十七八之间。当时老人想，这可能是与年轻女人最后一次交欢了。仅仅两夜，其实哪怕只有一夜也可以，像死了一般地沉睡，这是江口与难以忘怀的女人度过的夜晚。女人曾来信说：您如果到关西来，我还想见您。此后过了一个月来信说：我丈夫回到了神户，但也没关系，我还想见您。再过一个多月后，又来了同样内容的信。最后就杳无音信了。

"啊,那女人可能是怀孕了,第三胎……肯定是那样的吧。"江口老人这番喃喃自语,是在时隔三年后,躺在被人弄得熟睡得像死了一般的小姑娘身旁,回想起当年的往事时发出来的。此前,这种事连想都没有想过。此时此刻,为什么会突然想起这件事来呢?江口自己也觉得奇怪。不过,一旦回想起来,就觉得事情肯定是那样。那女人不来信,是因为她怀孕了吗?会是这样吗?想到这儿,江口老人不由得露出了微笑。女人迎接了从新加坡回来的丈夫,然后怀孕了。这样,江口与那女人的私通行为,就可由那女人洗刷干净,老人也得到解脱了。于是,他有些怀念,眼前又浮现出女人的身体来。它不伴随着色情。那结实的、肌肤滑润的、十分舒展的身体,使人感到那是年轻女人的象征。怀孕虽是江口突然的想象,但他却认定这是确实无疑的事实。

"江口先生,您喜欢我吗?"那女人在饭店里曾这样问过江口。

"喜欢。"江口回答,"女人一般都会问这个呀。"

"可是,还是……"女人话到嘴边又咽了回去,后来就没有说下去。

"你不想问问我喜欢你什么地方吗?"老人戏弄地说。

"算了,不说了。"

然而,江口被那个女人问到"喜欢我吗"的时候,他明确地回答说喜欢。这三年来，直到今天，江口老人也没有忘记女人的这句话。那女人生了第三胎以后，她的身体是不是还像没有生过孩子一样呢？江口追忆并怀念她。

老人几乎忘却了身边熟睡不醒的姑娘。然而，正是这个姑娘使他想起神户那个女人来。姑娘的手背放在脸颊上，胳膊肘向一边张开，老人觉得有点碍事，就握住她的手腕，让她的手伸直放在被窝里。大概电热毯太热，姑娘整只胳膊直到肩胛都露在外面。那娇嫩匀圆的肩膀就在老人眼前，近得几乎障目。老人本想用手心去抚摸并握住这匀圆的肩膀，但又止住了。肩胛骨和上面的肌肉都裸露着。江口本想顺着肩胛骨抚摸下去，但还是又止住了。他只把披在她右颊上的长发轻轻地拨开。四周深红色的天鹅绒帷幔承受着天花板上微暗的灯光，映衬着姑娘的睡脸，使它显得更加柔媚。她的眉毛未加修饰，长长的眼睫毛长得十分整齐，好像用手指就能捏住似的。下唇的中间部位稍厚，没有露出牙齿。

江口老人觉得在这家客栈里，再没有什么比这张青春少女天真的睡脸更美了。难道它就是人世间幸福的慰藉吗？任何美人的睡脸都无法掩饰年龄。即使不是美人，青春的睡脸也是美的。也许这家挑选的就是睡脸漂亮的姑娘。江口只是靠近去观赏姑娘那张小巧玲珑的睡脸，自己的生涯和平日的劳顿仿佛都柔化消失了。仅仅带着这份心情服下安眠药入梦，也无疑会度过一个得天独厚的幸福夜晚。不过，老人还是静静地闭上眼睛，一动也不动地躺着。这姑娘使他想起神户那个女人，也许还会使他想起别的什么。想到这些，他又舍不得入睡了。

神户那个少妇迎接了阔别两年归来的丈夫，马上就怀了孕，这种突如其来的想象，还被自己认定是确实无疑的事实，而且这种类似必然的真实感突然离不开江口老人了。那女人与江口私通生下的孩子，不会使人感到耻辱，也不会使人感到龌龊。实际上，老人觉得应祝福她的妊娠与分娩。那女人体内孕育着新的生命。这些想象，使江口越发感到自己老矣。然而，那个女人为什么毫无隔阂和内疚，温顺地委身于自己呢？在江口老人近七十年的生涯中，好像还没发生过这种事。那女人身上没有娼妇的妖气，也不轻狂。比起躺在这家奇怪地熟睡不醒的少女身旁，江口与那个女人在一起反而更没有负罪感。到了早晨，她赶紧利落地返回小孩子所在的家，江口老人心满意足地在床上目送着她离去，心想，这可能是自己与年轻女人最后一次交欢了，她成了他难以忘怀的女人。那女人恐怕也不会忘记江口老人。彼此都不伤害对方，即使终生秘藏心底，两人也不会忘却彼此吧。

然而，此刻使老人想起神户女人的，是这个见习的小姑娘——"睡美人"，这也是奇妙的。江口睁开眼睛，用手轻轻抚摩小姑娘的眼睫毛。姑娘颦蹙双眉，把脸侧了过去，张开了嘴唇。舌头贴在下腭上，像郁郁不乐似的。这幼嫩的舌头正中有一道可爱的沟，它吸引住了江口老人。他窥视姑娘张开的嘴。如果把姑娘的脖子勒住，这小舌头会痉挛吗？老人想起从前曾接触过比这个姑娘更年轻的娼妓。江口没有这方面的兴趣，但有时应邀做客，是人家给安排的。记得那小姑娘的舌头又薄又细长，显得很湿润。江口觉得没意思。街上传来了大鼓声和笛声，听起来很带劲。好像是个节日庙会的夜晚。小姑娘眼角细长而清秀，一副倔强的神色，她对客人江口心不在焉却又浮躁。

"是庙会吧。"江口说，"你想去赶庙会吧。"

"呀，您真了解情况嘛。是啊，我已经跟朋友约好了，可是又被叫到这儿来。"

"你随便吧。"江口避开小姑娘湿润而冰冷的舌头，"我说你随便好了，赶紧去吧……是敲响大鼓的那家神社吧。"

"可是，我会被这里的老板娘骂的。"

"不要紧，我会给你圆场。"

"是吗，真的？"

"你多大了？"

"十四。"

姑娘对男人毫无羞耻感，对自己也没有屈辱感和自暴自弃，傻乎乎的。她草草地装扮了一下，就急匆匆地向街上举办的庙会走去。江口一边抽烟，一边听大鼓、笛和摊贩的吆喝声，听了好一阵子。

江口记不太清楚那个时候自己是多大年纪，就算已经到了毫不依恋地让姑娘去参加庙会的年龄,也不是现在这样的老人。今晚的这个姑娘要比那个姑娘大两三岁吧,从肌体来看,要比那个姑娘更像个女人。首先,最大的不同是她熟睡不醒。即使庙会的大鼓响彻云霄,她也不会听见。

侧耳静听,后山仿佛送来一阵微弱的寒风。一股温暾暾的气息,透过姑娘微张的嘴唇向江口老人迎面扑来。深红色帷幔映衬下的朦胧,甚而及至姑娘的口腔里。他想:这个姑娘的舌头,可能不像那个姑娘的舌头那样湿润而冰冷。老人又受到更强烈的诱惑。在这个"睡美人"之家,睡着的时候能让人看到口腔里的舌头的,这个姑娘得数第一个。与其说老人想将手指伸进她的口腔里摸摸她的舌头,不如说仿佛有一股热血沸腾的恶念在他心中躁动。

不过,这种恶念——伴随着极其恐怖的残酷的恶念——此刻并没有在他脑际形成明确的形状。所谓男性侵犯女性的极端罪恶究竟是什么呢?比如与神户的少妇和十四岁的娼妓所干的事,在漫长的人生中,只是弹指一挥间即消逝得渺无踪影。与妻子结婚、养育女儿们等等,表面上被认为是好事,但是在时间的长河里,在漫长的岁月中,江口束缚了她们,掌握着女人们的人生,说不定连她们的性格都完全被扭曲了。毋宁说这是一件坏事。也许人世间的习惯与秩序,使他们的罪恶意识都麻木了。

躺在熟睡不醒的姑娘身边,无疑也是一种罪恶吧。如果把姑娘杀掉，罪恶就更明朗化了。勒住姑娘的脖子、捂住她的嘴和鼻子使她窒息，似乎也不难。但是，小姑娘熟睡中张着嘴，露出了幼嫩的舌头。江口老人如果把手指放在那上面，这舌头可能会像婴儿吸吮乳头那样卷得圆圆的吧。江口把手放在姑娘的鼻子下和下巴颏上，挡住了她的嘴。老人一放开手，姑娘的嘴唇又张开了。睡着了，即使嘴唇微张也十分可爱。老人由此看到了姑娘的青春。

姑娘太年轻，反而使江口的恶念在心中摇荡。不过，悄悄到这个"睡美人"之家来的老人们，恐怕不只是为了寂寞地追悔流逝的青春年华，难道不是也有人为了忘却一生中所作的恶而来吗？介绍江口到这里来的木贺老人，当然不会泄露其他客人的秘密。大概会员客人为数不多。而且可以推察到在世俗的意义上，这些老人是成功者，而不是落伍者。然而，他们的成功是作恶之后获得的，恐怕也有人是通过不断地作恶才保住连续的成功。因此，他们不是心灵上的安泰者，是恐惧者、彻底的失败者。抚触着昏睡不醒的年轻女人的肌肤，躺下来的时候，从心底里涌起的也许不仅仅是接近死亡的恐惧和对青春流逝的哀戚。也许还有人对自己昔日的背德感到悔恨，拥有一个成功者常有的家庭的不幸。老人中大概没有人愿意屈膝膜拜，企求亡魂，而宁愿紧紧地搂住裸体美女，流淌冰冷的眼泪，哭得死去活来，或者放声呼唤。然而，姑娘一点也不知道，也绝不会醒过来。老人们也就不会感到羞耻，或感到自尊心受伤。这完全是自由的悔恨，自由的悲伤。

这样看来,"睡美人"不就像一具僵尸了吗?而且是一具活着的肌体。姑娘年轻的肌体和芳香,可以给这些可怜的老人宽恕和安慰。

这些思绪如潮涌现的时候,江口老人静静地闭上了眼睛。至此的三个"睡美人"中,今夜这个年纪最小、未有丝毫衰萎的姑娘,忽然诱发了江口这样一些思绪,这也有点奇妙。老人把姑娘紧紧地抱住。此前他避免接触姑娘的任何地方。姑娘几乎被老人整个儿搂在怀里,力气全被剥夺,毫无抵抗。她个子细长,纤弱得可怜。她虽然沉睡着,但大概能感受到江口的举动,闭上了张着的嘴唇。突出的腰骨生硬地碰到了老人。

江口寻思:这个小姑娘将会辗转度过怎样的人生呢?就算没有获得所谓的成功和出人头地,但究竟能不能安稳地度过一生?但愿她今后在这家客栈里安慰和拯救这些老人所积下的功德,能使她日后获得幸福。江口甚至想:说不定就像从前的神话传说那样,这个姑娘是一个什么佛的化身呢。有的神话不是说妓女和妖女本是佛的化身吗?

江口老人一边温柔地抓住姑娘的垂发,一边试图忏悔自己过去的罪孽和背德,以求得心灵的平静。可是浮现在心头的却是过去的女人们。使老人感到庆幸的是自己所想起的,并非与她们交往时间的长短、她们容貌的美丑、头脑的聪明或笨拙、人品的好坏。比如神户那个少妇,她曾说:"啊!就像死一般地睡着了,真的像死了一样。"他想起的是这样的女人们。这些女人对江口的爱抚,有一种忘我的敏感反应和情不自禁的欣喜若狂。与其说这取决于女人的爱之深浅，不如说是由她们天生的肌体决定的。这个小姑娘不久之后成熟了，将会是怎样的呢？老人边想边用搂着姑娘后背的手抚摩她。但这种事无法预知。先前江口在这里躺在妖妇般的姑娘身旁，曾寻思道：在过去的六十七年间，自己触摸到的人性的宽度有多宽，性的深度有多深呢？这种寻思使他感到自己的毫釐，但是今晚的小姑娘却反而活生生地唤醒了老人过去的性生活，这真是奇妙。老人把嘴唇轻轻地贴在姑娘合闭的双唇上。没有任何味道，是干涩的。似乎没有味道反而更好。江口想：也许没有机会与这个姑娘重逢了。当这个小姑娘的两片嘴唇为性的体味湿润而嚅动的时候，也许江口早就过世了。这也不必感到寂寞。老人把亲吻姑娘双唇的嘴唇移开，又吻姑娘的眉毛和眼睫毛。姑娘大概觉得发痒，她的脸稍微动了动，把额头挨近老人的眼前。一直合着双眼的江口，把眼睛闭得更紧了。

眼帘里浮现出扑朔迷离的幻影，复又消失。不久，这幻影隐约成形。好几支金黄色的箭从近处飞过。箭头带着深紫色的风信子化，箭尾带着各种色彩的兰花，美极了。但是，箭飞得这样快，花难道不会掉下来吗？不掉下来，真是怪事呢。忐忑不安的思绪使江口老人睁开了眼睛。原来自己开始打盹儿了。

放在枕头下面的安眠药还没有吃。看看药旁边的手表，时针已指向十二点半。老人将两片安眠药放在手心上，今晚没有遭到毫釐的厌世和寂寞的梦魇的侵袭，所以舍不得就这样入睡。姑娘呼出安详的气息。人家给她服用了什么，还是给她打了什么针呢？毫无痛苦的样子。安眠药的量可能很多吧，也许是轻度的毒药。江口想像她那样深深地沉睡一次。他悄悄地离开被窝，从挂着深红色天鹅绒帷幔的房间走到隔壁房间。他打算向这家的那个女人索要与姑娘服用的同样的药，他按响了电铃，铃声响个不停，使人感到这家里里外外有一股寒气。深更半夜让这秘密之家的呼唤铃声总响个不停，江口也有点顾忌。这里是温暖地带，冬日的败叶还萎缩地残留在树枝上。尽管如此，庭院里不时隐约传来风扫落叶声。今夜拍击悬崖的海浪也很平静。这种无人的寂静，使人觉得这家宛如幽灵的宅邸，江口老人觉得肩膀冷得发抖。原来老人只穿了件浴衣式的睡衣就径直走了出来。

回到密室，只见小姑娘双颊通红。电热毯的温度早已调低，大概是姑娘年轻的缘故吧。老人又贴近姑娘，以暖和自己的冰凉。姑娘暖和地挺起胸脯，脚尖伸到榻榻米上。

"这样会感冒的。"江口老人说，他感到了年龄上莫大的差距。姑娘暖和的小身躯，恰好被整个搂在江口老人的怀里。

翌日清晨，江口一边由这家的女人侍候着吃早饭，一边说："昨天晚上，你没有听见呼唤的铃声响吗？我很想服用那姑娘所服用的药，像她那样沉睡。"

"那是禁止服用的药。首先,对老人很危险。"

"我心脏很好,不用担心。就算永远睡下去,我也不懊悔。"

"您才来三次,就说这么任性的话。"

"在这里可以说的最任性的话是什么呢?"

女人用不快的目光看着江口老人,露出了一丝微笑。

四

一大早，冬日的天空就阴沉沉的。傍晚时分，下了一阵冰凉的小雨。江口老人走进"睡美人"之家后，才觉察到这场小雨已变成雨雪交加。还是那个女人悄悄地把门扉掩紧并上了锁。女人手持手电筒照着脚下走。凭借这昏暗的照明，可以看见雨中夹有白色的东西。这白色的东西稀稀拉拉地飘着，显得很柔软。它落在通往正门的踏脚石上，立即就融化了。

"踏脚石濡湿了，请留神。"女人用一只手打着伞，一只手搀着老人的手。中年女人那令人毛骨悚然的手温，透过老人的手套传了过来。

"不要紧的。我……"江口说着，挣开了女人的手，"我还没老到需要人家搀扶的地步呢。"

"踏脚石很滑呀。"女人说。凋落在踏脚石四周的红叶还没有清扫。有的褶皱褪色了，被雨濡湿，显得润泽发亮。

"也有一只手或一条腿偏瘫的老糊涂，要靠人搀扶或抱着走到这里来的吗？"江口问女人。

"别的客人的事，您不该问。"

"但是,那样的老人到了冬天可危险啊。如果在这里发生诸如突发脑出血或心脏病死去的事,可怎么办?"

"如果发生这种事,这里就完了。尽管对客人来说,也许是到了极乐天堂。"女人冷淡地回答。

"你也少不了要负责任呀。"

"是的。"女人原先不知是干什么的,丝毫不动声色。

来到二楼的房间,只见室内一如既往,壁龛里先前挂的山村红叶画,到底还是换上了雪景的画。这无疑也是复制品。

女人一边熟练地沏了上等煎茶,一边说:"您又突然打电话来。先前的三个姑娘,您都不惬意吗?"

"不,三个我都太惬意了。真的。"

"这样的话,您至少提前两三天预约好哪个姑娘就好了。可是……您真是位风流客呀。"

"算得上风流吗?对一个熟睡的姑娘也算得上吗?对象是谁她全然不知,不是吗?谁来都一样。"

"虽然是熟睡了,但毕竟还是个活生生的女人嘛。"

"有没有哪个姑娘问起,昨晚的客人是个什么样的老人?"

"这家的规矩是绝对不许说的。因为这是这家的严格忌讳,请放心吧。"

"记得你曾经说过,对一个姑娘过分痴情会烦扰的。关于这家的

（风流）事，先前你还说过与我今晚对你说的一样的话，还记得吧。今晚的情况则整个颠倒过来了。事情也真奇妙啊。难道你也露出女人的本性来了吗？"

女人薄薄的嘴唇边上，浮现出一丝挖苦的笑，说："看来您打年轻的时候起，就一定让不知多少女人哭过吧。"

江口老人被女人这突如其来的话吓了一跳，说："哪儿的话，这可不是闹着玩的。"

"瞧您那么认真，这才可疑呢。"

"我要是你所说的那种男人，就不会到这里来了。到这里来的，净是些迷恋女性的老人吧。懊悔也罢，挣扎也罢，事到如今已追悔莫及。净是这样的老人吧。"

"这，谁知道呢。"女人不动声色。

"上次来的时候，也略略问过，在这里能让老人任性到什么程度？"

"这，就是让姑娘睡觉。"

"我可不可以服用与姑娘用的相同的安眠药呢？"

"上次不是拒绝过了吗？"

"那么，老人能做的最坏的事是什么呢？"

"这家里没有恶事。"女人压低娇嫩的声音，仿佛提醒江口似的说。

"没有恶事吗?"老人嘟囔了一句。

女人的黑眸子露出了沉着的神色。"如果想把姑娘掐死,那就容易得像扭婴儿的手……"

江口老人有点厌烦,说:"把她掐死,她也不醒吗?"

"我想是的。"

"对强迫殉情,这倒是挺合适的。"

"您觉得独自自杀太寂寞的时候,就请吧。"

"在比自杀更寂寞的时候呢?"

"老人中,可能也有这种人吧。"女人还是很沉着,"今晚,您是不是喝了酒啦,净说些离奇的话。"

"我喝了比酒更坏的东西。"

话音刚落,连女人都不禁瞟了江口老人一眼。不过,她还是佯装不屑一顾的样子说:"今晚的姑娘是个温暖的姑娘。在这么寒冷的夜晚,她正合适,可以暖和您的身子。"说罢就下楼去了。

江口打开密室的门,觉得有一股比以前更浓的女人的甜味。姑娘背向着他睡着,虽然算不上是在打鼾,但呼吸声也够深沉的。像是大个子。也许是深红色天鹅绒帷幔映衬的缘故,看不太清楚,她那头浓密的秀发似乎呈红褐色。从那厚耳朵到粗脖子的肌肤很洁白。确如女人所说的,好像很温暖。可是相形之下,脸蛋却不红润。老人溜到姑娘的背后。

"啊！"他不由自主地发出了一声惊叹。暖和确是暖和，不过，姑娘的肌肤很滑润，老人仿佛被它吸引住了。姑娘散发出来的气味还带点潮气。江口老人久久地闭上眼睛，纹丝不动。姑娘也一动不动。她的腰部以下很丰满。她的温暖与其说是渗入老人体内，莫如说把老人包围住了。姑娘的胸脯也是鼓鼓的，乳房不高，但很大，可乳头却小得出奇。刚才这家女人说"掐死"，使他想起这句话并为这种诱惑战栗的，也许就是姑娘的肌体吧。如果把这个姑娘掐死，她的肌体会散发出什么气味呢？江口极力想象着这姑娘难看的走路姿势，努力从恶念中摆脱出来。心情稍稍平静下来。但是姑娘走路的姿势不像样又怎样呢？有一双模样好的漂亮的脚又怎样呢？对于一个已经六十七岁的老人来说，这样一个只有一夜之缘的姑娘，她聪明或笨拙、教养高或低又怎样呢？现在最现实的，只是抚摸着这个姑娘而已，不是吗？而且姑娘熟睡不醒，不知道老丑的江口在抚摸着她，不是吗？即使明天，她也不会知道。她纯粹是个玩物呢，还是个牺牲品？江口老人到这家来，还只是第四回，然而随着次数的增加，他越发感到自己内心的麻木不仁，特别是今夜，感受更深。

今晚的姑娘是不是也被这家弄得习惯了呢？她根本不把这些可怜的老人当作一回事吧。她对江口的抚触毫无反应。任何非人的世界也会由于习惯成为人的世界。诸多的背德行为都隐藏在世间的阴暗处。只是江口与其他到这家来的老人有点不同。也可以说全然不同。介绍江口到这家来的木贺老人，认为江口老人跟他们一样，这是估计错误，江口还是个男人。因此可以认为江口还没有痛切地体味到前来这家的老人真正的悲伤、喜悦、懊悔和寂寞。对江口来说，未必需要绝对熟睡不醒的姑娘。

譬如第二次造访这家，面对那个妖妇般的姑娘，江口差点冲破禁戒，幸亏惊奇于她还是个处女，才控制住了自己。从此以后，他发誓要严守这家的清规戒律，或者说是确保让"睡美人"放心，发誓不破坏老人们的秘密。可话又说回来，这家净招一些妙龄处女来，是什么用心呢？也许可以说这是老人们可怜的希望吧。江口觉得好像明白了，却又觉得还是糊涂。

不过，今晚的姑娘有点可疑。江口老人难以相信。老人挺起胸脯，把胸部压在姑娘的肩膀上，望着姑娘的脸。如同姑娘的体态那样，她的脸也长得不够端正，却格外天真无邪。鼻子下部略宽，鼻梁较矮。脸颊又圆又大。前额的发际较低，呈富士山形。眉毛短而浓密，很寻常。

"还算可爱。"老人一边自言自语，一边把自己的脸颊贴在姑娘的脸颊上。这儿也很光滑。姑娘可能觉得肩膀太重吧，她翻过身来形成仰卧。江口把身子缩了回来。

老人就这样闭上眼睛好大一会儿。也可能是姑娘的气味格外浓重的缘故。常言说，人世间再没有比气味更能唤起对往事的回忆了。而且可能是姑娘的气味太甜的缘故，净使他想起婴儿的乳臭味。本来这两种气味是截然不同的，可能因为它是人类某种根源的气味吧。自古以来就有这样的传说：少女身上散发出来的香味，可以当作老人的长生不老药。这姑娘的气味，好像不是这种馨香。如果江口老人对这个姑娘做出冒犯这家禁戒的举动，一定会惹起令人讨厌的腥臊味。但是，江口有这种想法，难道不正是一种征兆，说明江口已经老了吗？像姑娘这种浓重的气味，以及腥臊味，难道不正是人类诞生的原味吗？她好像是个容易怀孕的姑娘。即使她被弄得熟睡不醒，但生理机能并没有停止，明天她总会醒过来吧。再说纵令姑娘怀了孕，她也是处在全然不知的状态下。江口老人已经六十七岁，留下这样一个孩子在人世间将会怎样呢？引诱男人进"魔界"的，似乎就是女体。

但是，姑娘已丧失所有的防御能力。为了老客人，为了可怜的老人，她一丝不挂，绝不醒来。江口觉得自己也变得无情了，他十分烦恼，不由得自言自语，说些意想不到的事：老人会死，年轻人要恋爱，死只有一次，恋爱则有多回。虽然这是没有料想到的事，它却使江口镇静下来。再说他心情本来就不太兴奋。室外隐约传来雨雪交加声。海浪声也平静下来。雨夹雪落在海水里，旋即融化。老人仿佛看到那又黑又宽阔的海。有一只像大雕般的凶鸟叼着血淋淋的猎物，几乎贴着黑色波浪在盘旋。那猎物不是人类的婴儿吗？怎么可能有这种事。如此看来，那是人类背德的幻影吧。江口在枕头上轻轻地摇了摇头，把这幻想拂去。

"啊，真暖和。"江口老人说。这不仅是电热毯的关系。姑娘把盖着的棉被往下拽，半露出那又宽又丰满却略缺起伏的胸脯。深红的天鹅绒帷幔的色泽，隐约映照在姑娘白皙的肌肤上。老人一边观赏这美丽的胸部，一边用一根手指沿着她那富士山形的前额发际线画着。姑娘改为仰卧后，一直均匀地发出长长的呼吸声。在那小小的嘴唇里长着什么样的牙齿呢？江口揪住她下唇的中间部位，稍稍打开看了看。比起小巧玲珑的嘴唇来，她的牙齿就显得不那么小了，不过还算是细小、漂亮而整齐。老人把手松开，姑娘的嘴唇不像原先那样紧闭，保持着微张的状态，略见牙齿。江口老人用沾上口红的红指尖，去揪姑娘的厚耳垂，把口红蹭到那上面，剩下的部分就蹭在姑娘的粗脖子上。着实白皙的脖子上，隐约画出一道红线，可爱极了。

江口寻思，她可能还是个处女吧。江口第二次来这家时，对那个姑娘产生过怀疑，他对自己无耻的贪婪感到惊讶和懊悔，所以就无意探查她了。对江口老人来说，她是不是处女，又算得了什么呢。不，一想到不一定是那样，老人仿佛听到体内有个声音在奚落自己。

"是恶魔想嘲笑我吗？"

"什么恶魔，可不是那么简单。你只顾小题大做地想象着该死未死的你的感伤和憧憬，不是吗？"

"不，我想的不是我自己，只是更多地考虑那些可怜的老伙伴而已。"

"哼,说得好听,你这个背德的家伙!还有比把责任推卸给别的背德者更卑鄙的吗?"

"你说我是背德者吗?背德就背德吧。可是为什么处女就是纯洁的,不是处女就不纯洁呢?我到这家并不是想要什么处女。"

"因为你还未真正懂得耄耋之年者的憧憬。你不要再来了。万一,万一那姑娘半夜醒来,你不觉得老人也不会感到多么羞愧吗?"

江口脑海里浮现出诸如此类的自问自答。当然,他并不是因为这种事才总是让处女睡在身边。江口老人虽然到这家来还只是第四回,但是陪他的净是处女,这使他感到怀疑。这真的是老人们的希求和愿望吗?

可是,此刻"如果醒过来"这个念头非常诱惑江口。用多大程度的刺激,或用怎样的刺激,才能让她醒过来呢?哪怕是蒙眬的状态也罢。比如把她的一只胳膊卸下来,再比如深深地捅穿她的胸口或腹部,恐怕她就无法继续睡下去了吧?

"念头越发邪恶了。"江口老人自言自语道。大概用不了几年,江口也会像到这里来的老人们那样没有力气了吧。一种残暴的思绪涌上心头。把这种客栈毁掉,也让自己的人生毁灭掉吧。但是,这种念头是来自今夜熟睡不醒的姑娘露出的又白又宽的胸脯所显示的亲切,这姑娘不是所谓匀称的美女,而是可爱的美人。这好像是一种忏悔心理的逆反表现。怯懦地行将结束的一生中也有忏悔。自己恐怕连一起去椿寺观赏散瓣山茶花的小女儿的那种勇气也没有。江口老人合上了眼睛。

眼前浮现出，在庭院里踏脚石两旁修整过的低矮草丛中，两只蝴蝶在双双飞舞戏耍。它们忽而藏入草丛中，忽而掠过草丛飞翔，十分快乐。两只蝴蝶在草丛上方稍高处，双双飞来飞去，草丛中又有另一只蝴蝶出现，还有一只再出现。江口心想：这是两对夫妻蝴蝶呀。正想着的时候，蓦地变成了五只掺杂在一起。眼看着它们仿佛在争斗，这时草丛里又不断地飞出无数的蝴蝶来。庭院里呈现一片白蝴蝶的群舞。蝴蝶飞得都不高。低垂而舒展的枫叶树枝，在微风中摇曳。树枝纤细，却缀着硕大的叶子，因此招风。白蝴蝶越来越多，恍如一片白色的花圃。江口老人望着净是枫树的地方，心想自己的这种幻觉是不是与"睡美人"之家有关呢？幻觉中的枫叶，时而变黄，时而又变红，与成群蝴蝶的白色鲜艳地交相辉映。然而，这家的红叶早已凋落殆尽，尽管还残留着几片败叶瑟缩在枝头。天空卜着雨夹雪。

江口简直完全忘却了室外雨雪交加的寒冷。这样看来，白蝴蝶成群飞舞的幻觉，大概是来自躺在身旁的姑娘那敞开的丰满而白皙的胸脯吧。姑娘身上可能有某种东西，足以撵走老人的邪恶念头。江口老人睁开了眼睛，望着姑娘宽胸上的桃红色小乳头。它像是善良的象征。他将半边脸贴在姑娘的胸脯上，只觉得眼帘里热乎乎的。老人想在姑娘身上留下自己的印记。如果冲破这家的禁忌，姑娘醒来之后一定会恼恨的。江口老人在姑娘的胸脯上留下了好几处渗着血色的痕迹，他不由得打了个寒噤。

"会冷的呀。"江口说着把被子拉上来。他不假思索地把枕头下面常备的两片安眠药都吞下了。"真沉啊，是够胖的。"江口说着举起双手抱住她，让她转过身来。

翌日早晨，江口老人两次被这家女人唤醒。第一次，那女人嘭嘭地敲着杉木门，说："先生！已经九点啦！"

"哦，我已经醒了。这就起来。那边房间很冷吧。"

"我早就生好暖炉了。"

"雨夹雪还在下吗？"

"已经停了。不过天阴沉沉的。"

"是嘛。"

"早餐早就准备好了。"

"哦。"老人含混地回答，又迷迷糊糊地闭上了眼睛。他一边把身子靠近姑娘那罕见的肌体，一边嘟囔："真是个地狱的催命鬼。"

过了不到十分钟，那女人第二次来了。

"先生！"那女人猛烈地敲着杉木门，"您又睡着了吗？"声音也显得冒火了。

"门没有锁呀。"江口说。女人走了进来。老人无精打采地坐起身来。女人帮着糊里糊涂的江口更衣，连袜子也帮他穿上，手的动作却令人讨厌。她到隔壁房间后，熟练地把煎茶都沏好了。然而，当江口老人边品尝边慢慢喝茶的时候，女人用冷冷的、怀疑的白眼望着他，说："您对昨晚的姑娘很满意，是吗？"

"嗯，将就吧。"

"太好了，做好梦了吗？"

"梦？什么梦都没有做。美美地睡了一觉。近来不曾睡得这么好。"江口露出要打哈欠的样子，"我还没有彻底醒过来呢。"

"您昨天很累吧？"

"大概是那个姑娘的关系吧。那个姑娘很走红吗？"

女人低下头绷着脸。

"有件事要诚恳地拜托你。"江口老人也故作庄重地说，"早饭后，能不能再给我一点安眠药？拜托了。我会给你报酬的。不知那个姑娘什么时候醒过来……"

"这怎么行？！"女人那青黑色的脸顿时刷白，连肩膀都绷紧了，"瞧您都说些什么呀，说话总得有个分寸嘛。"

"分寸？"老人想笑却笑不出来。

女人可能怀疑江口对姑娘做了什么手脚吧，急匆匆地走进邻室。

五

新年刚过,海浪汹涌,发出隆冬的声响。陆地上,风倒不是那么大。

"呀,这么冷的夜晚,欢迎您……""睡美人"之家的那个女人说着,打开门锁,把他迎了进来。

"就是因为冷才来的嘛。"江口老人说,"这么冷的夜晚,能用青春的肌体来暖和自己,就是猝死也是老人的极乐,不是吗?"

"瞧您说的讨厌话。"

"老人是死亡的邻居嘛。"

二楼往常的那间客房生了火炉,暖融融的。女人照例给他沏了上等煎茶。

"总觉得有股贼风灌进来。"江口说。

话音刚落,女人就"啊?"地应了一声,环视四周。"这房间没有缝隙呀。"

"房间里是不是有鬼呀?"

女人猛然被吓得肩膀直打哆嗦,望着老人。她脸色刷白。

"再给我一杯茶好吗?不要凉的,我要喝烫的。"老人说。

女人一边按他的要求做,一边冷冷地问道:"您听说什么了?"

"嗯,没什么。"

"是吗?既然听说了,您还来?"女人也许感觉到江口已经知道了,她似乎决意不勉强隐瞒,但神情着实很不情愿。

"您特意前来,不过我还是劝您走吧。"

"我明知而来,不是很好吗?"

"嘻嘻嘻……"听起来像是恶魔的笑声。

"反正那种事总会发生的。因为冬天对老人来说是危险的……这家只在冬天歇业不好吗?"

"……"

"虽然不知道什么样的老人来,但是如果接二连三地死去,你恐怕少不了要负些责任吧。"

"这种事,请您向我们掌柜说去吧。我有什么罪过呢?"女人依然面无血色。

"有罪啊。你们不是把老人的尸体运到附近的温泉旅馆了吗?趁着黑夜悄悄地……你肯定也帮了忙。"

女人双手抓住膝盖,姿势变得僵硬起来,说:"这是为了那位老人的名誉啊!"

"名誉?死人也有名誉问题吗?这也有个体面的问题啊。也许不是为了死者,而是为了家属吧。谈这些事似乎很无聊……那家温泉旅馆与这家是不是一个主人？"

女人不作答。

"那个老人死在裸体姑娘身边，恐怕报纸也不至于曝光吧。如果我是那个老人，还希望不要运出去而留在这里，我觉得这样更幸福。"

"为了应付验尸和一些麻烦的调查，加上房间也有点不对劲，一定会给常来光顾的客人添麻烦，对陪睡的姑娘们也……"

"姑娘昏睡，也不知道老人死了。老人临死的轻微挣扎，也不会使她惊醒吧。"

"是的，那是……不过，如果让老人在这里死去的话，就得把姑娘迁出去，藏在某个地方。即使这样做，也难免会出于某种原因让别人知道有姑娘在死者身旁啊。"

"怎么，把姑娘弄走了吗？"

"可不是吗，这显然构成犯罪行为嘛。"

"老人的尸体都凉了，姑娘也不会醒吧。"

"是的。"

"这么说，姑娘对身边老人的死简直一无所知。"江口又说了一遍同样的话。那老人死了之后，不知过了多长时间，沉睡的姑娘依然将她暖乎乎的身体靠在那冰凉的尸体上。尸体被抬了出去，姑娘也一无所知。

"我的血压和心脏都很正常，不用担心。不过，万一出事，请不要把我运到温泉旅馆,就让我依然躺在姑娘的身边好吗?"

"那可不行。"女人乱了方寸,说,"您要这么说,那就要请您走人。"

"开句玩笑嘛。"江口老人笑了。正如他对女人说过的那样,他不认为猝死会逼近自己。

尽管如此,在这家过世的老人,报纸广告刊登的讣告只说是"猝死"。江口在殡仪馆遇见了木贺老人,两人咬耳朵悄悄通了信息,了解了详情。那老人是因心绞痛死的。

"那家温泉旅馆嘛,不是像他这样的老人住的旅馆。他有固定住宿的旅馆。"木贺老人对江口老人说,"因此也有人悄悄议论说,福良专务董事可能是安乐死吧。"

"嗯。"

"看起来或许像是安乐死,其实不是真的安乐死,可能比安乐死更痛苦吧。我与福良专务董事是较亲近的朋友,一听说马上就明白了,立即进行了调查。但我对谁都没说,死者家属也不知道。那条讣告有意思吧?"

报上并排登了两则讣告。头一则署的是福良的妻子与他的嗣子的名,另一则是署公司的名。

"福良就是这个样子。"木贺做出粗脖子、宽胸脯、挺个大肚子的样子让江口看,"你也小心点好呀。"

"我倒没有这种顾虑。"

"不过,他们最后还是在半夜三更把福良那具硕大的尸体,运到温泉旅馆了。"

是谁搬运的呢?当然肯定是用车子运走的,不过江口老人觉得这事相当瘆人。

"虽然这次事件不为人知就过去了,可要是再发生这种事,我想那家恐怕也长不了。"木贺老人在殡仪馆悄悄地说。

"可能吧。"江口老人应声说。

今晚,这女人估计江口已经知道福良老人的事,她似乎也不想隐瞒,却小心地警惕着。

"那姑娘真的不知道吗?"江口老人对这女人又提出了令人讨厌的问题。

"她当然不会知道。不过,看起来那老人临死时有点痛苦,姑娘的脖子到胸脯都有被抓伤的痕迹。姑娘却什么都不知道,第二天醒来,她说:真是个讨厌的老头。"

"是个讨厌的老头吗?只是临死前的挣扎罢了。"

"抓痕还不到伤的程度。充其量有些地方渗出点血,有点红肿……"

那女人似乎什么都对江口说。这样一来,江口反而无意再探问。那老人恐怕也只是一个早晚会在某处猝死的人罢了。对他来说,也许这样的猝死是一种幸福的死亡。只是木贺说的把那么一具硕大的尸体搬运出门这件事，刺激了江口的想象，他说："耄耋之年的死总是丑陋的呀，唉，也许是接近幸福的极乐净土……不不，那老人准是坠入魔界了。"

"……"

"那姑娘也是我认识的姑娘吗？"

"这我不能说。"

"嗯。"

"因为姑娘的脖子到胸脯都留下了抓痕，所以我让她休息到抓痕全都消去……"

"请再给我一杯茶，嗓子干得很。"

"好，我换换茶叶。"

"发生了这样的事件，尽管秘密地埋葬了，但这家的日子恐怕不会长了，你不觉得吗？"

"可能这样吗？"女人缓慢地说，头也没抬地在沏茶。

"先生，今晚幽灵可能会出现呢。"

"我还想与幽灵恳切地谈谈呢。"

"您想谈什么呢？"

"关于男性可怜的老年问题呗。"

"刚才我是开玩笑呢。"

老人啜饮着香喷喷的煎茶。

"我知道是开玩笑。不过,我体内也有幽灵呢。你体内也有呀。"江口老人伸出右手指了指女人。

"话又说回来,你怎么知道老人死了呢?"江口问。

"我觉得仿佛有奇怪的呻吟声,就上二楼来瞧了瞧。老人的脉搏和呼吸都已经停止了。"

"姑娘全然不知吧。"老人又说。

"这点事,不至于让姑娘惊醒过来。"

"这点事吗……就是说,老人的尸体被运出去,她也不知道。"

"是的。"

"这么说,姑娘是最厉害的。"

"没有什么厉害的嘛,先生请别说这些不必要的话,快到邻室去吧。难道您曾认为熟睡的姑娘是最厉害的吗?"

"姑娘的青春,对老人来说,也许是最厉害的啊。"

"瞧您都说些什么呀……"女人莞尔一笑,站起身来,把通往邻室的杉木门略微打开,"姑娘已经熟睡,等着您呢,请吧……给您钥匙。"说着从腰带间把钥匙掏出来交给了江口。

"对,对了,我说晚了,今夜是两个姑娘。"

"两个?"

江口老人吃了一惊,不过他寻思,说不定这是由于姑娘们也知道福良老人猝死的关系吧。

"请吧。"女人说着走开了。

江口打开杉木门，初来乍到时的那股好奇或羞耻感，已经变得迟钝了，不过还是觉得有点奇怪。

"这也是来见习的吗？"

但是，这个姑娘与先前见习的那个"小姑娘"不一样，这姑娘显得很粗野。她的粗野姿态，使江口老人把福良老人的死几乎忘却得干二净。两个姑娘挨在一起，靠近入门处的就是这个姑娘，她熟睡着。大概是不习惯老人爱用的电热毯，或是她体内充满温暖，不把寒冬之夜当回事，姑娘把被子蹬到心窝下，睡成"大"字形。仰面朝天，两只胳膊尽量伸张。她的乳晕大，而且呈紫黑色。天花板上投射下来的光落在深红色的帷幔上，映着她的乳晕，色泽并不美，从脖子到胸脯的色泽也谈不上美，却是又黑又亮。她似乎有点狐臭。

"这就是生命吧！"江口喃喃自语。这样一个姑娘给六十七岁的老人带来了活力。江口有点怀疑这个姑娘是不是日本人。看上去一些特征表明她才十几岁，乳房大，乳头却没有鼓出来。虽然不胖，身体却长得很结实。

"嗯。"老人拿起她的手看了看，手指长，指甲也很长。身体一定也像时兴的那样修长吧。她究竟会发出什么样的声音，会说什么样的话呢？江口喜欢听广播和电视里好几个女人的声音，当这些女演员出现时,他曾把眼睛闭上,只听她们的声音。老人很想听听这个熟睡的姑娘的声音,这种诱惑越发强烈了。此刻绝不会醒过来的姑娘怎么可能有意识地说话呢?怎样做才能让她说梦话呢?当然,说梦话的声音与平常的不同。再说,女人一般都有几种语调,不过这个姑娘大概只会用一种声音说话吧。从她的睡相也可以看出,她保持自然的粗野,没有装腔作势。

江口老人坐起身来,抚弄着姑娘长长的指甲。指甲这种东西竟这么硬呀。这就是强健而年轻的指甲吗?指甲下面的血色是这么鲜艳。此前他没有注意到,姑娘脖子上戴了一条很细的金项链。老人莞尔一笑。在这样寒冷的夜里,她竟露出胸脯,而且前额发际还在冒汗。江口从口袋里掏出手绢来,给她擦了擦汗。手绢沾上了浓浓的气味。连姑娘的腋下也擦拭了。他不能把这条手绢带回家,所以把它揉成团扔在房间的犄角里。

"哎呀,她抹了口红。"江口嘟囔着说。虽然这是理所当然的事,但是这个姑娘抹口红的样子也招人笑。江口老人望了望姑娘,自言自语说:"她做过唇裂手术呀。"

老人把扔掉的手绢又捡了回来,揩了揩姑娘的嘴唇。那不是做过唇裂手术的痕迹。她那上唇只有中间部位高出来,那种富士山形的轮廓特别鲜明好看,意外地招人爱怜。

江口老人蓦地想起四十多年前的接吻感受。他站在那姑娘面前,把手轻轻搭在她肩上，突然靠近她的嘴唇。姑娘把脸向右边闪过去，又向左边躲开。

"不要，不要，我不嘛。"姑娘说。

"好了，吻了。"

"我没有吻呀。"

江口揩拭了一下自己的嘴唇，让她看看沾着点口红的手绢，说："不是已经吻过了吗？瞧……"

姑娘把手绢拿过来看了看，一声不吭地揣到自己的手提包里。

"我没有吻呀。"姑娘说着低下头来，噙着眼泪，缄口不语。打那以后，就再也没有见到她了……不知姑娘后来是怎样处理那条手绢的。不，比手绢更重要的是四十多年后的今天，姑娘是否还活着？

不知过了多少年，江口老人全然忘却了当年那个姑娘，看到熟睡姑娘那美丽的山形上唇才想起来。江口心想，如果把手绢放在熟睡姑娘的枕边，手绢上沾有口红，姑娘自己的口红又褪了色，待到她醒过来，会不会想自己还是被人偷偷吻了呢？当然，在这里，接吻这种事无疑是客人的自由，不属禁止之列。耄耋之年的人再怎么老糊涂也是会接吻的。只是这里的姑娘绝不躲避，也绝不会知道而已。睡着的嘴唇是冰凉的，也许还有点湿润。亲吻所爱女人的尸体的嘴唇，不是更能传递情感的战栗吗？江口一想到来这里的老人们那可怜的衰老，就更激不起这种欲望了。

然而，今晚的姑娘那罕见的唇形，多少吸引了江口老人。他想，竟有这种嘴唇呀。老人用指尖触动一下姑娘上唇正中的部位。嘴唇干燥，皮好像也挺厚。姑娘开始舔嘴唇，直到把嘴唇舔湿润了。江口把手收了回来。

"这姑娘一边睡一边在接吻吗？"

不过，老人只是抚摩了一下姑娘耳际的头发。头发又粗又硬。老人站起身来，更衣去了。

"身体再棒，这样也会感冒的。"江口说着将姑娘的胳膊放进被窝里，又把被子拽到姑娘的胸脯上，然后靠到姑娘身旁。姑娘翻过身来。

"嗯嗯。"姑娘张开两只胳膊猛力一推，轻而易举地就把老人推出了被窝。老人觉得很滑稽，笑个不止。

"果然不错，是个勇猛的见习生啊。"

姑娘陷入绝不会醒过来的熟睡中，全身像被麻醉了似的，可以任人摆布。但是，面对着这样一个姑娘，江口老人已经丧失了竭尽全力去对付她的劲头。也许时间太长都忘却了。他本是从温柔的春心和驯服的顺从中进入境界的，本是从女人的亲切中进入境界的，已经不需要为冒险和斗争喘气了。现在突然被熟睡的姑娘推了出来，老人一边笑一边想起这些事。

"毕竟是岁数不饶人啊。"江口老人自言自语。其实他不像到这家来的老人们那样，他还没有资格到这里来。但是，自己身上残存的男性的生命也不久了。可能是这个肌肤又黑又亮的姑娘，使他想起了这不常有而又切实的问题。

对这样的姑娘施展暴力，正可以唤醒青春。江口对"睡美人"之家已经有点厌倦。尽管厌倦，可是来的次数反而多起来。一股血气的涌动，在唆使江口对这姑娘施展暴力，冲破这家的禁忌，揭示老人们丑陋的秘乐，然后从此与这里诀别。但是，实际上不需要暴力和强制。熟睡的姑娘的身体恐怕不会反抗。要勒死她也不费吹灰之力。江口老人泄气了，黑暗的虚无感在心底扩展。近处的波涛声听起来像是从远处传来，或许与陆地上无风也有关系。老人想象着黢黑的大海里黑暗的底层。他支起一只胳膊肘，把脸贴近姑娘的脸。姑娘深吸了一口气。老人也停止接吻，放平了肘部。

姑娘那黝黑的双手把江口老人推出被窝，因此她的胸脯也裸露在被窝外面。江口钻进贴邻的另一个姑娘的被窝里。原是背向着他的姑娘，向他扭转身来。姑娘虽然是熟睡，却像迎接了他，样子温柔而亲切，是个情趣媚人的姑娘。她把一只胳膊搭在老人的腰部。

"你配合得很好。"老人说着一边玩弄姑娘的手指，一边闭上了眼睛。姑娘的手指很细，而且很柔韧，仿佛怎么折也折不断似的。江口甚至想把它放进嘴里。她的乳房虽小却又圆又高，可以整个纳入江口老人的掌心。腰部浑圆，也是这种形状。江口心想，女人真有无限的魅力啊，于是不禁悲从中来。他睁开了眼睛，只见姑娘脖颈修长、纤细美丽。虽说身材修长，但没有日本式的古典气息。她闭着的眼睛是双眼皮，不过线条较浅，也许睁开就成单眼皮了。也许时而是单眼皮，时而又成双眼皮吧。也许一只眼睛是双眼皮，一只眼睛是单眼皮呢。在房间四周天鹅绒帷幔的映衬下，难以正确判断出她肌肤的颜色。不过她的脸略呈小麦色，脖颈白皙，脖根处又带点小麦色，胸部简直白透了。

江口知道肌肤黝黑的姑娘是高个子，估计这个姑娘也是高个子吧。江口用足尖去探量了一下。首先触到了黑姑娘那皮肤又黑又硬的脚心，而且是一只汗脚。老人赶紧把脚收了回来，然而这只汗脚反而成了一种诱惑。江口老人蓦地一闪念：据说福良老人因心绞痛发作而死，陪他的会不会是这个黝黑的姑娘呢？所以今夜才让两个姑娘来作陪的吧？

但是，那也不可能。这家的女人刚才不是说过了吗，福良老人临终挣扎，把陪他的姑娘从脖子到胸部抓得伤痕累累，所以就让那姑娘休息到抓痕完全消失。江口老人再次用脚尖去触摸姑娘那皮肤厚实的脚心，并渐次往上探摸她那黝黑的肌体。

江口老人仿佛感到有股"传给我生的魔力吧"的战栗流遍全身。姑娘把盖着的棉被，不，是把棉被下的电热毯蹬开，一只脚伸了出来，叉开。老人一面想把姑娘的身躯推到隆冬时节的榻榻米上，一面凝望着姑娘的胸和腹部。他把耳朵压在姑娘的心脏上听那跳动声。本以为声音又大又响，却不料竟轻得可爱。而且听起来心率有点乱，不是吗？也许是老人那靠不住的耳朵在作怪。

"会感冒的。"江口把棉被盖到姑娘身上，并把姑娘那边电热毯的开关关掉。他似乎又觉得女人生命的魔力也算不了什么。勒住姑娘的脖子，她会怎样呢？那是很脆弱的。这种勾当就是老人干起来也是轻而易举的。江口用手绢揩拭刚才贴在姑娘胸脯上的那一侧脸颊，仿佛姑娘肌肤的油脂沾在那上面似的。姑娘心脏的跳动声还萦绕在他耳朵的深处。老人将手放在自己的心脏部位。也许是因为自我抚触，觉得心脏的跳动声均匀有力。

江口老人背向黑姑娘，转身朝向那个温柔的姑娘。她那长得恰到好处的美丽鼻子，优雅地映现在他的老眼里。横陈的脖子又细又长，美丽动人，他情不自禁地想伸出胳膊把它搂过来。柔韧的脖颈随着扭动，漾出了甜美的芳香。这芳香与老人身后黑姑娘散发出来的野性浓烈的气味混杂在一起。老人紧贴住肌肤白皙的姑娘。姑娘的呼吸变得急促起来，但是没有要醒过来的样子。江口一动不动地待了一会儿。

"她会原谅我吧。作为我一生中最后一个女人……"老人身后的黑姑娘似乎在摇动他。老人伸过手去探摸她的脖颈。那里的手感也与姑娘的乳房一样。

"冷静下来吧。听着冬天的海浪冷静下来吧。"江口老人努力控制着自己的心潮。

老人寻思:"姑娘像被麻醉似的睡熟了。人家让她喝了毒物或烈性药。"这是为了什么呢?"难道不是为了金钱吗?"老人想到这里就踌躇起来。即使他知道姑娘一个个都不一样,但如果硬是侵犯她,给她的一生带来凄惨的悲哀、无法治愈的创伤,那么这个姑娘一定会变吧。六十七岁的江口越发觉得任何女人的身体都一样。而且这个姑娘很顺从,既无抗拒也无反应。与死尸不同的只是她有热血和呼吸。不,到了明天,活生生的姑娘就会清醒过来,她与尸体有这么大的差别吗?但是姑娘没有爱,没有羞耻,也没有战栗。醒后只留下怨恨和后悔。是哪个男子夺走了她的纯洁?她自己也不知道,充其量只知道是一个老人而已。姑娘恐怕连这点也不会告诉这家的女人吧。即使知道这个老人之家的禁戒遭到破坏,她肯定也会隐瞒下去。除了姑娘,任何人都不会知道,事情就了结了。温柔姑娘的肌体把江口吸引住了。黑姑娘这半边的电热毯的开关已被关掉,大概是因此冷了,她的裸体从身后拼命地推动老人,一只脚伸到白姑娘的脚处,把她也一起钩住了。江口觉得很滑稽,全身已筋疲力尽。他探找枕边的安眠药。被夹在这两个姑娘之间,手也不能自由活动。他把手掌搭在白姑娘的额头上,望着那一如往常的白色药片。

"今天夜里不吃药试试看如何。"老人自言自语。这家的安眠药无疑比一般的效果好一些,吃下去用不了多久就会睡得不省人事。江口老人开始怀疑，这家的老年顾客果真都听从那女人的嘱咐，老老实实地把药吃下去吗？但是，如果说有人不吃安眠药，舍不得入睡的话，他岂不是在老丑的基础上显得更加老丑了吗？江口认为自己还不属于这个行列的成员，今晚也把药吃了。他想起自己说过：希望吃与熟睡姑娘用的一样的药。那女人回答说："这种药对老人很危险。"因此，他也就不强求了。

但是，所谓"危险"是不是指熟睡后死过去呢？江口虽然只是一位地位平庸的老人，但毕竟是个人，有时难免会感到孤独空虚，坠入寂寞厌世的深渊。这种地方，不是难得的死的场所吗？与其勾起人们的好奇心，或招世人奚落，还不如死后留名呢，不是吗？这样死去，认识我的人定会大吃一惊。虽然不知会给家属带来多么大的伤害，比如像今晚这样夹在两个年轻姑娘中间睡死过去，难道不就是老残之身的本愿吗？不，这样不行。我的尸体一定会像福良老人那样，被人从这家搬运到寒碜的温泉旅馆去，于是就会被当作服安眠药自杀的人了。没有遗嘱，因而也不知道死因。人们准会认为老人受不了晚年凄怆的无常才自行了结。这家女人那副冷笑的面孔又浮现在他眼前。

"干吗做这种愚蠢的妄想。真晦气。"

江口老人笑了。但这似乎不是明朗的笑。安眠药开始起作用了。

"好，我还是把那个女人叫醒，跟她要与姑娘用的一样的药吧。"江口嘟囔说。但是那女人不可能给。再说江口懒得起身，也就算了。

江口老人仰躺着，两只胳膊分别搂着两个姑娘的脖颈。那脖颈一个是柔软馨香，一个是僵硬、油脂过剩。老人体内涌起了某种东西。他望了望右边和左边的深红色帷幔。

"啊！"

"啊！"黑姑娘仿佛回答似的说。黑姑娘用手顶住江口的胸膛。她可能是感到难受吧。江口松开一只胳膊，翻身背向黑姑娘。另一只胳膊又伸向白姑娘，搂住她的腰窝，然后把眼帘耷拉下来。

"一生中的最后一个女人吗？为什么是最后的女人？绝不是……"江口老人想，"那么自己最初的女人又是谁呢？"老人的头脑与其说是慵懒，不如说是昏沉。

最初的女人"是母亲"。江口老人心中闪过这个念头。"除了母亲以外，别无他人嘛，不是吗？"简直出乎意料的回答冒了出来。"母亲怎么会是自己的女人呢？"而且，到了六十七岁的今天，自己躺在两个赤身裸体的女人中间，这种真实感第一次出其不意地从心底的某个角落涌上来。这是亵渎呢，还是憧憬？江口像拂去噩梦那样睁开了眼睛，眨巴了一下眼帘。然而，安眠药药力越发强劲，很难清醒地睁眼，迟钝的头脑疼痛起来。他想去追逐朦胧中母亲的面影。他叹了口气，而后把掌心搭在右边和左边两个姑娘的乳房上。一个很滑润，一个是油汗肌体，老人就这样闭上了眼睛。

江口十七岁那年冬天的一个夜晚，母亲辞世了。父亲与江口分别握住母亲的两只手。母亲患结核病，长期受折磨，胳膊只剩下一把骨头。但是她的握力还很大，甚至把江口的手指都握疼了。她那手指的冰冷甚至传到江口的肩膀上。给母亲摩挲脚的护士，突然站起身来走了出去。大概是去给医生打电话吧。

"由夫，由夫……"母亲断断续续地呼唤。江口立即察觉，他轻轻地抚摩母亲那喘着气的胸口，这当儿，母亲突然吐出大量的血。血还从鼻子里咕嘟咕嘟地流出来。她断气了。那血无法用枕边的纱布和布手巾揩拭干净。

"由夫，用你的汗衫袖子擦吧。"父亲说，"护士小姐，护士小姐，请把脸盆和水……嗯，对了，新枕头、新睡衣，还有床单……"

江口老人一想到"最初的女人是母亲"，母亲当年那种死相就会浮现在脑际，这是很自然的。

"啊！"江口觉得围绕在密室四周的深红色帷幔，就像血色一般。无论怎样紧紧地闭上眼睛，眼里的红色也不能消失。而且由于安眠药的关系，头脑也变得混沌了。两边掌心依然放在两个姑娘娇嫩的乳房上。老人良心和理性的抵触也半麻木了，眼角似乎噙着泪水。

"在这种地方，为什么会把母亲想成最初的女人呢？"江口老人觉得很奇怪。但是，把母亲当作最初的女人，后来就不可能浮想起那些被他玩弄过的女人了。再说，事实上最初的女人恐怕是妻子吧。如果是就好了，她已经生了三个女儿，而且她们都出嫁了。在这冬天的夜里，这个老婆独自在家中睡觉。不，也许还睡不着。虽然没有像这里一样听见海浪声，不过夜寒袭人，也许比这里更感寂寞。老人心想，在自己掌心下的两个乳房是什么东西呢？即使自己死了，这东西依然会流动着温暖的血活下去。然而，它是什么东西呢？老人的手使尽慵懒的力气抓住它。姑娘们的乳房似乎也在沉睡，毫无反应。母亲临终，江口抚摩她的胸膛时，当然碰触到了母亲衰颓的乳房。那是令人感受不到是乳房的东西。现在都想不起来了。能想起来的，是幼年时代摩挲着年轻母亲的乳房入睡的日子。

江口老人逐渐被浓重的睡意吞没了。为了摆个好睡的姿势，他把手从两个姑娘的胸脯上抽了回来。把身子朝向黑姑娘这边，因为这个姑娘的气味很浓重，呼吸也粗，把气直呼到江口的脸上。她的嘴唇微微张开。

"哎呀，多么可爱的龅牙。"老人试着用手指去捏她的龅牙。她的牙齿颗粒大，可是那颗龅牙却很小。如果不是姑娘的呼吸吐过来，江口也许早就亲吻那颗龅牙附近的地方了。可是，姑娘浓重的呼吸声影响了老人的睡眠。老人翻过身去。尽管如此，姑娘的呼吸还是吐到江口的脖颈处。虽然不是鼾声，却呼呼作响。江口把脖子缩了起来，额头正好挨到白姑娘的脸颊上。白姑娘也许皱了皱眉头，不过看起来是在微笑。老人介意后背触着油性的肌肤，又冷又湿。江口老人进入梦乡了。

大概是被两个姑娘夹着睡不舒服的缘故，江口老人连续做噩梦。这些梦都不连贯，却是讨厌的色情之梦。最后江口竟梦见自己新婚旅行回到家中，看见满园怒放着像红色西番莲那样的花，几乎把房子都给掩蔽了。红花朵朵，随风摇曳。江口怀疑这里不是自己的家，踌躇着不敢走进去。

"呀，回来了。干吗要站在那里呀？"早已过世的母亲出来迎接，"是新媳妇不好意思吗？"

"妈妈，这花怎么了？"

"是啊。"母亲镇静地说，"快上来吧。"

"哎。我还以为找错门了呢。虽然不可能找错，但那么多花……"

客厅里摆着欢迎新婚夫妇的菜肴。母亲接受了新娘的致辞后，到厨房去把汤热上。烤加吉鱼的香味也飘忽而来。江口走到廊道上赏花。新娘也跟着来了。

"啊！好漂亮的花。"她说。

"嗯。"江口为了不让新娘害怕，不敢说出"我们家从来就没有这种花……"。他望着花丛中最大的一朵，看见有一滴红色的东西从一片花瓣中滴落下来。

"啊？"

江口老人惊醒了。他摇了摇头，可是安眠药的药劲使他昏沉沉的。他翻过身来，朝向黑姑娘。姑娘的身体是冰凉的。老人不禁毛骨悚然。姑娘没有了呼吸。他把手贴在她的心脏上，心脏也停止了跳动。江口跳起身来，脚下打了个趔趄，倒了下去。他颤巍巍地走到邻室，环视了一下四周，只见壁龛旁边有个呼唤铃。他用手指使劲地按住铃，好大一会儿，听见楼梯上传来了脚步声。

"会不会是我在熟睡中无意识地把姑娘的脖子勒住了呢？"

老人爬也似的折回了房间，望着姑娘的脖子。

"出什么事了？"这家女人说着走了进来。

"这个姑娘死了。"江口吓得牙齿打战。

女人沉着镇静，一边揉揉眼睛一边说："死了吗？不可能。"

"是死了。呼吸停止，也没有脉搏了。"

女人听他这么一说，脸色也变了，她在黑姑娘枕边跪坐下来。

"是死了吧？"

女人把棉被掀开，查看了姑娘："客人，您对姑娘做什么了吗？"

"什么也没有做呀。"

"姑娘没有死，您不用担心……"女人尽量冷漠而镇静地说。

"她已经死了。快叫医生来吧。"

"……"

"你到底给她吃什么了呢？也可能是特异体质。"

"请客人不要太张扬了。我们绝不会给您添麻烦的……也不会说出您的名字……"

"她死了呀。"

"她不会死的。"

"现在几点了？"

"四点多钟。"

女人摇摇晃晃地把赤身裸体的黑姑娘抱了起来。

"我来帮帮你。"

"不用了。楼下还有男帮手……"

"这姑娘很沉吧。"

"请客人不用瞎操心，好好休息吧。还有另一个姑娘嘛。"

再没有比"还有另一个姑娘嘛"这种说法，更刺痛江口老人的了。的确，邻室的卧铺上还剩下一个白姑娘。

"我哪里还能睡得着呀。"江口老人的声音里带些愤怒，也夹着胆怯和恐惧，"我这就回去了。"

"这可不行，这个时候从这里回家，更会被人怀疑，那就不好了……"

"可我怎么能睡得着呢？"

"我再拿些药来。"

传来了女人从楼梯上把黑姑娘连拖带拉地拽到楼下的声音。老人只穿着一件浴衣，开始感到寒气逼人。女人把白药片带上楼来。"给您，吃了它，您就可以舒适地睡到明儿天亮。"

"是吗？"老人打开邻室的门扉，只见刚才慌乱中蹬开的棉被还原样未动，白姑娘裸露的身躯躺在那儿，闪烁着美丽的光辉。

"啊！"江口凝望着她。

忽听得像是载运黑姑娘的车子走远的声音。可能是把她运到安置福良老人尸体的那家可疑的温泉旅馆去吧。

舞姫

皇宫的护城河

十一月中旬，东京的日暮约莫在四点半光景……

出租车发出烦人的噪声。一停车，车尾就冒出烟来。

这是一辆后边载着炭包和柴袋的汽车，还挂着歪扭的旧水桶。

后面的车子鸣笛了。波子回过头去，说了声："可怕，太可怕了。"

她缩着肩膀，贴近竹原，然后把手举到胸前，好像要把脸掩藏起来。

竹原看见波子指尖颤抖，不禁愕然。

"什么？……怕什么？"

"会被发现的，会被发现的啊。"

"噢……"

竹原心想，原来是为这事。他望了望波子。

汽车从日比谷公园后面驶入皇宫前广场的交叉路口正中，这条路平时车辆来来往往，此时又适逢下班时间，更是人声嘈杂、车水马龙了。他们的车子后边，停了两三辆车子，汽车从他们两侧川流不息地驶过。

堵在后面的车子一往后倒车，车灯的亮光就射进他们两人的车厢。波子胸前的宝石闪闪发光。

波子一身黑色西服裙,左胸前别了一个别针。是细长的葡萄形状,藤蔓是白金,叶子是暗绿宝石,上面镶了几颗钻石。

她戴着项链,还戴上了珍珠耳环。

珍珠耳环掩映在黑发之中,隐约可见。珍珠项链在白衬衫的花边点缀之下,不那么显眼。可能是花边素白,也带点珍珠色吧。

花边质地柔软而美观,一直点缀到胸脯的下方。这使她显得更年轻了。

装饰着同样花边的领子,竖得不高不低,领子从耳下开始波形折叠,随着褶边层层向前堆叠,波形的弧度也愈加圆润丰盈,恍如微波在细长的脖颈四周荡漾。

波子胸前的宝石在微光中闪烁,仿佛对着竹原倾诉衷肠。

"你说会被发现,在这种地方会被谁发现呢?"

"矢木……还有高男……高男是他父亲的宠儿,监视着我呢。"

"你丈夫不是去京都了吗?"

"谁知道呢。而且,他什么时候都可能回来。"波子摇了摇头,"都是你让我坐这种车。老早以前,你就净干这种事。"

车子带着烦人的噪声又启动了。

"啊,开动了。"波子嘟囔了一句。

交通警察看见车子在交叉路口正中抛锚冒烟,也没走过来干涉。可见停留的时间很短暂。

波子左手捂住脸颊,仿佛恐惧的神色还留在她的脸颊上。

"你埋怨让你坐这种车子,"竹原说,"可是,你从公会堂出来就慌慌张张,好像要拨开人群逃跑似的。"

"是吗?我自己并不觉得。也许是那样吧。"

波子把头耷拉下来。

"就说今天吧,我出门的时候,突然想起要戴两只戒指。"

"戒指?"

"对,因为是丈夫的财产……假如遇见我丈夫,他发现自己不在家期间宝石还在,没有丢,会感到高兴的。"波子说。

这时,车子发出烦人的噪声,又停了。

这回,司机下车了。

竹原望了望波子的戒指,说:"原来你戴宝石戒指,是准备让矢木发现啊。"

"嗯。可也不是那么明确,只是突然想起。"

"真叫人吃惊。"

波子好像没听见竹原的声音,说:"真讨厌啊,这车子……准是发生故障了。可怕啊。"

"一个劲儿冒烟呢。"竹原从车后窗望出去,"好像是在打开引擎盖点火。"

"真是辆老牛破车啊。不能下车走走吗?"

"只好先下车吧。"

竹原打开了难开的车门。

这是在通往皇宫前广场的护城河桥上。

竹原走到司机跟前,回头望了望波子。

"急着回家吗?"

"不,不要紧。"

司机把一条长长的旧铁棍捅到炉膛里,稀里哗啦地转动。大概是想把火弄旺。

波子低头俯视护城河的河水,像是要避开别人的眼目。竹原一靠过来,她便说:"今晚,家里大概只有品子一个人。我回家晚了,那孩子会噙着眼泪问:您怎么啦?上哪儿去了?不过,她只是出于担心,不像高男,是在监视我。"

"是吗?刚才你谈到宝石戒指的事,可真叫人吃惊。宝石本来就是你的东西,你家的生活依然是全靠你的力量在维持嘛。"

"是啊,虽然力量微薄……"

"真是不像话。"竹原望着波子有气无力的样子,"你丈夫的心情,我实在不理解。"

"这是矢木家的家风呀。结婚以后,一天也没有变过,已经形成习惯了。你不是老早就知道的吗?"波子继续说,"也许结婚前就是那样子。从我婆婆那辈起……公公早死,是靠婆婆一个女人家供矢木上学的。"

"可现在情况不同啊。再说,战前他们是靠你的陪嫁钱才得以过上宽裕的生活,现在不能同那时的情况相提并论。矢木应该很了解嘛。"

"这我知道。不过,人嘛,各有各的悲哀。矢木常这么说。过分悲伤,在其他事情上就难免会熟视无睹,也会干出一些不得已的事来。这点我也深有同感。"

"真无聊。矢木悲伤些什么,我不知道……"

"矢木说:日本打败了,他的憧憬幻灭了。他自己就是旧日本的孤魂。"

"哼,这个孤魂嘟嘟囔囔地企图对波子养家糊口的辛劳视而不见吗?"

"岂止视而不见。东西一少,矢木就惶惶不安,手足无措。因此他监视着我。就连零花钱他都抱怨。我曾想,到了一无所有的时候,矢木是不是打算自杀呢?我很害怕。"

竹原也有点毛骨悚然。

"于是你就戴两只戒指出门,是吗?矢木并不是幽灵嘛,你可能是被什么幽灵附身了。身为父亲宠儿的高男对父亲卑怯的态度,不知是怎么个看法?他已经不是孩子了吧。"

"嗯。他似乎很苦恼。在这点上,他同情我。他看到我工作,就说他要停学参加工作。这孩子一贯把他父亲看作学者,绝对尊敬,要是怀疑起父亲来,会变成什么样子呢?太可怕了。不过,这种话,在这种地方,已经……"

"是啊,改天平静下来再洗耳恭听吧。但是,我不忍心看见你刚才害怕矢木的样子。"

"对不起,已经不要紧了。我的恐惧症经常发作,像癫痫或歇斯底里……"

"是吗?"竹原半信半疑地说。

"真的。刚才一停车我就受不了。现在已经没事了。"波子说着扬起脸来,"晚霞真美啊!"

天空的色彩也映在珍珠项链上。

一连两三天,上午放晴,下午薄云轻飘。

真是名副其实的薄云。日暮时分,西边的天空,云彩融进了晚霞。暮霭夹着薄雾幻化出美妙的色彩。是由于云彩的关系吧。

黄昏的天空,雾霭迷蒙,仿佛罩上一层淡红的轻纱,驱赶着白天的热气,带来了秋夜的凉意。晚霞黄澄澄的,恰好给人这种感觉。

黄澄澄的天空,有的地方特别红,有的地方成为浅红,还有少数地方是浅紫、浅蓝,五光十色,互相融进晚雾之中。雾幕眼看着缓缓地低垂下来,云彩迅速飘逝了。

皇宫森林的树梢上,只剩下窄窄一条细长的蓝色天空,像一根飘带。

晚霞的色彩,一点也没映在这蓝色的天空上。黑黢黢的深沉的森林,同红彤彤的停滞的晚霞之间,划了一道鲜明的界线,那细长的蓝色天空显得遥远、静谧而清澈,哀婉动人。

"多美的晚霞啊!"竹原也这样说道。这不过是重复了波子的话。

竹原惦记着波子,他只是想,晚霞不过就是这样的东西。

波子依然凝望着天空。

"往后到了冬天,晚霞就多了。晚霞能令人回忆起童年的往事,不是吗?"

"是啊……"

"冬天虽然寒冷,我却愿意在外面观赏晚霞,常挨家里人说:要感冒的呀。啊……我有时也想,自己喜欢凝视晚霞,是不是也受了矢木的感染呢?不过,我打孩提时起就是这个样子。"波子回头望着竹原说,"说也奇怪,刚才走进日比谷公会堂之前,看到四五棵银杏树,公园的出口也有四五棵银杏树吧。这些树并排屹立,都相差无几,但凋黄的程度却因树而异。落叶也有多有少。如此看来,树木也有各自不同的命运吗?"

竹原沉默不语。

"我在茫然地思考银杏树的命运的时候,车子就嘎嗒嘎嗒地停住了。我吓了一跳,害怕起来了。"波子说着望了望车子。

"看样子一时半刻是修不好的。就是要等,站在这边,人家该瞧见了,还是到对面去吧。"

竹原向司机打了招呼,付过车钱,回头看时,波子已经穿过了马路,只能看见她那迈着轻盈而矫健的脚步的背影。

对面护城河尽头的正前方、麦克阿瑟司令部的屋顶上,刚刚还挂着美国国旗和联合国国旗,这会儿已经看不见了。可能正好是降旗的时间。

而且,司令部上空的东边天际,晚霞已经消失。薄云也飘散在遥远的天边了。

竹原知道波子容易情绪激动。他望着她以矫健脚步走路的背影,心想,波子自己所说的"恐惧症发作"大概消失了。

竹原也到了马路的对面,轻声地说:"这样轻盈地横穿车流,不愧是舞蹈演员,训练有素啊。"

"哦?你在取笑我?"波子迟疑了一下,接着又说,"我也揶揄你一句,怎么样?"

"嘲笑我吗?"

波子点点头,然后把脑袋耷拉下来。

司令部的白墙,倒映在正前方的护城河上。窗里的灯光映在水中。但是,房子的白影是朦朦胧胧的,不知不觉间,水上仿佛只留下了灯影。

"竹原,你幸福吗?"波子喃喃地说。

竹原掉转头,一声不响。波子绯红了脸。

"现在你不再这样问我了吧?从前不知这样问过我多少次。"

"是啊,那是二十年前的事了。"

"已经有二十年没问了。这回,轮到我来问你啦。"

"就拿这个来取笑我?"竹原笑了,"现在不问也明白了。"

"从前你不明白吗?"

"那个嘛,我也明白,过去我是故意问你的。对幸福的人,大概不会问'你幸福吗'。"

竹原边说边向皇宫的方向走去。

"我觉得你结婚,是我的错误。所以在你结婚以前,以及结婚之后,我都问了。"

波子点了点头。

"那是在什么时候?是在西班牙女舞蹈家来访的时候,你婚后第五个年头吧。一次在日比谷公会堂偶然相遇。你的座位是二楼前排的

· 113 ·

招待席。同你在一起的还有芭蕾舞伙伴和你的丈夫。我却在后边的座位上躲起来。你一发现我,就无所顾忌地走过来,坐在我旁边的座位上,之后就不曾移动过。我说,这样做对你丈夫和朋友都不好,还是回到原来的座位上吧。你却说:'请让我坐在你身边,我会一声不吭,老老实实的……'就这样,你在我旁边一动不动地坐了两个小时,直到散场。"

"是这样。"

"我感到吃惊。矢木有点介意,不时回头张望我们这边,你还是不过去。那时候,我真不知如何是好啊。"

波子放慢脚步,忽然站住了。

在皇宫前广场的入口处,告示牌跳入了竹原的眼帘:公园是公共场所,请保持园内的整洁……

"这里也是公园?已经成公园了吗?"竹原看着厚生省国立公园部的告示牌说。

波子望着广场的远方。

"战争期间,我家的高男和品子,还是小小的中学生和女学生,他们经常从学校到这儿来运土、割草。一说要去宫城前边,矢木就用冷水给孩子们净身。"

"那时候矢木是会这样做的。这宫城,现在不叫宫城,而被称作皇宫了。"

皇宫上空，淡淡的晚霞与灰色融在一起了。东边的天际反而残留着白昼的明亮。

细长的蓝空，仿佛给皇宫森林镶上了一道边，尚未完全黑下来。它带着铅色，显得更加深沉。

三四株挺拔的松树高高地伸向那片狭长的天空，在落日的余晖中，勾勒出墨色的松姿。

波子边走边说："天黑得真快啊。从日比谷公园出来的时候，国会议事堂的塔还染着桃红色呢。"

国会议事堂早已笼罩在晚霞之中，顶上的红灯忽明忽暗。

右边的空军司令部和总司令部的屋顶上，红灯也是或明或暗。

透过护城河土堤上的松树，可以看见总司令部窗前闪闪烁烁的亮光。在昏暗的松树下，几对情侣幽会的身影还隐约可见。

波子停住了脚步，踌躇不前。凄怆的幽会的剪影，也跳入了竹原的眼帘。

"太寂寞了，绕到对面的马路去吧。"波子说。

两人又折了回来。

看到幽会的人影，他们两人都察觉到自己也是以幽会的形式漫步街头的。

尽管是竹原送波子到东京站的途中车子发生了故障，他们才步行的，但这次是波子主动打电话邀竹原到日比谷公会堂听音乐会，两人无疑从一开始就是幽会。

然而,两人都已是四十开外了。

谈往事,自然谈到爱情。就是谈波子的境遇,听起来也是一种爱的倾诉。多少岁月在他们之间流逝了。这些岁月把他们联在一起,又把他们分隔开来。

"你说不知如何是好,不知如何什么?"波子问了一句,又把话题拉了回来。

"对,那时候……我年轻,不知如何判断你的心理。你把矢木撇在一边,一直坐在我的身旁,这是相当大胆的行为。波子,你怎么会这么坚决?回想起来,从前你有时候也热情奔放得令人吃惊。我觉得或许这就是那种表现。肯定是吧。"

"刚才,你自己说过'发作',假使那时候和刚才都是感情的发作,可就大不相同了。那时候你无视自己的丈夫在场,今天你丈夫理应还在京都,你却如此惧怕。"竹原说,"那时候,如果两个人悄悄地从公会堂逃出来,可能就好了。当时我还没结婚呢。"

"可是,我已经有了孩子。"

"更重要的,或许是我也犯了个错误,只想到波子的幸福。那时候我年轻,我相信女人一旦结了婚,她的幸福就只能在婚姻生活中寻求……"

"现在也是如此嘛。"

"话虽那么说，但也不尽然。"竹原轻声而有力地说，"那时候你能离开矢木，坐到我身边，也是因为你的婚姻幸福而平和，才可能这样做。你对矢木放心、信任矢木，才容许这种感情自由驰骋，不是吗？我也是那样认为的。只不过是你看见我，忽然变得亲切罢了。坐到我身边来，你并不感到对不起矢木。而你一直一动不动地坐在我身边，这是不正常的。你什么也没说。我不能看你的脸，连目光也不敢斜视，当时我不知如何是好。"

波子默不作声。

"矢木的外表也使我不知如何是好。像他那样敦厚的美男子，见过他的人，谁都想象不到他的妻子会有什么不幸。假使是不幸，人们定会认为是他妻子不好。现在也是这样吧。记得前年还是大前年，我承租你家厢房那阵子，有一回你没钱交电费，我便将自己的工资袋递给你，你扑簌簌地掉下眼泪来。你说工资袋还没启封，又说你婚后一次也不曾见过丈夫的工资……我大吃一惊。就是那时，我首先想到的也是你过去的做法不对。可见矢木表面看来是多么高尚。何况从前你们两人一从哪儿经过，人们都要回头张望。尽管认为你们结婚的出发点是错误的，我问你'幸福吗'，也是因为我怀疑自己的眼睛。波子，你没有作答，我觉得是理所当然的。"

"竹原，你不是也没有回答吗？"

"我？"

"嗯,刚才我问过你嘛。"

"我们是平凡的。"

"还有平凡的婚姻吗?你骗人。每个婚姻都是非凡的。"

"我不像矢木,我不是非凡的人……"竹原像要转换谈话的方向。

"不对。就以我的校友来说,大致都是这样,并不是哪个人非凡,结婚也就非凡。平凡的人,只要两人结合,结婚就变成非凡的了。"

"高见。"

"张口就说高见,什么时候它成了你的口头禅……就像上年纪的人总爱有意把话岔开,不是令人讨厌吗?"波子显得很温柔,扬了扬眉毛,瞟了一眼竹原的脸,"总是让你听我讲家里人的情况。"

波子决定让他把话岔开。她急不可待地步步进逼,还是没能引出竹原有关家庭的话题。

"那部车子还停在那里冒烟呢。"波子笑了。

月牙在日比谷公园的上空露面了。大概是初三、初四的月亮吧。月牙弯弯,不偏不倚地悬挂在苍穹。

两人来到护城河边。

他们止住脚步,凝望着倒映在水中的灯光。

司令部窗里的灯光投在正前方的水面上,摇曳着长长的灯影。右岸林立的柳树,左边稍高的石崖,再加上松树,都在灯影旁边落下微暗的影子。

"今年的中秋节,是九月二十五日还是二十六日呢?"波子问道。

"报上登了这里的图片。拍摄了司令部上空的满月……还有这灯影。只有那排窗子,光柱虽也倒映在水面上,可上面又出现一道光彩,那像是明月的影子。"

"新闻图片能看得这么细微吗?"

"嗯,图片虽像明信片,却留在我的印象里。那城墙般的石崖和松树也都被拍了下来。估计照相机是安放在柳树丛中的。"

竹原感到了秋夜的气息,像在催促波子似的,边走边嘟囔说:"你对女儿也说这种话吗?这会使她变得脆弱。"

"脆弱?……就说我吧,是那样脆弱吗?"

"品子在舞台上出现时很坚强,可往后若像母亲,就不好办啰。"

他们经过护城河,往左拐去。一队巡警从日比谷那边走了过来。只见他们皮带上的金属扣闪闪发光。

波子让路,靠近了竹原,差点抓住竹原的胳膊。

"因此,希望你能保护品子,给她力量。"

"比起品子来,你呢?"

"以往我在各方面都依靠你的力量,不是吗?多亏你的帮助,我才在日本桥有了自己的排练场……再说,现在你保护品子,就等于是保护我呀。"

波子躲开巡警队,就势靠着岸柳往前走。

垂柳的小叶，几乎还没枯萎凋落。电车道两旁的梧桐街树，靠这边的树的叶子只是微黄，对面的同样是梧桐，叶子却已经完全落光，成了一株株秃树了。可能因为这边的树是公园树丛吧。仔细一看，这边的街树，有的基本凋落，有的依然苍翠，两种树混杂生长。

竹原想起波子说的话："树木也有各自的命运……"

"假使没有战争，品子这会儿可能在英国或法国的芭蕾舞学校跳舞啦。说不定我也会跟着去呢。"波子说，"那孩子虚度了宝贵的学习年华，无可挽回了。"

"品子还年轻，就是今后也还……可是波子，你也曾考虑过这种逃脱的办法吧。"

"逃脱？"

"从婚姻中逃脱。离开矢木逃到国外……"

"噢。那……我净想品子的事，因为我就是为了女儿才活着的。如今依然如此……"

"把精神全部寄托在孩子身上，是母亲的逃脱办法啊。"

"是吗？不过，我的情况更严重，几乎疯了。品子成为芭蕾舞演员，是完成我未竟的梦……品子就是我啊。我们常常搞不清楚，究竟是我成了品子的牺牲品，还是我牺牲了品子。不管哪种情况都很好嘛。一想起这些事，就知道自己能力有限，不行啊。"波子不由得低下了头。

"瞧，鲤鱼，白鲤鱼。"

波子一边大声说，一边凝望着护城河。她拨开垂到脸上和肩上的柳枝。

来到日比谷的交叉路口，就到了护城河的拐角处。

拐角处的水中，一尾白鲤鱼一动不动，不浮不沉，在水中漂荡。由于这里是拐角，垃圾淤积，只有这儿的河水浅可见底。落叶也沉下来，同鲤鱼一样，在水中一动不动。也有梧桐的落叶。波子拨开的柳枝上的叶子，也飘落在水面上。水很浑浊，呈浅黄色。

竹原也借着司令部窗前的灯光，低头看了看鲤鱼，就退到后边，直勾勾地望着波子的背影。

波子的黑裙下摆收拢得特别窄小，从腰肢到腿脚显露出修长的线条。

青春时代，波子起舞的时候，竹原就看过这种线条。这是使他心旷神怡的线条。这女子的线条，现在也没有什么变化。

波子夜间观赏护城河的鲤鱼。竹原盯着她的背影，心想，这算怎么回事，实在叫人受不了。

"波子，这种玩意儿，你要看到什么时候？"他大喊了一声，"算了，别看啦。你不能看这种玩意儿。"

"为什么？"

波子转身从柳荫下回到了人行道上。

"这样小的鲤鱼,即使有一尾,谁也不会去看的啊。你却看到了……"

"尽管谁也没发现,谁也不知道,但这尾鲤鱼确实在这里生存下来了。"

"你就是这种人,专爱发现什么孤零零的鲤鱼……"

"也许是吧。不过,这鲤鱼在宽阔的护城河里,偏偏选中过往行人多的拐角,在这个角落纹丝不动,你不觉得奇怪吗?来往行人没有发觉,以后对谁谈及这尾鲤鱼,恐怕谁都不会相信吧。"

"那是因为发现它的人反常。也许鱼游来,也是希望让波子看的吧。孤独之身,同病相怜啊。"

"对,那边护城河有鲤鱼,中央立着一块告示牌,上面写着'请爱护鱼'。"

"噢,那很好。不是写着'请爱护波子'吗?"竹原说着笑了起来。他望了望护城河的水面,仿佛在寻找告示牌。

"在那边呢。你连告示牌也没看见吗?"波子边笑边说。

一辆美国军用汽车开到他们两人身旁,车上坐着美国人,男男女女的。

美国的新型汽车,在人行道旁排成长长的一行。一辆接一辆地驶过去了。

"竟在这种地方观赏可怜的鱼，这样可不行啊。"竹原又说，"你早就应该改变这种性格。"

"是啊，为了品子也应该……"

"也为了你自己……"

波子沉默了一会儿，平静地说："我决心卖掉我们家的厢房，虽然不只是为了品子。这是你以前租赁过的厢房，所以在卖掉之前，我想和你谈谈。"

"哦。那么我买下来吧。这样，也许将来你想卖正房的时候，更好办点儿。"

"真的？你这种决定是突然做出的吗？"

"这，实在对不起。"竹原像表示歉意似的说，"我抢先说了，失礼了。"

"不，正如你所说，正房早晚也是要卖掉的。"

"到了那个时候，正房的买主一定很介意厢房是什么样的人居住。虽说是厢房，但都在一个宅院之内，连说话的声音都听得见，先卖厢房，日后正房说不定就很难卖出去了。我买下厢房的话，等你卖正房时，也可以一起卖出去。"

"噢……"

"不过，与其出售厢房，不如把四谷见附那块废墟卖掉。那里杂草丛生，只剩下了残垣断壁。"

"噢。可是将来,我想在那里修建品子的舞蹈研究所……"

竹原刚想讲估计修建不起来,转念又说道:"不一定非要在那里不可嘛。修建的时候,可以再找个更好的地方呀。"

"是啊。可是那块土地充满了我和品子的舞蹈理想。打我年轻、品子幼年的时候起,我们跳舞的灵感都是在那里产生的。我常常在那里看见各种舞蹈的幻影。不能把那块土地交给别人。"

"哦……那么,就不要把厢房分开卖啰。这种时候,不如将北镰仓的宅邸一起卖掉,然后在四谷见附兴建一座兼带研究所的宅邸。这是可能的。我的工作若按现在这种情况发展,也可以助你微薄之力。"

"可是,我丈夫怎么也不同意我把它卖掉。"

"但是,这要看你的决心啰。倘使不坚决行动,研究所轻易修建不起来。我认为现在正是机会。光靠变卖衣物维持生活,最后什么都不会剩下来。据说,许多舞蹈家由于没有好的排练场,十分苦恼,倘使现在就兴建一所颇具规模的研究所,还可以让其他舞蹈家使用,这对品子不是很有好处吗?"

"矢木不会允许呀。"波子有气无力地说,"即使对他说,他也会照例'嗯'地应一声,露出一副深思的样子。从前我以为他真是个深谋远虑的人,总是'嗯,是吗?'……煞有介事,谁知他就在这时候打起小算盘来了。"

"不至于吧。"

"我觉得准是那样。"

竹原回头望了望波子。波子的目光和他的目光碰在一起了。

"不过,我觉得你这个人也是不可思议。我无论和你商量什么事,你都能当机立断,从不曾感到为难。"

"是这样吗?不是我没有对你打小算盘,就是我变成凡夫俗子了吧?"

波子没有从竹原的脸上移开视线。

"可是,你买了我家的厢房,打算干什么用呢……"

"干什么用,我还没想好。"竹原又半开玩笑地说,"其实我是被矢木体面地从厢房里撵出来的,如果我把它买下来,就住进去,报复一下矢木。但是,矢木可不会把房子卖给我。"

"这是矢木的事了。说不定他会打算盘,出乎意料地愿意卖呢。"

"矢木从来没有打过算盘,不是吗?打算盘始终都是波子的任务吧。"

"是啊。"

"不过,正如你所说的,矢木是个绅士,即使是卖给我也没关系。就是在梦里他也不会流露出妒忌的神色……假如不卖给我,他又怕世人认为他吃醋。他讨厌这样的事。你们之间究竟存不存在妒忌呢?你们彼此都不流露出来,旁观者都觉得有点害怕了。令人感到这是暴风雨前夕的静谧……"

波子默不作声，冰冷的火焰在心底颤动。

"我想把你家的厢房买下来，并不是有什么大的企图，只不过觉得时不时在那间厢房里出现，成为矢木的眼中钉，倒也有意思。我想剥掉矢木伪君子的外衣……但比起矢木的妒忌来，势必首先要折磨你波子。我这样处在你们两人之间，心情平静不了啊。"

"不管你在哪里，我的痛苦都是一样的。"

"为我痛苦？"

"也有这种成分。还有其他的痛苦。我刚才说把房子卖掉修建舞蹈研究所，为女儿固然好，可高男怎么办？高男是个模仿能力很强的孩子，他老学着他父亲的样子。若是设身处地为高男想一想，这也许是合乎道理的。我净偏爱品子的芭蕾舞，高男因此会很容易处在姐姐的光环之下……"

"是啊，不注意可不行。"

"再加上舞蹈团干事沼田执拗地施展计谋，离间我们四个人，甚至在我和品子之间……弄得我们四分五裂，企图把我当作玩物，把品子当作牺牲品。"

那岸边的柳树丛中，也立着一块告示牌，上面写着"请爱护鱼"四个字。

司令部正前方，也许是窗前灯光璀璨的缘故，看不见倒影，只有这里，才能比较清楚地看到对岸的松树和这边的柳树倒映在护城河水面上的影子。

窗前的亮光隐隐约约地一直照到对岸石崖的角落。那石崖上,闪烁着幽会的男子抽烟的火光。

"可怕。哦。矢木是不是就坐在刚刚疾驶过去的那辆车子上……"

波子突然耸了耸肩膀。

母亲的爱女与父亲的宠儿

矢木元男带着儿子高男走出上野博物馆。

父亲在石门正中停住了脚步。他刚才欣赏古代美术,眼睛都看花了,公园的树木朦朦胧胧地跳入眼帘,他不由得伫立在那里。古代美术的印象还残留在脑际,自然的景色使他感到一阵清新。

父亲嘴角漾起一丝笑意,眺望着公园。高男从旁边望了望他的父亲。父子俩相貌酷似。儿子比父亲稍矮,面容清癯。

儿子望着近二十天没见的父亲,觉得他很是了不起。

两人是在雕塑陈列室里碰面的。矢木从二楼下来,刚走进雕塑室,就见高男站在兴福寺的沙羯罗像面前。

直到矢木走近,高男才回过头来。他发现了父亲,有点不好意思。"您回来了。"

"啊,回来了。"矢木点点头,"怎么回事呢?竟在这意想不到的地方碰见你。"

"我是来接您的呀。"

"来接我?你怎么知道我在这儿?"

"您信上说同博物馆的人一起乘夜班车回来嘛。我想,您大概不会直接回家,会绕到博物馆来。上午我曾在家里等您来着……"

"是吗？那就谢谢你了。什么时候收到信的？"

"今早……"

"正好赶上？"

"不过今天是排练的日子，姐姐和妈妈出去了。信是在她们走后才收到的，她们不知道爸爸今天回来。"

"原来是这样。"

两人望着沙羯罗像，仿佛要避开彼此的视线。

"我想过，就是估计到爸爸会来博物馆，可又能在哪里找到您呢？"高男说，"我决定在这沙羯罗像和须菩提像前等您，这主意不错吧。"

"嗯，好主意。"

"爸爸一来博物馆，在出馆之前，总是到这兴福寺的须菩提像和沙羯罗像前伫立片刻吧。"

"是啊。一站在这儿，脑子就一下子清醒过来，就会静静地洗净心头的阴云和污浊。而且它还能为你解除疲劳和酸疼，使你感受到一种无法形容的温暖。"

"我看，沙羯罗像那副童颜，使人感到眉梢上凝聚着深情，不是有点像姐姐和妈妈的风采吗？"

父亲摇了摇头。

矢木虽不以为然地摇了摇头，脸色却倏地变柔和了。

· 129 ·

"是这样吗？你很了不起，好歹感到母亲和品子有点像天平时代[1]的佛像。倘若告诉她们，她们多少也会变得温柔点。但是，沙羯罗不是女的。女人没有这样的面孔。沙羯罗是个少年哩，是东方的圣少年，英姿飒爽地屹立着。可以想象天平时代的首都奈良有这样的少年。须菩提也一样。"

"嗯。"高男点点头，"我等爸爸时，在沙羯罗像和须菩提像前站了好一阵子，看起来它们有点哀伤……"

"嗯，两尊都是干漆像。工匠用干漆做雕刻的素材，可能容易表现出抒情性。这天真无邪的少年像也表现出日本的哀愁。"

"姐姐也经常动着上眼皮，时不时皱起眉头，露出哀愁的眼神，有点像这尊少年像呢。"

"对啊。不过，把深情凝聚在眉梢上，是雕塑佛像的一种方法。这尊沙羯罗像的伙伴、八部众[2]中的阿修罗像，同须菩提像一样。释迦牟尼的十大弟子中的好几尊像都是双眉颦蹙的。这尊沙羯罗像被塑成可怜的童形，它是八大龙王之一，实际上就是龙。龙守护佛法，具有无边的威力，是水之王。这尊像也蕴含着这种力量。缠在肩上的蛇，在少年的头上扬起镰刀形的脖颈。那造型确是像人，和蔼可亲，看起来好像某某人。这样写实的东西是永恒理想的象征，在可爱的天

1　即文化史上的奈良时代，指日本迁都平城（奈良）的710年至794年的文化史，特别是美术史上的时代。
2　指佛教护法队伍中，以天、龙为首的八种神话种族。

真烂漫的表情之中，蕴含着澄澈的大慈大悲，静中带动，凝聚着深沉的力量。很遗憾，在智慧的深度上同我们家的女人大不相同啊。"

两人从沙羯罗像移到须菩提像面前。

须菩提像的模样像是若无其事似的，以自然的姿势伫立着。

这两尊立像，沙羯罗像高五尺一寸五分，须菩提像高四尺八寸五分。

须菩提身披袈裟，右手拎着左边的袖口，脚蹬草屦，安详地站在岩石座上，文质彬彬，带着些许寂寥。在这具世上常见的、纯洁而和蔼的佛像的头部和童颜上，表露出令人怀念的永恒的东西。

矢木一声不响地离开须菩提像，走出了大门。

向前突出的正门的巨大石柱，宛如一个坚实的画框，将博物馆的前院和上野公园镶了进去。

父亲伫立在这座石门中央的花岗岩石板上。高男觉得父亲作为日本人，这副样子很少见，但并不邋遢。

"在京都交了好运，接连参加了考古学会和美术史学会两方面的活动。"

高男的父亲说罢，慢条斯理地将长发拢上去，戴上了帽子。

矢木所说的在京都出席了考古学会和美术史学会的活动，其实只是由学会主办，安排参观个人的展品罢了。

矢木不是专门的考古学者，也不是美术史专家。

他也曾把考古学的仿制品当作古代美术品观赏，但他是日本文学系毕业的，大概是日本文学史专家吧。

战争期间，他曾写过一本名为《吉野朝的文学》的书，并作为学位论文，提交给当时举办讲座的私立大学。

矢木查阅了南朝人在战争失败以后，漂泊到吉野山各处，维护、传播并憧憬王朝传统等相关的文学作品和史实资料。写到南朝的天皇研究《源氏物语》时，矢木潸然泪下。

矢木历访了北畠亲房的遗迹，沿着《梨花集》作者奈良亲王的流浪旅程，一直到了信浓。

根据矢木的看法，圣德太子的飞鸟时代、足利义政的东山时代等自不消说，圣武天皇的天平时代、藤原道长的平安时代等也绝不是和平的时代。人类斗争的长河因此被激起了一朵朵美丽的浪花。

矢木在阅读了原胜郎博士的《日本中世史》等书之后，才看出藤原时代的黑暗。

另外，矢木现在正在撰写的《美女佛》，许多地方是受到了矢代幸雄博士所著的《日本美术的特质》等相关美学的启迪。矢木原拟将《美女佛》命名为《东方的美神》，但是这毕竟与矢代博士的书名太相似，便决计不用"神"字而使用"佛"字。

日本战败后，"神"这个词也曾使矢木遭受了痛苦，伴随而来的，就是自己的内疚。今天，《吉野朝的文学》也成了一本哀伤战败的书，当然这是把皇室看作日本的美的传统，当作神来看待。

矢木的《美女佛》主要是写观音。但是除了观音以外，还顺带写了弥勒、药师、普贤、吉祥天女等带有女性美的诸佛，尝试着从这些佛像和佛画中吸取日本人的精神和美。

矢木不是佛教学者，也不是美术史专家。无论哪方面，他的研究都是肤浅的。但是，《美女佛》将会成为与众不同的日本文学论。矢木觉得自己还是能写文学论的。

作为日本文学学者，矢木也许是博学多才的。

矢木是穷学生出身，同波子结婚的时候，他对女学生喜欢的中宫寺的观音像还一无所知，也不曾去过供有弥勒像的京都广隆寺。没看过芜村[1]的画，只学了芜村的俳句。他大学是日本文学系毕业，却比女学生波子更没有日本文化素养。

"名古屋的德川家展出《源氏物语画卷》，去参观一下才好呢。"

波子说罢把乳母唤来，让她拿出旅费来。波子的乳母当时担任他们的会计。

矢木惭愧、懊恼的心绪透入了骨髓。

1　与谢芜村（1716—1783），俳句诗人、画家。

博物馆里举办了南画（文人画）的名作展览。

昔日，矢木研究芜村的俳句，却不了解他的画。展览会上当然也展出了芜村的南画。

"你看过二楼的南画了吗？"矢木问高男。

"只是走马观花地浏览了一遍。我老记挂着父亲什么时候会到佛像这边来，其他未能细看……"

"哦？太可惜了。今天我还有个约会，恐怕没有时间了。"父亲从口袋里掏出怀表看了看。

这是伦敦史密斯公司的老式银怀表，轻轻按按边上的表把，它就在矢木的衣兜里敲响了三点钟。然后两声两声地连响两次。每响两声表示过了十五分钟，从响声可以判明现在大概是三点半了。

"这种表给宫城道雄这样的盲人使用，一定很方便。"矢木常常这么说。这是走夜路或是黑夜睡觉时使用的怀表。

矢木有一块自鸣怀表。高男曾听父亲说过：一次庆祝某人著作出版，某人在会上作长篇席间致辞，讲得正热烈的时候，矢木衣兜里的怀表丁零零地响起来，实在很有意思。

如今高男听见父亲胸前衣兜里的怀表响起了八音盒般的清脆声音，能遇见父亲，他也就高兴起来了。

"我还以为您从这儿直接回家呢。您还要绕到哪儿去？"

"嗯，晚上乘火车睡得很香。不过，高男，你一起来也行啊。我应教科书书商的邀请，就平安朝文学和佛教美术之间的交流问题写了点东西，据说他们准备编入语文课本里呢。他们同我商量省略太专业的部分，写成通俗的、辞藻华丽的文章，还要指定插图。"

矢木从正门前的石阶走下去，凝望着鹅掌楸的落叶。

鹅掌楸的叶子很大，很像橡树。靠近石头门，只立着这株好看的树，深黄色的树叶撒满了庭院，犹如年老的国王站在那里，寂静无声。

"尽管我的文章精华部分被删掉了，但还是能够感受到藤原[1]美术的存在。我想，这对学生们阅读藤原的文学会有所启迪。"矢木接着说，"芜村的画怎么样？高男你也没有看过他的画，只从语文课本上学过他的俳句……"

"嗯，我觉得华山[2]好极了。"

"是渡边华山吗？是啊，不管怎么说，南画方面，大雅[3]是个天才。不过，华山很受当代年轻人的推崇……在那个时代，华山对西方艺术很好奇，吸收了西方艺术，并且做出了新的努力……"

矢木从博物馆的正门走出来，说了声："哦，我还要会见沼田呢。他是品子的舞蹈团干事……"

---

1 藤原隆信（1142—1205），平安朝末期的宫廷画家。
2 渡边华山（1793—1841），幕府末期的南画家。
3 池大雅（1723—1767），江户中期的南画家。

他们乘中央线电车直达四谷见附。

他们打算横穿马路向圣伊格纳斯教堂的方向走去,便站在路旁等待车辆鱼贯而过。高男扬了扬眉毛说:"那位干事,我讨厌透了。下次他若是再对母亲和姐姐说些不三不四的话,我就跟他决斗……"

"决斗?太过激了。"

矢木温和地微微一笑。

但是,父亲望了望儿子的脸,心想,这是当代青年爱使用的语言呢,还是高男性格的表现?

"真的,那种人不豁出性命跟他拼,就没有用处。"

"对方既然是个无聊的家伙,你这样做不是太没意思吗?白白豁出性命,太可惜了嘛。沼田很胖,肉墩墩的,凭你这瘦胳膊挥舞小刀可捅不进去。"父亲笑着望了望他。

高男做了个瞄准的手势。

"用这个就能对付他。"

"高男,你有手枪吗?"

"没有。不过,那玩意儿随时可以向朋友借啊。"

儿子满不在乎地回答了一句,父亲不禁毛骨悚然。

高男温顺,喜欢模仿父亲,但他内心深处隐藏着母亲那种性格,有时可能会燃烧起病态之火。

"爸爸，咱们穿过去吧。"高男果断地说。

于是，他们赶在从新宿方向疾驰而来的出租车之前跑了过去。

三三两两身穿制服的女学生微低下头，走进了圣伊格纳斯教堂，也许是马路对面的二叶学园的女学生放学回家之前来做祈祷。

他们从外护城河土堤的后面走去，矢木望了望教堂的墙壁。

"新教堂的墙上，也投下了古松的影子。"矢木平静地说，"这教堂，去年弗朗西斯科·哈维尔的得力传承人来过吧。四百年前哈维尔上京城时，大概在街边的日本松的树荫下走过。当时京都是战乱之地，足利义辉将军也四处奔走。哈维尔竭力要求拜谒天皇，当然没被允许。他在京城只待了十一天，就回到平户市去了。"

在夕阳的映照下，投上了松影的墙壁，被淡淡地抹上了一片桃红色。

邻近的上智大学的红砖墙上，也洒满了阳光。

他们一进入前方的幸田旅馆，就被带到里面的房间。

"怎么样，很安静吧？这房子在改作旅馆之前，是一个钢铁暴发户的宅邸。这里是茶室。那位荣获诺贝尔奖的汤川博士从美国乘飞机抵达此地和乘飞机启程赴美的时候，都住过这个房间……游泳选手古桥他们赴美和回国的时候，也曾在这里集中。"

"这里不就是母亲常来的地方吗？"高男说。

汤川博士和古桥选手是战败国日本的光荣和希望,深受群众的爱戴。矢木以为他们往返都住宿过的这个房间,若让年轻的学生住进去,学生们一定会感到高兴。然而,高男似乎没有那种感觉。

矢木又补充说:"靠近我们走过来的这边,有个宽敞的房间吧。当时把两间打通,当作汤川博士的会客室。各式各样的人蜂拥而至,主人尽量不让他们到这个起居室里来。可是,报社摄影记者不知从哪儿悄悄溜进了庭院,想猎取一些特别的镜头,害得汤川博士无法好好休息。听说为了不让摄影记者进来,让这里的两个女佣分别在庭院的两头值夜班。当时正是炎夏,她们被蚊子咬得手足无措。"

矢木把视线投向庭院。

院子里栽满了各种竹子,有大名竹、大肚竹、寒竹、四方竹。庭院的一角,可以看见稻荷神社的红色鸟居。

这个房间也叫竹厅,用熏成黑红色的竹子做天花板。

"汤川博士到达这儿,旅馆的老板娘正好生病。在病榻上她还关照说,先生阔别许久才返回日本,要点把好香。牵牛花也开了,假如庭院树木上的蝉儿也鸣叫就好了。"

"啊……"

"蝉儿也鸣叫就好了,这说法多有意思啊。"

"哦。"

高男早先已经从母亲那里听说过同样的话。父亲似乎是从母亲那里现学现卖的,儿子也就很难装出很有意思的表情。

高男环视了房间一圈,说:"这房子真好啊。妈妈现在也常到这儿来吧。够奢侈的。"

矢木背朝吉野圆木的木筋隆起式的壁龛柱子,慢慢地坐下来,点点头说:"蝉儿鸣叫了。那时汤川博士诵了一首诗:'来到东京的旅馆,从庭院的林木间,首先响起依依的蝉鸣。'汤川博士过去很爱好诗歌呢。"

矢木把高男的话头岔开,接着先头的话说下去。

后来付晚饭钱,也记在波子的账上。近来高男在这种事上总要埋怨父亲。

矢木轻声说:"你母亲同这儿的老板娘很有交情。嘿,是好朋友呢。品子能登上舞台也多亏她的帮助。"

教科书出版社的总编辑来了。

矢木没有让他看自己的文章,而是先让他看了藤原的佛教美术照片。

"这些照片都是我选出来的,我的看法也写在上面了。"

他将高野山的《圣众来迎图》、净琉璃寺的吉祥天女、博物馆的普贤菩萨、教王护国寺的水天、中尊寺的人肌观音、观心寺的如意轮观音的照片挑选出来,摆在桌面上,刚要说明,却又说:"对了对了,先喝杯淡茶吧。养成京都的习惯了……"

他手里拿着河内观心寺的秘佛和如意轮观音的照片,不是对着总编辑，也不是冲着高男，说了一句："佛嘛……清少纳言在《枕草子》中也写了。如意轮托腮而坐，使人心烦意乱。他不知世事，多愁善感，又带几分羞怯……照片很好地摄取了他的风韵。这点，我在文章中也引用了……"

然后他对着高男说："刚才在博物馆里看到了沙羯罗像和须菩提像。奈良佛像那种纯洁的、人性化的写实作品，在藤原人性化的写实作品中，塑造得多么艳丽啊！它们蕴含着人类肌肤的温馨，形象是现代式的，然而并没有失去神秘的色彩，是女性美的最高象征。膜拜这样的佛，自然令人感到藤原的密教就是崇拜女性。奈良药师寺的《吉祥天女图》和这幅京都净琉璃寺的吉祥天女像很相似，但是对照来看，还是能感到奈良和藤原之间的差异。"

矢木将折叠式皮包拉过来，取出了净琉璃寺的吉祥天女和观心寺的如意轮观音的彩色照片。彩色还很鲜艳。他建议总编辑彩色印刷，收入语文课本的卷首插图中。

"是啊，同先生的大作相得益彰，定会很精彩。"

"不，拙文很不成熟，是不是被采用还没落实。拙文采不采用另当别论，我只是希望日本语文课本的卷首插图中，有那么一张佛像。即使不能像西方教科书有圣母马利亚的画像，也……"

"先生的大作，我们当然想采用，所以才这样厚着脸皮来了。不过，这幅佛像太有名了，现在的学生一般不会好奇地去欣赏这插图。"

总编踌躇地说,"正文部分的插图,就按先生的意见办吧。不过……"

"拙文暂且不说,我是希望卷首插图中有张佛像啊。看不到日本美的传统,就谈不上什么语文了。"

"从这个意义上来说,一定让我们用先生的论文……"

"谈不上什么论文……"

矢木又从折叠式皮包里取出杂志的剪报,交给了总编辑。"回来的路上,晚上我在火车上又修改过一次,烦琐的地方都删去了,教科书选用合适不合适,你审阅后再说吧。"矢木说着呷了口淡茶。

女佣通报沼田来了,矢木依然低着头,将茶碗翻过来看了看。

"请进。"

沼田身穿藏青色双排扣上衣,打扮得整整齐齐,可是挺着大肚子,连鞠躬都显得十分费劲。

"噢,先生,您回来啦。令爱又……可庆可贺。"

"哦,谢谢。波子和品子总是得到你无微不至的照顾。"

沼田所说的"可庆可贺",是一种在后台对登台表演的人说话的腔调。

沼田所说的"可庆可贺",是指品子哪场演出呢?矢木在京都期间,女儿在哪里跳什么舞蹈节目,他全然不知,只顾静静地一边转动一边凝视着放在自己面前的茶碗。

"这只茶碗也漂亮得像美人儿。以后寒冷的时候,这只美女般的志野茶碗将给人带来温馨，是好东西啊。"

"是波子夫人啊，先生。"沼田连笑也没笑地说，"可是，先生这回在京都是不是又发掘了什么珍品？"

"不，我并不喜欢出土的东西，对古董也不感兴趣。"

"的确，是珍品在盼望先生呢……对了，珍品在破烂的东西中熠熠生辉，等待着先生的青睐啊。"

"唉，恐怕没有的事吧。"

"是啊，像品子小姐那样的珍品不常见，十年二十年也出不了一个。这会儿，我多么希望您允许我把小姐说成是件珍品。珍品眼看着就要发出光辉来了。妇女杂志新年号不久即将发行，先生，请您过过目。卷首插图里刊登了小姐的各种照片，获得了成功。她是昭和五十一年众望所归的新人呢。现在芭蕾舞越来越流行……"

"谢谢。但是，过分了，把她当作商品就……"

"这，先生大可不必担心，有她母亲跟着她呢。"沼田不容分说地回答，"她的名字叫品子，容易被人叫作珍品，仅此而已。我希望您能早点看到新年号的照片。"

"哦？你说卷首插图，我们现在正谈卷首插图的事。"

于是，矢木便将沼田介绍给教科书出版社的北见。

女佣进来，请他们饭前先洗个澡。

沼田和北见都说感冒，婉言谢绝了。

"那么,我失陪了。晚上坐车,满身灰尘。我去洗洗再来。高男,你不洗吗?"

高男随父亲到了澡堂。

父亲发现有秤台,便说:"高男你有多重。是不是瘦了?"

高男光着身子站到秤台上。

"四十八公斤多,正好……"

"不行啊。"

"爸爸呢……"

"你瞧我的……"

矢木同高男换了个位置。

"五十六公斤多,这把岁数,没多大变化。"

父子俩站在秤台前,白皙的身体靠得很近,儿子忽然腼腆起来,带着一副形似哀伤的神情走开了。

这是长州澡堂。一走进去,两人的皮肤就接触了。

高男先走到冲洗处,一边洗脚一边说:"爸爸,沼田长期纠缠着母亲,这回又要让他纠缠姐姐吗?"

父亲把头枕在澡盆边上,闭上了眼睛。

父亲没有答应。高男抬起脸望了望他。父亲的长发虽然还是乌黑乌黑的,但已经开始谢顶,额前的头发也开始脱落了。高男都看在眼里。

"爸爸为什么要见沼田这号人呢？从京都刚回来……"高男想说，还没回家就……转念又想说，沼田总是蔑视爸爸，可爸爸却……

"我来接爸爸，能在博物馆里见面，感到非常高兴。爸爸却把沼田叫来，真令人失望。"

"嗯……"

"我自孩提时起，就觉得母亲会被沼田抢走，真讨厌啊。我常常做噩梦，要么被沼田追赶，要么被杀害，很难忘却。"

"嗯。"

"姐姐和母亲一起跳芭蕾舞，全被沼田缠住了……"

"情况并不像你说的。你的看法太偏激了。"

"不对。就说爸爸吧，您明明知道嘛，沼田为了讨好母亲，拼命巴结姐姐。姐姐思慕香山，也是他一手促成的吧。"

"香山？"矢木在澡盆里转过身来，"香山现在怎么样了，你知道吗？"

"不知道。可能不跳芭蕾舞了吧，没有看到他的名字了。自从退居伊豆，他不就销声匿迹了吗？"

"是吗？我早就想向沼田打听香山的事了。"

"您想了解香山的事，问姐姐不就可以了吗？问妈妈也……"

"嗯……"

高男进了澡盆。

"爸爸,您不冲冲吗?"

"啊,我懒得冲了。"

矢木把身体靠到一边,给高男让出位置来。

"今天,学校情况怎么样?"

"只上了两小时课。像我这样上大学,行吗?"

"这是新制,虽说是大学,也只不过是原先的入学预科呀。"

"请让我工作吧。"

"什么……算了,别在澡盆里逞能啦。"

矢木说着笑了笑,然后从澡盆里出来,边揩拭身子边说:"高男,你有些地方对人要求过多了吧。比如说对沼田,有些要求是应该的,有些要求就不应该。"

"是那样吗?对妈妈和姐姐也是那样吗?"

"你说什么?"

矢木不让高男说下去。

两人回到了竹厅,沼田抬头望了望矢木,说:"我和被你称作美人的这只茶碗做伴了。其实,先生,那里的教堂是圣伊格纳斯教堂吧。我曾顺便到里面看了看。从天主教堂出来,又喝了淡茶……"

"噢。不过,天主教和茶老早就有缘了。比如说织部灯笼也叫基

· 145 ·

督灯笼。"矢木边说边坐下来,"根据古田织部的嗜好,在灯笼柱上雕刻了怀抱基督的圣母马利亚像。据说还有茶勺是天主教徒诸侯高山右近的作品。上面刻有'花十'二字,叫作花十字架。"

"花十字架?……很好。"

"高山右近他们喜欢坐在茶室里向基督祈祷。茶道的清净与和谐陶冶了右近,使他成为品格高尚的人,引导他热爱神,发现主的美。外国传教士也写了这层意思。耶稣教传入日本的时候,诸侯和峤[1]的商人之间盛行喝茶,传教士也常受到邀请,他们在茶席上一同跪下向神祷告,感谢主。他们在寄给本国的传教报告里还详细地写了茶道的状况,连茶具的价格也写了进去……"

"的确……波子夫人说过近来天主教和茶道很盛行,先生的住家北镰仓是关东的茶都啊。"

"是啊。去年随哈维尔的得力传承人前来的一个叫某某的大主教,在京都也被邀请参加了茶会。有许多地方,茶道的规矩和弥撒的规矩是很相似的。据说大主教也大为震惊。"

"哦……日本舞蹈家吾妻德穗也成了天主教信徒,这回将在圣母像上跳舞。怎么样,先生也去看看?"

"好啊。在长崎?"

---

[1] 地名,属大阪府的市。

"大概是在长崎吧。"

"这是反映从前殉教者的舞蹈吧。现在,一枚原子弹就把浦上的天主教堂全夷为平地,真是很凄惨啊。据说长崎死了八万人,其中三万是天主教徒……"矢木说着望了望教科书出版社的北见。

北见一声不响。

"不知什么原因,那儿的圣伊格纳斯教堂号称东方第一。可我还是喜欢长崎的大浦天主教堂。那是最古老的教堂,是国宝……彩绘玻璃也很美。教堂离浦上很远,虽幸免于原子弹的破坏,可是我去的时候,屋顶也都被毁坏了。"

"不过,先生还是喜欢佛像吧。从前,先生让波子夫人跳的所谓佛手舞,好极了。那是集中表现了佛手各种姿态的舞蹈。"

沼田说着瞟了一眼矢木的脸。

"我希望波子夫人能在舞台上重演那个节目,先生……"

"如今回想起佛手舞,那真是个好例子。不过没到波子夫人这般年龄,毕竟跳不好。像品子小姐要跳那种宗教色彩浓厚的舞,恐怕就不合适啰。"沼田继续说。

矢木却冷淡地嘟囔了一句:"西方舞蹈是青春的东西,和日本舞蹈不同。"

"青春?所谓青春,看怎么解释啰。波子夫人的青春已经消逝,还是至今尚存,先生应该是最了解的。"沼田带着几分挖苦的口吻说,

"或者说，要埋葬或者激发波子夫人的青春，还不是在于先生吗？连我都知道波子夫人的心是年轻的。就身体来说吧，在日本桥排练场看看就……"

矢木把脸扭向一旁，给北见斟酒。沼田也举杯往嘴边送。

"让波子夫人成天以孩子们为对象教芭蕾舞，太可惜了。倘使她能登台表演，弟子就会大大增加。这对令爱也有好处。母女同台演出，宣传效果一定很好，也会很叫座的。我对波子夫人也是这样说的。我很想拍她们双人舞的照片，可是总没有拍成。"

"她们是有自知之明的。"沼田又说了一句。

"登台表演的人，都是没有自知之明的……"

传来了圣伊格纳斯教堂的钟声。

"其实，今晚难得先生把我叫来，我想他大概是想谈波子夫人重新登台的事吧，我这才鼓起勇气来的。"

"嗯，对……"

"除此以外，再想不出先生找我会有什么更重要的事了。"沼田有点纳闷，眯缝着那双大眼睛，"先生，让她跳吧。"

"波子和你谈过这件事了？"

"我拼命鼓动她。"

"真麻烦啊。不过你知道，四十岁的女人就是跳舞，也只有到下次战争为止的短暂时间。"

矢木暧昧地说过之后,同北见攀谈别的问题去了。

晚饭的菜谱是:正餐菜肴有甲鱼冻、鱼子糕和柿子卷,生鱼片有鱼片和扇贝,汤是栗子白果酱汤,烤菜有烤酱腌鲳鱼,煮菜有清蒸鹌鹑,焯的菜只有根芋和黑蘑,还有加吉鱼什锦。

沼田告辞,矢木看了看表。

"先生还是那块表吗?不准吧?"

"我的表从来就没有差过一分钟。"

矢木说着旋开了放在那里的收音机。

"《左邻右舍》节目,本月的作者是北条诚。"

矢木让沼田看了看他的表。

"七点,正好同广播里的报时一分不差。"

沼田听广播说完"现在报告新闻",便关掉了收音机,然后说道:"朝鲜嘛……先生,斯大林自己说他是亚洲人,还说别忘记东方。"

四人乘一辆车从幸田旅馆出发。北见在四谷见附站前下了车。

汽车从赤坂见附驶到国会议事堂前的时候,矢木对沼田说:"刚才你说让波子重返舞台,香山怎么样?他不能再度出山吗?"

"香山?让那个废人再度出山?"

沼田摇了摇头。他太肥胖,脑袋微微地动了动。

"说他是废人,太残酷啦。他现在怎么样了?"

"哟，作为舞蹈家，他可算是个废人吧……听说他在伊豆乡村当了游览车的司机。不过这是风传，我不清楚。那样的隐士，我可不感冒。"沼田回过头来说，"令爱和他已经没有来往了吧？"

"没有了……"

"这也很难说呀。"高男话里带刺地说了一句。

"那家伙真不好办。高男你也好好劝劝她吧。"

"这是姐姐的自由嘛。"

"舞台上的人是没有自由的啊。特别是今后，对重要的年轻人……"

"不是沼田先生让姐姐那样接近香山的吗？"

沼田没有回答。

车子沿着皇宫护城河向日比谷驰去。矢木像想起来似的说："对了，我在京都的旅馆里浏览一本摄影杂志时，看见竹原公司的照相机广告用了品子的照片，那也是你关照的吗……"

"不，那不是张旧照片吗？是竹原在您家的厢房住时拍摄的吧？"

"是吗……"

"竹原那里的照相机和双筒望远镜很受欢迎，行情可好啦。能不积极利用品子小姐做宣传照相机的模特儿吗？"

"这样做太过分了。"

"这种时候，人家不正想做得过分些吗？假使波子夫人能对竹原说几句就……"

"波子同竹原大概已经没有来往了吧?"

"是吗?"

沼田的话突然断了。

汽车从日比谷公园背角处向左拐,驶过了皇宫的护城河。

这里正是波子和竹原乘坐的车子发生故障的地方,尽管矢木理应还在京都,波子却非常害怕。那已是五六天前的事了。

沼田在东京站跟他们分开了。矢木乘上横须贺线的电车后,直到品川附近都没有说一句话,后来睡着了。抵达北镰仓的时候,高男才把他摇醒。

圆觉寺门前的杉丛上空,挂着一弯月亮。

月光洒在他们背后,他们沿着铁路线旁的小路徒步而行。

"爸爸,您累了吧?"

"噢。"

高男把父亲的皮包换到左手,然后贴近父亲。

长长的月台栅栏的影子在小路上延伸。走过这些阴影,民宅的罗汉松的树影便从相反的方向投落在铁路线上。小路变得更窄小了。

"一来到这里,我总有一种好像回到家里的感觉。"

矢木稍站了一会儿。

北镰仓之夜，恍如山村里的幽谷。

"妈妈怎么样……她又说要卖掉什么了吗？"

"这，我可不知道。"

"她不知道我今天回家吧？"

"啊，爸爸的信今早刚收到，是写给我的，我把它放在兜里边就出门了……如果在幸田旅馆打个电话就好啦。"高男说话的声音也颤抖了。

父亲点点头说："嘿，算了。"

他们走进了小路右侧的隧道。山脊像一只胳膊延伸过来，人们把它挖通，形成一条近道。

在隧道里，高男说："爸爸，听说有人要在东大图书馆前立一尊阵亡学生纪念像，大学方面不同意。我是想见到您就告诉您这件事的。雕刻已经完成，原定十二月八日举行揭幕式……"

"嗯，好像以前也听说过。"

"以前我说过的。阵亡学生的手记被汇集成《遥远的山河》和《听吧，海神的声音》两本书出版了，还拍了电影。从'不许重复海神的声音'这个意义上来说，纪念像恐怕也要取名'海神的声音'吧。有点像'不许广岛事件重演'，是和平的象征，充满了悲伤和愤怒……"

"嗯，大学方面的意见是……"

"好像是要禁止。据说大学当局拒绝受理日本阵亡学生纪念会寄赠的塑像……理由是这尊塑像不仅是以东大学生,还是以一般学生和群众为对象的;再说按东大的常规,在校园内立纪念像,只限于在学术上和教育方面有重大贡献的人。实际上,这尊塑像有非常深刻的意义,这也是校方不同意的原因吧。这是一尊随着时势而变化的象征性塑像,假如再次出现要学生上战场的局面,大学校园里立着一尊带有反战情绪的阵亡学生的塑像,那不就难办了吗?"

"嗯。"

"但是,我觉得校园是阵亡学生灵魂的故乡,把他们的墓碑竖立在校园里是合适的。听说英国的牛津大学、美国的哈佛大学也都立有这种纪念碑。"

"噢……阵亡学生的墓碑已经竖立在高男的心中了吧。"

隧道的出口处滴下了来自山上的水滴。远处传来悠扬的舞曲声。

"她们还在练呢。每晚都排练吗?"

"嗯。我先去告诉她们一声。"高男说着向排练场跑去。

"我回来了。爸爸回家来了。"

"爸爸?……"

波子在排练服外披着一件大衣,脸色煞白,险些倒下去。

"妈妈,妈妈。"品子搂住波子,支撑着她,"妈妈,怎么啦,妈妈?"

她搂抱似的把母亲扶到墙边的椅子上。

品子坐到母亲旁边的椅子上，母亲闭上眼睛，有气无力地把头埋在女儿的怀里。

品子用大衣裹住母亲的身体，左手放在母亲的额上试了试。

"真凉啊。"

品子身穿黑色紧身衣，脚蹬芭蕾舞鞋。排练服也是黑色的，腿脚全露了出来，短下摆饰有波纹皱褶。波子是一身白色紧身衣。

"高男，把唱机关上……"品子说。

"都是高男给吓的。"

高男也凝望着母亲的脸。

"我哪儿吓她了。不要紧吧？"

高男望了望品子。姐姐颦蹙眉头，她那双眼睛使高男想起兴福寺的沙羯罗的眉梢。的确很相似。

品子将头发紧紧束起，用发带系上。排练要出汗，她和妈妈都没有施白粉。

品子满面通红，吓得连脸颊泛起的玫瑰色也变成白色，闪烁着格外澄明的光。

波子睁开了眼睛。

"已经好了。谢谢。"

波子要坐起来，品子搂住了她。

"您再安静地歇一会儿吧。喝点葡萄酒好不好？"

"不用了，给我一杯开水吧。"

"好的。高男，请倒一杯开水来。"

波子用手掌擦了擦额头和眼帘，端端正正地坐起来。

"我不停歇地跳，然后按阿拉伯风格的乐曲刚站定，这当儿，高男突然跑了进来……就觉得头晕眼花，我有点轻微贫血啊。"

"不要紧了吧？"品子说着将母亲的手贴在自己的胸口上，"我这儿也是扑通扑通直跳。"

"品子，你出去迎接爸爸吧。"

"嗯。"

品子看了看母亲的脸色。她在排练服外利索地套上女裤和毛线衣，解开发带，用手将头发散开。

高男跑开以后，矢木慢悠悠地走着。

穿过隧道，山脊上细高的松林拔地而起，刚才躲在圆觉寺杉丛里的月亮，升到树上面了。

声称要同沼田决斗的高男，同致力于建立阵亡学生纪念像的高男是统一的还是分裂的呢？父亲深感不安，脚步也沉重了。

矢木现在的家，先前是波子家乡的别墅，没有大门。入口处的小株山茶花绽开着花朵。

芭蕾舞排练场建在正房和厢房的中央，在削平的后山岩石上稍高的地方,仿佛凌驾于整座宅邸之上。此时正房和厢房灯火璀璨。

"家里的电就像是不花钱似的。"矢木喃喃自语。

睡与觉醒

矢木从京都回来翌日的早餐席上，波子只在丈夫面前摆了道清水煮伊势龙虾。矢木没有下筷。波子说："你不吃虾吗？"

"噢……我嫌麻烦。"

"嫌麻烦？"

波子显出诧异的神色。

"我们昨天晚饭吃过了，这是剩下的，对不起。"

"嗯，要剥皮，我嫌麻烦。"矢木说着看了看伊势龙虾。

波子莞尔一笑，说："品子，你给爸爸把虾皮剥掉吧。"

"嗯。"品子将自己的筷子掉过头，伸手去夹龙虾。

"真行啊。"矢木瞧着女儿的手势说，"用牙使劲嚼烂清水煮伊势龙虾，倒痛快啊，不过……"

"让别人把皮剥掉，就没味了吧。好，剥掉了。"品子说着抬起脸来。

矢木的牙齿并没有坏到嚼不了伊势龙虾的虾皮。再说，如果用牙齿使劲嚼不太雅观，使筷子也可以嘛。可他连动筷子都嫌麻烦，波子不免有点惊讶。

不至于吧……恐怕不是年龄的关系吧。

餐席上还有紫菜片和矢木在京都时别人赠送的冻豆腐、炖豆腐皮,不吃清水煮龙虾也可以对付过去,矢木好像是嫌麻烦。

许是久别回到家里,心安理得,有点怠惰吧,矢木看起来似乎有些无精打采。

波子一想到或许是昨晚太劳顿,不觉脸上发热,低下了头。

然而,羞怯也只不过是一会儿工夫,她低垂下头的时候,内心已是冷冰冰的了。

波子今早睡足才起床,头脑特别清醒。身体活动起来也似乎很轻快。

或许已是时冷时暖的气候,这天早晨是个近日没有过的小阳春天气。

排练芭蕾舞也是一种运动,因此波子食欲甚佳。而今早连饭菜的味道也似乎与往常不同。

她一觉察到这点,立即觉得索然无味。

"今天很难得,穿起和服来啦。"一无所知的矢木说,"京都还是穿和服的人多。"

"是吧。"

"爸爸,今秋东京也时兴穿和服呢。"

品子说罢望了望母亲的和服。

波子自己也不胜惊讶,自己不知不觉地穿上了和服,难道是为了给丈夫看的吗?

"两三天前和服店的人来说,战争开始时,香云纱和绞缬染[1]花布,能卖得好价钱……"

"香云纱和绞缬染花布嘛,就是奢侈品啰?"

"全绞缬和服得五六万元一件呢。"

"哦?你那件要是也留到现在来卖就好了。当时操之过急了吧。"

"旧衣服已经不吃香,落价了。不值一提了……"波子依然低着头说。

"是吗?因为新产品可以随便买到嘛。到了不好买的时候,和服店的人就要说什么这东西很讲究啦,是高级品啦,利用女人的虚荣心来做生意。"

"是啊。不过,先前战争开始时,香云纱和绞缬染花布很是流行,现在又时兴起来……"

"难道时兴起香云纱和绞缬染花布和服,是又要发生战争不成?从前是因为战争带来了景气,现在不是由于战争长期穿不上吗?假使时兴奢侈的和服是战争前兆的话,那么女人所表现的浅薄,不正是漫画式的吗?"

---

[1] 一种印染法,将布扎紧,使之形成褶皱,染后褶皱处会形成白色花纹。

"就说男装,也起了很大的变化啊。"

"是啊。不过,帽子嘛,没有好的。很多人都穿夏威夷式短袖衬衫呢。"矢木说着端起粗茶的茶碗,"记得我喜欢的那顶捷克帽,你没好好检查,随便拿到洗衣店洗,湿洗后,绒毛全完了。"

"那是战后不久……"

"现在想买也没有了。"

"妈妈。"品子喊了一声,"文子来信了,她是我学校的同学,您还记得吧。她让我借给她一件晚礼服,参加圣诞节舞会。"

"圣诞节,这么早就准备。"

"这才有意思呢。她说她梦见我了……梦见我有很多洋装。说什么品子的洋装衣柜里挂着一大排衬衫,约莫三十件,有浅紫的、粉红的……花边装饰也很美。另一个洋装衣柜里净挂裙子,全是白色的,还有针织料子的。"

"裙子也有三十条?"

"信上写着呢,裙子约有二十条。全都是新的。她说她做了这样的美梦,心里总想着品子不知有多少件晚礼服,所以才来信借。说是梦里告诉她……"

"不过,梦里没有出现晚礼服嘛。"

"对啊,净是衬衫和裙子。一定是她看见我在舞台上穿着各种式样的服装跳舞,产生了错觉,以为我有许多洋装呢。"

"是啊。"

"我回信说:在后台我是一无所有。"

波子不言语,点了点头。方才神清气爽,这会儿脑子昏沉,浑身无力。毕竟昨晚迎接了旅行归来的丈夫,是受累了吧。

波子有点泄气了。

若矢木旅行时间稍长,回家当晚,波子不知怎的总会没事找事地拾掇一番,却不就寝。

"波子,波子!"矢木呼喊,"都什么时候啦,还洗什么呢?快一点钟了。"

"嗯,我把你旅行的脏东西洗洗。"

"明天再洗不好吗?"

"我不喜欢把这些脏东西从包里拿出来揉成团儿放在一边,明早被女用人看见……"

波子光着身子在洗丈夫的汗衫。她感到自己这副样子像个罪人。

洗澡水已经半凉不热了。看样子波子有意要洗个温水澡,下颏骨咯咯地打起颤来。

她穿上睡衣坐在梳妆镜前,还在不停地颤抖。

"怎么啦,洗完澡反而冷……"矢木惊愕地说。

近来波子总是控制自己的感情。矢木心里明白,却佯装不知。

波子觉得丈夫似乎在调查自己，然而负罪感淡薄了，觉得自己仿佛被抛弃了，短暂地陷入茫然若失之中，在虚空里荡来晃去。这会儿她闭上眼睛，只见眼前有个金环在旋转，燃烧起红色的火焰。

波子回忆起过去的一件事。她曾将脸贴近丈夫的胸口，说："呀，我看见金环在团团转。眼睛里一下子变成红彤彤的了。我还以为要死了呢。这样下去行吗？"接着又说，"我，是不是病了？"

"不是病。"

"哦？真可怕。你怎么样？也和我一样吗？"她偎依着丈夫，"喏，告诉我嘛……"

矢木稳重地回答之后，波子说："真的？要是这样就好了……我太高兴了。"

波子哭了。

"但是，男人不像女人那样啊。"

"哦……太不好意思了，对不起。"

如今回忆起这段对话，波子感到那时自己年轻，着实可怜，眼泪晶莹欲滴。

现在有时也会看见金环和红色，但不是经常，而且自己也不是那么纯朴了。

如今已经不是幸福的金环了。悔恨和屈辱马上撞击着她的心胸。

"这是最后一次了，绝对……"

波子自言自语,自我辩解。

然而回想起来,二十多年来,波子从未公开拒绝过丈夫。当然,也从不曾公开地主动要求过一次。这是多么奇怪的事啊!

男女和夫妻的差别之大,不是太可怕了吗?

女性的谨慎、女性的腼腆、女性的温顺,难道就是被无可抗拒的日本旧习束缚住的女性的象征吗?

昨晚波子忽然醒来,伸手摸了摸丈夫的枕边,按按那块怀表。

怀表敲了三点,然后丁零丁零丁零地响了三次。好像是在四十分到五十五分之间。

高男说这块表的声音像小八音盒,矢木却这么说道:"它使我回忆起北京人力车的铃声。我乘惯的人力车就装了一个铃儿,可以发出这种悦耳的声音。北京的人力车车把很长,铃儿装在车把顶端,跑动起来丁零零地响,就像是远方传来的铃声。"

这块表也是波子父亲的遗物。

父亲的表一响,母亲就心疼得不得了。矢木硬缠着母亲要了这块表。

波子寻思:假如像今晚这样,秋风萧瑟,催人醒来,孤单的老母亲弄响这块表……母亲该是多么怀念生前的丈夫和在枕边听到的这悦耳的声音啊!

如同高男从这只表的声音中感受到他父亲一样，波子也感受到了自己的父亲。

这块古老的怀表，早在高男出生之前，波子还是少女的时候就有了。这声音唤起了高男童年时代的回忆，同样也唤起了作为母亲的波子幼年时期的回忆。

波子又伸手去摸表，然后把它放在自己的枕头上，让它鸣响。

丁零、丁零、丁零……

而后又听见后山松林传来寒风的呼啸声。自家门前高大的杉树丛也似乎响起了风涛声。

波子背向矢木，合起掌来。在黑暗之中，她还是把手藏在被子里双手合十。

"太可怜啦。"

波子同竹原在皇宫前幽会，惧怕远离了的丈夫，昨晚突然听说丈夫回来，就觉得一阵头晕目眩。波子暗中的抵抗完全被巧妙地粉碎了。

波子现在合掌，就是为了这个，但又不是仅仅为了这个，也是因为在心头旋荡的对竹原的妒忌。

刚才入睡之前，波子妒忌竹原，自己也感到震惊。

丈夫长期在外，返回家中以后，波子对他没有产生疑团，也没有妒忌。这也就可以了。可是，她迎接了丈夫，又感到悔恨。她对丈夫没有妒忌，却出乎意料地对竹原妒忌起来了。这种实实在在的妒忌，甚至使她郁闷的心顿时爽快起来。

如今夜半一觉醒来，又妒忌起来了。波子一边合掌一边喃喃自语："对连见都没见过的人……"

这是指竹原的妻子。

不能让人看见的合掌，是波子跳"佛手舞"以后养成的一种习惯。

"佛手舞"从合掌开始，又以合掌告终。在舞出千姿百态的佛手手形的时候，也加进了合掌的动作。用合掌把各种手腕动作的组合都串联起来。

"……你们之间究竟存不存在妒忌呢？你们彼此都不流露出来，旁观者都觉得有点害怕了。"

波子被竹原这么一说，一时沉默不言。就在这时，妒忌在她心头颤动。这不是对丈夫的妒忌，依然是对竹原的妒忌。波子没能挑起竹原家庭的话题，有点焦灼不安。

连在迎接丈夫之夜醒来，也要妒忌竹原的妻子，这是波子万万没想到的。丈夫把波子这个女人摇醒，难道也是要妒忌别的男人吗？

"不是罪人，我不是罪人。"

波子边合掌边嘟囔了一句。

然而,波子觉得自己是罪人,这是对丈夫而言的,还是对竹原而言的呢?她也不太清楚。

波子向远方双手合十,向竹原表示了歉意。内心不由自主地也都向着那边了。

"晚安。你是怎样就寝的呢?在什么样的房子里……连看都没看过,我不知道。"

波子说罢又入梦了。这沉睡是丈夫赐予的。

今早一觉醒来,她感到一阵清爽和轻松,这也是丈夫赐予的。

波子起床比平日都晚,早饭也晚了。

"爸爸,今天上午您有课。您还不走吗?"

高男催促父亲似的说。

"嗯。你先走吧。"

"是吗?我请假也可以,不过……"

"这可不行啊。"

高男站起来要走,矢木把他喊住。

"高男,昨天晚上谈到的阵亡学生纪念像的问题,学校方面是不是害怕有政治背景呢?"

品子到厨房给女佣帮忙去了。

波子对正在阅读报纸的矢木说:"喝咖啡吗?"

"喝,我想在早饭前来一杯。"

"今天是东京排练的日子，我们也要出门……"

"知道，我们的，排练日。"矢木多少带着讽刺的口吻说，"唉，阔别好久，就让我在家里悠闲地晒晒太阳吧。"

正房和厢房之间的排练场，本来是作为矢木的藏书室建造的，现在用来做读书室兼日光室。南面全是玻璃窗，挂着厚厚的帷幔。

搬走那里的书架，收拾好之后，可以用作芭蕾舞排练场。

也许由于年龄的关系吧，矢木觉得读书写字还是在日式房子里好，也就不反对把那里用作女儿的排练场了。

不过，矢木所说的晒太阳，意指在原来的藏书室里。

波子总觉得不好意思，正离席而去的时候，矢木放下报纸，说："波子，你见过竹原了吧？"

"见过了。"波子回答了一句，像是遭到了失败后发出的声音。

"哦……"矢木心平气和，若无其事地问道，"竹原身体好吗？"

"身体很好。"

波子依然望着矢木的脸，没有移开自己的视线。她担心自己的眼睛，觉得眼眶里泪汪汪的，真想眨眨眼睛。

"看来也会很好的。听说竹原经营望远镜和照相机，买卖不错。"

"是吗？"波子的声音有点嘶哑，她又改口说，"这些事，我没听说……"

"买卖的事，他不会对你说的。从前不就是这样吗？"

"嗯。"

波子点点头，把视线移开了。

透过镶在纸拉窗上的玻璃，看到了庭院。杉树的影子投在这庭院里。是杉树树梢的影子。

从后山飞来三只竹鸡，忽儿走进树荫下，忽儿又走进向阳地。

波子扑通跳动的心刚一平静，心口又变得僵硬起来。

但是，波子觉得丈夫的脸上流露出几分温暖的怜悯。她望着庭院里的野鸟说："或许有一天我们不得不把厢房卖掉呢。竹原曾有一段时间租用过厢房，我想和他谈谈……"

"嗯，是吗……"

矢木一言不发了。

矢木说"嗯，是吗……"的时候，露出深思的表情。这时候他又在盘算什么呢？波子想起她对竹原说过的话。

果然，他现在还说"嗯，是吗……"，这当然可笑，但波子却很是难过。自己以前对竹原说过丈夫的坏话，她感到羞惭、可憎。

"你未免太郑重其事了。"矢木笑了笑，"就因为让竹原住过厢房，就要出售它，还要征得竹原的同意，礼貌这样周全，不是太莫名其妙了？"

"不是去征求他同意嘛。"

"嗯，你觉得对竹原过意不去啰？"

波子好像被针扎了似的。

"唉，算了。厢房的事，我不想谈了。留待将来解决吧。"

矢木说罢，又像抚慰波子似的接口说："再不走，排练就要迟到了。"

波子在电车里也还是茫然若失的。

"妈妈，可口可乐车……"

品子这么一说，波子朝窗外望去，只见一辆红色车身的厢式货车在急速奔驰。

在程谷车站附近遍地枯草的山冈上立着的一块广告牌，跳入了她的眼帘。这是招募警察预备队的广告。

矢木往返东京，总是乘坐横须贺线的三等车。

因此，波子也乘三等车，平时她是经常坐二等车的。她有两种车票，一种是三等车的定期票，一种是二等车的多次票。

品子激烈的练习，对上台表演至关重要，为了不让她过度疲劳，波子同她在一起时，一般都是让她坐二等车厢。

进二等车厢之前，无意中看到三等车厢杂乱无章。可是今天直到品子说"可口可乐车"之前，波子还没有意识到自己是坐在二等车厢里。

品子是个少言寡语的姑娘，在电车里很少攀谈。

波子把坐在旁边的品子都给忘了，只顾左思右想，从自己的身世想到别人的命运。

波子是贵族女校出身，她的许多同学嫁给了名门富家。这样的家庭，战败后落魄潦倒，她们终日庸庸碌碌过来了，如今人到中年，更是受到了旧道德束缚的折磨。

同波子和矢木的情况一样，她的许多朋友不仰仗丈夫生活，而是依靠娘家的补贴过日子。这样的夫妇也大都丧失了安定的生活。

"结了婚的人一个个都是非凡的……平凡的两人只要结合，也就会成为非凡的了。"

波子曾对竹原这样说过。因为她看到了这些朋友的例子，自己有直接的体会。

维护夫妇生活的旧围墙和基础崩溃了，冲破平凡的躯壳，本来的非凡面目便显露出来。

与其说是由于自己的不幸，不如说是因为他人的不幸，人们受到了必须认命的训诫。但波子受到的训诫不仅仅是认命。她在对别人的事感到惊讶的同时，对自己的事也醒悟过来了。

她有一位女友，多亏那位女友爱过另一个男子，同他分手以后，才懂得同丈夫结婚的快乐。另一位女友由于有了个二十多岁的情人，也突然觉得丈夫变得年轻了。可她一疏远这个年轻的男子，对丈夫也就变得冷淡，反而受到丈夫的怀疑。于是她和这个年轻男子重归于好,从别的源泉汲取她倾注在丈夫身上的爱。这两位朋友的丈夫都没有发现妻子的秘密。

在战前,波子的朋友们纵会彼此相聚,也不曾倾谈过这样的心里话。

电车从横滨开出后,波子说:"今早,你爸爸连伊势龙虾也不沾筷子,大概觉得这是吃剩的吧……"

"不是吧。"

"妈妈现在想起了一件事情。那是在我们结婚后不久的事。我给客人端上了点心,客人走后你爸爸想一把抓来就吃,我无意中苛刻地说过:这是吃剩的,别吃了。你爸爸露出了一副奇怪的样子。现在回想起来,将点心分成每人一份放在碟子里,客人吃剩下的,就总觉得脏;如果将点心放在一个大盘子里端出来,即使吃剩,感觉也不同,真可笑啊。我们的习惯和礼仪中,这种事太多了。"

"嗯。不过,龙虾不一样。爸爸是不是跟妈妈撒娇呢?"

波子在新桥站同品子分手以后,改乘地铁去日本桥排练场。

品子前年进入大泉芭蕾舞团以后,就在这个研究所走读。

波子也教授芭蕾舞,但为了女儿品子,她让女儿离开了自己。

品子常顺路到日本桥排练场。在北镰仓家中,她偶尔也代母亲教授芭蕾舞。

波子却很少到女儿学习的研究所去。大泉芭蕾舞团公演的时候，她自己也尽量不在后台露面。

波子的排练场设在一栋小楼房的地下室。

矢木让人剥伊势龙虾皮，品子说这可能是一种撒娇的心情。波子一边想着竟有这种看法吗，一边下到了地下室。

透过玻璃门，波子看见助手日立友子正在用抹布揩拭地板，便停住了脚步。

友子在擦地板，身上却依然穿着黑大衣。大衣领子是旧式的大翻领，下摆没有喇叭形，而且很短。她个子比品子矮小，波子把品子这些旧衣衫给她，担心衣服下摆尺寸会不合适，其实是因为衣服样式过时了。

"辛苦了，真早呀。"波子说着走了进去，"太冷了，把炉火生起来吧。"

"您早。活动起来就热了。"

友子这才意识到似的脱掉了大衣。

她的毛线衣是用旧毛线重织的，裙子也是品子的旧东西。

友子的舞蹈比品子袅娜多姿，优美动人，让她当波子讲习所的助手未免太可惜了。波子曾规劝她和品子一起到大泉芭蕾舞团去。品子也鼓动过她。友子却执意不肯，希望留在波子的身边。她这不仅是为了报恩，仿佛为波子尽心是自己的幸福。

在品子登台表演的日子里,友子寸步不离品子,勤勤恳恳地帮助她化妆、换装。

友子二十四岁,比品子大三岁。

她是单眼皮,不过经常会现出双眼皮,好像挺疲劳。

友子在煤气炉前接过波子脱下的外套。今天,友子又现出双眼皮了。波子心想,她是不是边哭边揩拭地板呢?

"友子,你有什么伤心事吗?"

"嗯,以后我告诉您。今天不告诉……"

"哦?在你觉得合适的时候告诉我吧。不过,最好尽量早一点。"

友子点点头,走到那边,换上排练服又折了回来。

波子也换上了排练服。

两人手抓把杆,开始练习屈腿动作。友子显得与往常不同。

一大早就下起寒冷的雨。这是波子在家排练的日子,上午她为友子翻新品子的旧衣裳。

镰仓、大船、逗子一带的少女们,放学回家前都到这儿来练舞。只有二十五人,用不着分组。但是参加的学员从小学生直到高中生,年龄参差不齐,时间也不一致,波子难以教授。她觉得这样教是徒劳的。可是学生人数不断增加,多少可以补贴点生活。

排练的日子,总是很迟才用晚饭。

"我回来了。"

品子走上排练场，脱下戴在头上的白毛线织的方围巾。

"真冷啊。据说东京昨晚雨雪交加，早晨屋顶和庭石上都是雪白的……我是和友子一起回来的。"

"是吗……"

"友子是绕道到研究所来的。"

"先生，晚上好，今天我也很想见您……"友子站在入口处对波子说完，又对学生们招呼，"晚上好。"

"晚上好。"

少女们也回答了一句。大伙儿都认识友子。

品子走了进来，有的少女目光闪闪地望着她。

"友子，洗个热水澡暖暖身子才好呢。和品子一块儿去洗吧。一会儿排练完了我也去。"

波子说着转向少女们这边，友子绕到她后边来。

"先生，也让我一起练习吧。"

"哦？那么，友子你来替我一会儿。我去安排你的晚餐，说话就来。"

品子走下天然岩石凿成的台阶，喃喃地说："妈妈，友子好像有什么心事呢。她说今天妈妈不在东京，她感到寂寞，坐立不安呢。"

"一个星期以前，她好像就有什么事了。今天大概是来告诉我那件事的吧。"

"是什么事呢?"

"不听她说,就不会知道……你再给友子一件大衣好吗?"

"行啊。那就请您给她吧。"

波子走下两三级台阶后说:"妈妈没有能够照顾好她呀。友子那里只有两个人,可是……"

"只有她同她母亲?友子的母亲也在干活吧?"

"是啊。"

"我们把她们收养到咱家来,照顾照顾她们,怎么样?"

"事情哪能这样简单呢。"

"这样啊。回家的时候,在电车上友子好像很悲哀地望着我。我的围巾包得很严实,可是毛线围巾织得很稀疏。我也知道她会从毛线缝里窥视我,却佯装不知,让她偷看。"

"品子就是这样一个人。"

"她直勾勾地望着我的手呢。"

"是吗?她总认为品子的手很漂亮吧。"

"不对啊。她是用悲伤的眼神望着我啊。"

"是因为自己悲伤,才直勾勾地望着自己认为美的东西。过一会儿,问问友子看。"

"这种事无法问……"

品子停住了脚步。

两人来到了庭院里。雨变小了。

"不知是什么画,总之是幅日本美人画。脸盘很大,柔美的毛发描画得十分精细,睫眉深黛,上睫毛长得几乎够着黑眼珠……"品子顿了顿又说,"我看到了友子的眼睛才想起来。"

"是吗?友子的睫毛没有那么浓密嘛。"

"她眼睛往下看,上睫毛便在下眼睑上投下了阴影。"

波子抬头望了望传来排练脚步声的地方。

"品子也去参加吧。"

"好。"

品子迈着轻盈的脚步登上了被雨水打湿的石阶。

晚饭前,品子邀友子去洗澡,友子刚把大衣脱下,品子便从后面将另一件大衣搭在友子的肩上。

"穿穿试试。"

友子依然穿着排练服。

"如果能穿,就请你留下穿吧。"

友子吃了一惊,耸了耸肩膀。

"哎呀,不行,不行呀。"

"为什么……"

"我不能要。"

"我已经对家母说过啦。"

品子迅速脱掉衣服,进了澡盆。

友子随后跟来,抓住澡盆边说:"矢木先生已经洗过了吗?"

"家父吗?洗过了吧。"

"令堂呢?"

"下厨房去了。"

"我先洗,多过意不去啊。我只冲冲吧。"

"没关系,别介意,天冷啦。"

"冷倒无所谓,我已经习惯用凉水擦汗了。"

"跳完舞以后……"品子大概没在水中过深,她晃了晃被濡湿的发际,用手捋了捋,"我家的澡堂太窄了。被焚毁的东京研究所的澡堂很宽,好极了。小时候我常和你光着身子在冲澡处学跳舞,你还记得吗?"

"记得。"

友子人云亦云地应了一声,猛地将身子蜷缩起来,赶忙泡在热水里,像是要把身子藏起来似的。

然后她用双手掩着脸。

"我修建自己的房子时,要修个大澡堂,舒舒坦坦地……也许在那里还可以学习跳舞。"

"记得那时候,我肤色黝黑,我很羡慕品子。"

"你的肤色并不黑嘛，这种颜色很有风采。"

"瞧你说的。"

友子羞羞答答，无意中握住品子的手望了又望。品子诧异地问道："你怎么啦？"

"没什么。"

友子边说边将品子的一只手放在自己的左掌上，然后用右手抓住品子的指尖瞧了瞧，接着又将品子的手翻过来，这回打量了一番掌心。她温存地摸了摸，旋即又放开了。

"这是宝贝。是一双优雅有灵魂的手啊。"

"我不让你看了。"

品子将手藏在热水里。

友子从热水里伸出左手，把小手指放在唇边。

"是这样吧？"

"哦？"

友子又将自己的手没在热水里，说："在电车上……"

"啊，这样？"品子说着举起右手，犹豫了一下，然后用食指和中指的指尖轻轻触了触嘴唇的斜下方，"这样？中宫寺的观音菩萨？广隆寺的观音菩萨？"

"不对。不是右手，是左手。"友子说。

品子将无名指尖贴在拇指的指肚上，模仿着观音或弥勒的手势。

她脸部的表情自然而然地也随着佛的思维变化,微低下头,安详地闭上了眼睛。

友子正要惊叫,又忍了回去。

转眼之间,品子睁开了眼睛。

"不是右手吗?不是右手就显得有点滑稽哩。"品子望了望友子,"广隆寺的另一尊观音菩萨同中宫寺的观音菩萨的手指很相似,那是尊御用的金铜佛像,人头的如意轮观音伸直指头,是这样的呀。"

品子说着漫不经心地将指尖放到下巴颏右下方。

"这是模仿家母的舞蹈动作学会的。"

"这种动作不是佛的姿态,是品子做的自然的手势,将左手这样……"友子说着像方才那样将左手的小指放在唇边。

"啊,这样……"

品子也照样做了一个动作。

"佛是用右手,人就是用左手了吧。"

品子说着笑了笑,从澡盆里走出来。友子仍泡在澡盆里。

"是啊。人思考问题的时候,大多是用左手托腮……在回家的电车上,品子这样做的时候,手背白净,手掌心却呈淡红色,嘴唇格外好看。"

"瞧你说的。"

"真的,看上去嘴唇突出,活像蓓蕾。"

品子低下头洗脚。

"我总是这样的啊。就拿这个来说，也许是不知不觉间就模仿了家母的舞蹈动作。"

"品子你再做一次广隆寺佛的手势。"

"这样？"

品子挺起胸脯，闭上眼帘，将拇指和食指屈成圆圈，靠近脸颊。

"品子，你跳佛手舞吧。让我来跳礼拜佛的飞鸟少女……"

"不行啊。"

品子摇摇头，不仿效佛的姿态了。

"那尊观音菩萨的胸脯是扁平的啊。没有乳房。不是男性吗？我没有拯救女人的愿望……"

"啊？"

"在澡盆里模仿佛的姿势是万万不应该的。以这样的心情不能跳佛手舞。"

"噢。"

友子如梦初醒，从澡盆里走出来。

"我可是真心希望啊。"

"我说的又何尝不是真心话呀。"

"那自然是啰。不过我希望你能为我舞蹈。"

"嗯，等我有点佛心再跳吧。等我想跳日本古典舞的时候，迟早会……"

"迟早可不行，说不定明天就死了呢。"

"谁明天就死？"

"人……"

"哦，那就没办法啰。如果明天就死，那么就今晚在澡盆里模仿跳佛手舞吧。"

"是啊。不光是模仿，要是想跳就更好，即使明天死也……"

"明天不会死的。"

"所谓死，只是打个比喻；所谓明天，也只是……"

"夜半暴风雨[1]……"

品子刚说了半句，又缄口不言，看了看友子。

眼前立着友子水灵灵的裸体。虽说友子的肌肤比品子黑，可在品子看来，友子的肤色有着微妙的变化，不同地方浓淡有致。比如，脖子是棕色的，胸脯隆起，从乳根到乳峰渐渐变白，心口窝又有点发暗。

"品子说没有拯救女人的愿望，是真心话吗？"友子喃喃地说。

"这个？也不是开玩笑。"

---

1 此处出自日本谚语，即"想着樱花明天还会开，不料夜半一阵暴风雨"，感叹世事无常。

"咱们两人跳佛手舞吧。我也跳。令堂的佛手舞原是独舞。不过，我觉得添一个礼拜佛的飞鸟少女也是可以的。作曲时只需略添几笔……"

"穿插拜佛舞，佛舞就更好跳了吧。因为可以更逼真。"

"我不是说话造作……我礼拜品子的舞蹈，是损伤还是激励品子的佛手舞呢？我没有自信。尽管如此，让我和品子两人努力创作礼拜的少女舞吧。这还得请令堂指导呢……"

品子有点被友子的气势所压倒。

"虽是跳舞，受到人家礼拜总觉得不好意思，非常……"

"我很想跳礼拜品子的舞蹈哩。为了纪念青春的友情……"

"纪念？"

"是啊。纪念我的青春……就是现在，我一闭上眼睛，品子，你的眼帘仿佛就是佛的眼帘。这就够了。"

友子很快地改口说了一句。品子意识到不久的将来，友子将要离开母亲和自己而去。

晚饭后，友子也下厨房帮忙，这时波子来了。

"你父亲在听新闻广播，看样子非常忧郁。这里完事后，就到你的厢房去吧。你父亲患了常说的战争恐惧症……"波子小声说。

"他说只能活到下一次战争了。"

品子她们止住了话声，七点的新闻广播结束了。

"他情绪不好，问你们在厨房那么高兴嚷嚷什么。"

品子和友子彼此望了望。

"战争又不是你我发动的……"

麦克阿瑟司令官在十一月二十八日声明："迅速结束朝鲜战争已是不可能了。"四五天以前，"联合国军"已经逼近中国国境，逐渐转入最后总反攻。中国二十多万志愿军开进朝鲜，"联合国军"开始全面退却。形势急转直下。美国总统在十一月三十日举行的记者招待会上说："政府正在考虑，朝鲜面临新的危机，必要时将不惜对中国军队使用原子弹。"又说，英国首相将赴美，同美国总统举行会谈。

波子晚了二十分钟才到品子的厢房里来。

"雨已经停了，外面很冷。友子，你就在这里过夜吧。"

"嗯。"品子代她回答说，"我们正是打算在家里过夜，才一起回来的。"

"是吗？"波子靠近火盆坐了下来，看到放在那里的大衣，便说，"品子，这个，你决定送给友子穿吗？"

"是啊。可是友子怎么也不肯穿。她说，战争结束后我做了三件大衣，其中两件都给她了，多不好意思呀。还一本正经地计算……"

"不是计算。"友子打断了她的话头，"我是想，今后还会下雪，品子没有大衣替换就不好办了。品子进后台，总不能穿脏大衣，所以……"

"那没关系。其实我也是今天早上试着改了改品子的旧衣服……"波子换了一口气,接着又说,"不过,都是旧大衣和旧衣服,不顶什么用,凑合着穿吧。友子,你有什么难过的事……今晚就说出来吧。"

"嗯。"

"只要我力所能及,无论什么事,我都会帮你忙的。以前我无论有什么事,你都到我这儿来帮忙。所以说是你帮我忙,而不是我帮你忙呀。这些年月,你在我身边为我尽力,我觉得这是我一生中最宝贵的时间。这段时间是短暂的,不可能永远持续下去,所以我必须珍惜你。一旦友子结婚,这段时间也就完结了。"

"友子你不是为婚姻问题苦恼吧?"

友子点点头。

"我从孩提时代起,就习惯过分地接受人家的好意和亲切照顾。你的好意,我也领受得够多的了。这点我自己很清楚。有时我也想过,也许你早点结婚离开我更好。"波子说着望了望友子,"你的婚姻、成就、生活,一切的一切简直都可以说是为我做出了牺牲。你是真心诚意地为我献身啊。"

"什么牺牲,这……我这样依赖先生,我的生活才有意义。我净受先生和品子的照顾了。哪怕是尽绵薄之力,假如我能为先生献身,也会感到幸福。对一个没有信仰的人来说,只有献身才是幸福。"

"是吗？对一个没有信仰的人？"

波子重复友子的话，自己仿佛也在思考这句话。

"这么说来……"品子嘟囔道。

"战争结束的时候，品子虚岁十六，友子十九。"

"你总说自己是个没有信仰的人，所以对我也献出全力……"

波子话音未落，友子摇摇头说："我有事瞒了先生。"

"瞒我？什么？关于你生活的艰辛？"

友子又摇了摇头。

波子反问友子，友子没有回答。

"如果不便对我说，以后对品子说也可以。"波子留下话，很快就回到上房去了。

床铺并排，熄灭了床头灯之后，友子对品子说起自己想离开波子到外面去干活的事。

"我估计到大概就是这件事。家母也说没能很好地照顾你，于心不安呢。"品子在枕上转过头来说，"不过，既然是这件事……"

"不，我们倒没什么。不是为了我和家母的事。"

友子支吾起来。

"孩子生病没法子啊。孩子的生命是至关重要的。"

"孩子？"

友子怎么会有孩子呢？

"你说孩子,谁家的孩子?"

友子坦白了,是她喜欢的人的孩子。这人的两个孩子都闹肺病住院了。

"他的妻子呢?"

"他妻子身体也很虚弱。"

"是个有妇之夫?"品子突然尖锐地说了一句,然后又压低了嗓门,"孩子也……"

"嗯。"

"为了他的孩子,友子要去干活?"品子这么一问,友子没有回答。黑暗中,品子喊了一声:"友子!"

"这也是友子你所说的献身吗?我真不明白啊。我不明白他的心情,他自己的孩子生病,干吗要让你去干活?"品子的声音颤抖了,"你喜欢这种人?"

"不是他强迫我去干活,而是我自己想这么做。"

"一样的嘛。他真无情啊。"

"品子,你错了。孩子的病,难道不是我喜欢他之后,天降给他的灾难或命运吗?他身上发生的事,也就等于我身上发生的事嘛。"

"可是,他的妻室和孩子会接受你提供的疗养费吗?"

"我的事,他妻子和孩子一无所知。"

品子顿觉嗓子眼堵塞了。

"是吗?"她压低嗓门,"孩子几岁?"

"老大是女儿,十二三岁了。"

品子想从孩子的年龄来推测孩子父亲的岁数。她估计友子的情人可能是四十开外吧。

品子睁开眼睛,一言不发。在幽暗中,她听见友子移动枕头的声响。

"我要是想生孩子早就生了。可能会生个结结实实的娃娃呢。可是……"

在品子听来,这简直是白痴的话。她觉得友子是个不贞洁的人,不由得讨厌起她来了。

"这是我自言自语。对不起。"友子感觉到品子有所警戒,"我没脸见你啊。但是,假如不把这个说出来,我就虚伪了。"

"一开始你就虚伪了嘛。你为对方的孩子献身,难道不是虚伪吗?即使听了方才那番话……是虚伪嘛。"

"不是虚伪啊。虽然不是我的孩子,却是他的孩子。再说,这是事关人命的问题。他爱护的我就爱护,他难过的我也难过,即使这不是真正的最完美的真实,却是令我揪心的现实啊。就是你责备我道德败坏,或是我可怜自己没有理智,都不能治好他孩子的病吧?"

"可是,你想过没有,即使把病治好了,往后她们知道是你出的钱,他的妻子和孩子会是什么样的心情呢?难道她们会向你道谢不成?"

"人净考虑这些,可结核菌却不饶人。往后那孩子可能会憎恨我。不过即使憎恨我,也说明她活下来了。如今他拼命为孩子生病的事奔波,我也要拼命帮助他,仅此而已。"

"他拼命干不就行了吗?"

"一个老老实实靠薪水生活的人,怎么能赚大钱?"

"那么你又怎样赚钱呢?"

友子似乎说不出口,最终也坦白了,她要到浅草的小屋干活去。

从她的口气里,品子感觉到她是要去当脱衣舞女了。

友子爱上一个有妇之夫,为了筹措他那病儿的疗养费,自己去当脱衣舞女,这使得品子惊愕不已。

判断善恶,如同落入了噩梦。品子不知如何是好,难道这也是女人爱的献身、爱的牺牲吗?现实似乎是友子已经决定到浅草小屋去让人看她的裸体了。

从童年时代起,她们俩就互相勉励,即使在战争年代,两人也悄悄地继续练古典芭蕾舞,谁曾料到如今友子竟把它派上了这种用场。

品子知道,不论是愤怒制止,还是哭泣哀求,死心眼的友子都会断然拒绝,走她自己认定的路。这是无疑的。

"如今时兴讲所谓自由、自由,我也有自由把我的自由献给我所爱的人,这样做是我的自由。我也有所谓信仰的自由啊。"

有一回品子曾听友子这样讲过。她以为友子所爱的人,大概是指自己的母亲,却不料那时候友子已经爱上了这个有妇之夫。

今晚在洗澡间里,友子一反常态,在品子面前显得很腼腆,大概是因为近期就要去当脱衣舞女吧。

品子脑中浮现出友子的裸体来。友子可能也怀过孩子吧。

第二天早晨,友子醒来,品子已不在床铺上了。

是不是睡过头了?友子赶忙拉开挡雨板。

友子睡在被长满松杉的群山环抱的山窝处。透过竹丛对面西边小山的稀疏松林,可以依稀望见富士山。从东京的废墟前来的友子深深地吸了口气。她觉得有点头晕目眩,一手抓住玻璃门蹲了下来。

像是枝垂樱的枝丫,低垂在她的眼前。枝丫之下,绽开着小株的山茶花。花是深红色的,花瓣斑驳。

波子拖着木屐从正房走来,站在院子里招呼说:"早啊。"

"先生,您早。环境太安静,我贪睡了。"

"是吗?没睡好吧。"

"品子呢……"

"天还没亮她就钻到我的被窝里,把我弄醒了。"

友子仰望着波子。

波子从脸面到胸脯都投上了竹叶的影子。

"友子,这个……把它放在你的手提包里……卖掉好了。"

话音未落,波子就将手里拿着的东西递给友子。友子不肯接受,说:"这是什么东西?"

"戒指。让人发现不好,快点收起来吧。今天早上品子把情况都告诉我了。我也想把这间厢房卖掉。你稍等一些时候吧。"

友子手里拿着装有戒指的小盒,热泪盈眶,突然跪了下来。

冬天的湖

传来了《天鹅湖》的乐曲声。

这是芭蕾舞的第二幕,白天鹅的群舞。

继白天鹅和王子齐格弗里德的缓慢乐曲之后,四只小天鹅翩翩起舞,接着两只大天鹅翩翩起舞……

伏在檐廊边上的友子蓦地挺起了胸膛。

"品子?是品子。"

友子被音乐吸引,新的眼泪又扑簌簌地从脸颊上流淌下来。

"先生,品子独自在跳舞呢。昨晚我告诉她一些不愉快的事情,她为了消愁解闷才跳起来的啊。"

"跳四只小天鹅吧?四人舞……"波子说着抬头望了望山岩上的排练场。

后山松树那边的天上,飘浮着一片白云。晨曦从它的边际到中心透出了霞彩。

友子眼前浮现出浪漫的舞蹈场景。

月夜,山上的湖,一群白天鹅游到岸边,变成了美丽的姑娘,翩翩起舞。她们都是被恶魔罗特巴尔德用魔法变成天鹅的姑娘,只有晚上在这个湖畔,她们才能短暂地恢复人形。

白天鹅和王子相爱，立下海誓山盟，也是在第二幕。据说过去从未恋爱过的年轻人一旦产生了恋情，就可以靠爱情的力量来破除魔咒。

友子等待着继续播放《天鹅湖》的曲子。可是只放了第二幕的白天鹅舞，排练场便鸦雀无声了。

"已经结束了……"友子仿佛要追逐梦幻似的，"我希望再跳啊。先生，如今听见音乐，我就能看见品子的舞姿。"

"是吧。因为你非常了解品子的底细。"

"嗯。"友子点点头，"不过……"

友子刚想说什么，热闹的节日音乐又响彻云霄，她像是醒悟过来了。

"哎哟！《彼得鲁什卡》？"

圣彼得堡的广场、魔术团的小屋前，参加狂欢节的人群翩翩起舞。这是由斯托科斯基指挥、费城交响乐团演奏、胜利公司出品的唱片。

友子眼里噙满了泪水，晶莹欲滴。

"啊，真想跳啊。先生，我这就跟品子去跳。"

友子站起身来。

"同芭蕾舞告别……跳《彼得鲁什卡》中的节日舞倒也不错呀。"

波子折回正房，同矢木两人共进了早餐。

高男老早就到学校去了。

从排练场不断传来《彼得鲁什卡》第四场的乐曲声。

"今早,狂欢节舞吵吵闹闹的。"矢木说,"简直是伟大的噪声。"

《彼得鲁什卡》是一幕四场的芭蕾舞剧,第一场和第四场同景,是一个举行狂欢节的城市广场。第四场时间临近日暮,人山人海,乱哄哄的,显得更加激越沸腾。

组曲的唱片把第四场狂欢节的热闹气氛灌制了三面,手风琴、铜管、木管乐器的交响纠结、高涨,描绘出杂沓的狂热气氛。接着是摇篮曲舞、农民牵熊舞、吉卜赛舞、车夫与马童舞,还有集体化装舞,所谓"伟大的噪声",好像是某人听了《彼得鲁什卡》后发表的言论。

"品子她们跳哪个角色呢?"波子也说道。

庆祝节日的人们都是即兴起舞的,千姿百态,令人眼花缭乱。

不久,雪花纷飞,城市华灯初上,热闹而粗犷的音乐达到高潮。这时候丑角偶人彼得鲁什卡爱上了舞女偶人,却最终在庆祝节日的人群中被情敌木偶摩尔人杀害了。于是,在魔术团的小屋檐前出现了彼得鲁什卡的幽魂,这出悲剧的帷幕也徐徐降落。

品子她们的节日音乐仍在反复播放,响彻整个饭厅。

"早餐前播放音乐,倒是挺欢快的。品子她们不至于在思考尼金斯基的悲剧吧。"矢木自言自语,把脸朝向排练场。

波子也朝同一个方向望去。

"尼金斯基?"

"对。尼金斯基精神失常,不正是战争的牺牲品吗?据说他的头脑开始不正常的时候,犹如梦呓一般,顺口说出什么俄罗斯、战争之类的。尼金斯基早先是个和平主义者,也是托尔斯泰主义者。"

"今年春上,他终于在伦敦的医院逝世了。"

"他精神错乱以后,从第一次世界大战到第二次世界大战之后,又活了三十多年。"

矢木这么说,也许是想起了彼得鲁什卡是尼金斯基的拿手角色。

最近,在研究《平家物语》和《太平记》等古典战争文学的基础上,矢木撰写了专著《日本战争文学中的和平思想》。

今天上午在执笔之前,矢木的思维被品子她们的"彼得鲁什卡"打乱了。

曲终之后,品子和友子没有到正房来,波子便去看她们,只见品子一个人直愣愣地坐在排练场上。

"友子呢?"

"回去了。"

"不吃早饭就走了?"

"她说把这个还给妈妈……"

品子手里攥着小戒指盒。

品子没递过去，波子也没想接这个戒指盒。

"我一个劲儿挽留她说：妈妈和我都要出门的，一起走吧。友子不听，还是执意说'我回去了'。"品子边说边站起身来，向窗边走去，"她真奇怪啊。"

波子依然坐在椅子上，久久地望着品子的背影。

"这样站着会着凉的。去换换衣服，吃早饭吧。"

"嗯。"

品子在排练服外套了一件大衣。

"友子她说不好意思见爸爸。"

"也许是吧。昨天晚上她哭了，满脸睡意蒙眬的神态。"

"我起先也睡不着，后来疲乏不堪，浑身无力，沉沉入睡了。"

品子从窗际转过身来。

"嗯，可是，她还是穿上大衣回去了。她说把妈妈给她修改的那件毛织连衣裙也拿走了。"

"哦？那太好了。"

"友子还说，虽然现在离开妈妈出去干活，但是她一定还要回到妈妈身边来的。"

"是吗？"

"妈妈，友子的事，那样处理好吗？为什么您打算给她……"品子直勾勾地望着母亲，走了过来，"不分手不行吧。我会让她分手的。"

"妈若早点觉察就好了。妈觉得她的情况老早就起变化了,可她却一贯不变地为妈尽心尽力。可以说,友子隐瞒得很高明呀。"

"那个人很坏,她不好向您坦白。我让她离开他!"品子斩钉截铁地反复说了好几遍,"不过,要瞒住妈妈太容易了。"

"品子你也有什么事瞒着妈妈吧?"

"妈妈,您不知道?爸爸的……"

"爸爸的什么?"

"爸爸的存款。"

"存款?爸爸的?"

"爸爸不让家里人知道,将存折放在银行。"

波子显出诧异的神色,脸色倏地煞白了。

瞬间,一股无法形容的羞愧的热血起伏沸腾,波子的脸颊僵硬了。

这种羞愧也感染了品子。品子的脸颊也泛起红潮,反而按捺不住自己的感情。

"是高男先知道的。高男偷了出来,我也知道了。"

"偷?"

"高男悄悄把爸爸的存款提取出来了。"

波子放在膝上的手颤抖了。

据品子说，爱护父亲的高男觉得父亲让母亲维持家计，全然不顾母亲的辛劳，自己还偷偷私下存款，毕竟不能宽恕，他就把父亲的存款提取出来了。

将来父亲看见存折知道存款已被取走，自然明白这是家里人干的。父亲大概会认为这是对自己的无声谴责，或者警告。

"连存折都存在银行，存款却被家人提取出来，爸爸知道后不知会是什么样的心情。"品子站立不动，"我觉得爸爸也够残忍的，很像友子那个对象呀。"

"是高男偷的？"

波子好不容易才用颤抖的声音嘟哝了一句。

波子羞愧得无地自容，连女儿的脸也不敢看一眼。她恐惧万分，一股凉意爬上脊背，不禁打了个寒战。

矢木除了在某大学任职以外，还在两三所学校兼职。现在很多地方随便建立了许多新制大学。有时他还到地方学校短期讲课。除了工资，他多少还有些稿费和版税的收入。

矢木没有将自己的收入情况告诉波子。波子也不觉得非知道不可。结婚之初，波子就养成这种习惯，现在也很难改过来。这是由于波子的关系，也是由于矢木的关系。

波子虽然觉得丈夫卑俗狡猾，但做梦也没想到他竟瞒住家人，自己私下储蓄。尽管存款是好事,但连存折都放在银行就有点蹊跷。养家的男人这样做还情有可原,然而矢木的情况完全不是这样。

波子也知道矢木要缴纳所得税。但他不是从自己家去纳税,而是把学校宿舍或者什么地方作为纳税地点。波子并不介意,觉得丈夫这样做或许会方便些。现在她怀疑了:矢木向自己隐瞒收入,是不是对自己有所警惕呢?

波子不禁毛骨悚然。

"我一切的一切,哪怕全部失去也没关系。我毫不可惜。"波子边说边用手按住额头站起来,从唱片架旁边的书架上,抽出一册什么书。

"好了,走吧。"

"索性像友子那样更好,我们也变成一无所有,让爸爸来抚养我们吧。这样一来,高男和我都要自食其力啰。"

品子搀着母亲的胳膊从石阶走下来。

波子在去东京的电车上不想对品子谈论友子和矢木的事,想看看书,她带来了一本有关尼金斯基传记的书。

这是刚才波子茫然地从书架上抽出的那本书,她心想:可能还是矢木所说的"尼金斯基的悲剧"在脑子里旋荡的缘故吧。

"假使再爆发战争,就给我氰酸钾,给高男深山里的烧炭小屋,给品子那种十字军时代的铁制贞操带吧。"

这是在品子她们播放的《彼得鲁什卡》曲终时，矢木说的一句话。波子像是要掩饰油然生起的厌恶情绪似的说："给我什么才好呢？你不是把我给忘了吧？"

"啊，对，我忘了一个人呀。那就让你自己决定，从这三样东西中选一样喜欢的吧。"

矢木说着放下手里的报纸，抬起脸来。

丈夫一副和颜悦色的样子，弄得波子有点手足无措。她只拣报上的大字标题浏览了一眼，矢木又接着说："还有一个问题，谁来掌管品子贞操带的钥匙？这钥匙就由你掌管吧。"

波子平静地站起身来，向排练场走去。

她觉得这种玩笑实在令人生厌。当她知道矢木存款的秘密之后，想起这个玩笑，就不禁有点害怕了。

"今早，你父亲听了《彼得鲁什卡》，就说：品子她们不至于在思考尼金斯基的悲剧吧。"波子对品子说罢，递给她一本《芭蕾舞读本》。这是一位正在访问日本的苏联芭蕾舞演员撰写的书。

品子接过书，却说："这本书我读过好几遍了。"

"是啊，我也在读，可不知怎的竟把这本书拿了出来。你父亲说：尼金斯基不就是战争和革命的牺牲品吗……"

"不过，尼金斯基还在上舞蹈学校的时候，就有位医生说过，这少年将来总有一天会发狂的。"

品子的声音被电车过铁桥的声音掩盖了。她凝视着六乡的河滩，仿佛回忆起什么东西。电车过铁桥不久，她又开腔说道："这位叫作塔玛拉·托玛诺娃的芭蕾舞女演员也是个可怜的革命战士的孩子吧。她父亲是沙俄的陆军上校，母亲是高加索的少女，父亲因革命负重伤，母亲被射中下巴颏，在用牛车护送去西伯利亚的途中，生了塔玛拉。是在牛车上……他们在西伯利亚流浪，后来被撵出国，亡命到了上海。他们在那里观看了前来巡回演出的安娜·巴甫洛娃的舞蹈，小塔玛拉·托玛诺娃便想当舞蹈家……托玛诺娃在巴黎歌剧院演出了《珍妮的扇子》，名噪一时，被誉为天才少女，当时她才十一岁。"

"十一岁？安娜·巴甫洛娃到日本演出《白天鹅之死》，是在大正十一年。"

"是在我出生之前啊。"

"是啊……是在我结婚之前，那时我还是个女学生呢。巴甫洛娃逝世正好是十年前的事。记得她享年五十。巴甫洛娃来日本时，也就是妈妈现在这个年龄吧。"

塔玛拉·托玛诺娃是在被送往西伯利亚的牛车上出生的。她从上海去巴黎，在上海看到那个舞蹈。这回在巴黎，自己的舞蹈又得到了安娜·巴甫洛娃的赏识。她们幸运地相遇。世界第一流的芭蕾舞演员，看了年幼的托玛诺娃的排练也感动了。小舞蹈演员竟能同自己崇拜的巴甫洛娃一起，在特罗卡德罗的舞台上同台演出。

后来托玛诺娃加入了蒙特卡洛的俄罗斯芭蕾舞团，又在乔治·巴兰钦等人的"芭蕾·一九三三年"芭蕾舞团当了首席舞蹈演员。当时年仅十四岁。

据说这位小个子少女，脸上一副忧郁的神色，舞蹈起来总令人觉得有几分寂寞的影子。

"目前她在美国表演吧。该有三十岁了。"品子想起来似的说，"我经常从香山先生那里听到有关托玛诺娃的消息。那是在香山先生率领我们为军队、工厂或伤兵慰问演出的时候，当时我也才十五岁上下……大概和托玛诺娃作为天才少女在蒙特卡洛的俄罗斯芭蕾舞团和'芭蕾·一九三三年'跳舞时同年吧。"

"是啊。"

波子点点头。她难得听到品子提起"香山"这个名字，不由得竖起了耳朵。

然而，波子又把话岔开了。

"在英国，芭蕾舞团也到前线、工厂和农村去慰问演出，一般群众也会被芭蕾舞的魅力吸引，这不就是战后芭蕾舞盛行起来的原因之一吗？日本流行芭蕾舞，是不是也有这个因素呢？"

"怎么说呢。在受到战争压抑的个性的解放中，女性的解放是以芭蕾舞的形式表现出来的。我认为这种说法是确切的。"品子回答，

"不过，同香山先生一起做慰问旅行，我也很怀念。就连去东京，我也常想：回去时不知还能不能活着通过这座六乡川上的铁桥啊。我去敢死队基地一边跳舞，一边就想：我也在这儿死掉算了。能乘上卡车就算不错，有时还乘坐牛车呢。在牛车上，香山先生给我们讲了塔玛拉·托玛诺娃在牛车上出生的故事，我哭了。当时由于遭到空袭，城市正在燃烧，飞机临近的时候，我们就从牛车上跳下来，躲在树下。香山先生也说，我们就像俄国贵族被革命追赶一样。我觉得也许那时比现在还幸福。因为那时没有彷徨，也没有疑惑……一心只想慰问为国而战的人，于是拼命地跳舞。有时也和友子一起跳。我才十五六岁。旅途上随时都可能死，我却一点也不害怕，因为心中有个信仰在支撑着……"

那次旅行，香山用胳膊保护品子。品子至今还感到他的胳膊仿佛依然搭在自己的肩上。

"不要再谈战争的事了。"

波子本打算轻轻地说，岂料声音变得格外严厉。

"好吧。"

品子扫视了四周一眼，心想，会不会被别人听见呢？

"哦，六乡的河滩也发生了各种变化。从前那里有高尔夫球场吧。战争一爆发，它就被用作军事教练场，后来又渐渐被人耕耘，一片河滩都变成麦地和稻田了。"

品子说罢，不时浮想起和香山在战火中旅行的美好回忆。

"战争的时候，不会去想那些多余的事。"

"那时你年纪还小，大家都被剥夺了独立思考的自由。"

"您不觉得战争期间咱们家比现在还和睦吗？"

"是吗？"

波子一时无言以对。

"那时咱们全家都在一起，不像现在各奔东西，纵令国家破亡，家庭也没有崩溃。"

"是不是由于我的关系呢？"波子终于说了出来，"那个嘛，品子说的可能是真实的。但在这种真实当中，也可能有不少虚假和错误。"

"嗯，有啊。"

"另外，用现在的眼光，已经不能正确判断过去的回忆了。一般来说，过去的事往往是令人怀念的。"

"是啊。"品子直率地点了点头，"眼下您的痛苦，要成为昔日令人怀念的回忆，得经历万水千山啊。"

"万水千山？"品子这种说法让波子嫣然一笑，"经历万水千山的是品子嘛。"

品子沉默不语。

"假使没有战争，这会儿你可能在英国或法国的芭蕾舞学校跳舞啦……"

那时在皇宫护城河畔，波子曾对竹原说过"或许我也跟着去了"。她现在没有对品子说。

"战争严重地耽误了我的学习。即使妈妈把全部精力都扑上去，但要取得成功，恐怕也得等到我的孩子那一代了。在日本，要出一个独当一面的芭蕾舞演员，也许要花三代人的心血吧？"

"没有的事。你这代就行。"波子用力地摇了摇头。

品子垂下眼帘说："我是不生孩子的。我是这样想的，在实现世界和平以前，绝对不生孩子。"

"哦？"

波子好像挨了当头一棒，望了望品子。

"不要随便说什么绝对啦、坚决啦之类的话，品子……那不是战时用语吗？"波子半责备半开玩笑地说，"叫妈好不担心。"

"哟，我只说过这么一次，没有随便说嘛。"

"在电车上突然宣称什么在实现世界和平以前，品子绝对不生孩子，妈妈自然不知如何是好了。"

"那么，我换个说法。品子我要独身跳舞，等待世界和平的到来。妈妈，这样可以了吧？"

"这简直是天照皇大神宫教式的辩解。"

波子把话题岔开。她还没有悟透品子的真意，品子的话依然留在她心坎上。

品子是不是害怕在牛车上生孩子的日子也会降临到日本呢？或是她把香山埋在心底，她所谓等待和平，意味着等待香山呢？

从品子的谈吐中，波子显然也明白，香山成了品子爱的回忆。这个回忆现在还在她心中盘旋，并不是作为回忆让它过去了。波子自己对竹原的回忆也有切身的体会。她现在更加体会到少女爱的回忆是多么不易拂去啊！品子爱的回忆，之所以还是平静的回忆，也许是由于品子还没有同别的男人结合。毋宁说品子结了婚，更能唤起对香山寂寥的回忆。二十年后说不定……波子以自身做比较，这样想。

昨天晚上友子的坦白，是否也对品子起了点火的作用呢？今天从一大早起，品子就对母亲东拉西扯地说了许多话。

波子听品子说"在日本，要出一个独当一面的芭蕾舞演员，也许要花三代人的心血"，不禁吓了一跳。

品子所说的"战争期间咱们家更和睦"，这是由于受到粮食奇缺和生命危险的威胁，家庭小，彼此能抱成团。而波子对丈夫不断产生疑惑，越来越失望，也是战败后的事。父母之间的隔阂也波及了品子和高男。波子难过极了。品子说"那时纵令国家破亡，家庭也没有崩溃"，这倒是不假。

波子沉默了一会儿。这时候品子又在想什么呢？

"朝鲜的崔承喜现在怎么样了？"

"崔承喜？"

"她也是革命的孩子啊。据说朝鲜战争爆发前，她到朝鲜去了，也许已是革命的母亲了。品子观赏崔承喜的首次舞蹈会，同塔玛拉·托玛诺娃在上海观看安娜·巴甫洛娃的舞蹈差不多是一个年龄吧。"

"对，那是在昭和九年或十年吧。那时妈妈惊呆了。无言的舞蹈使我感到了朝鲜民族的反抗和愤怒。那舞蹈是激烈的、豪放的，好像在燃烧、在挣扎。"

"品子记得最清楚的，大概是崔承喜红得发紫以后的事吧？她顷刻之间红起来了……不过，在歌舞伎座和东京剧场的表演会上，去观赏的阔气的人也并不多。"

"她从美国到欧洲去表演了吧？"

"对啊。"波子点点头，"据说起先崔承喜是想成为声乐家的。崔承喜的哥哥非常赞赏来京城演出的石井漠先生的舞蹈，就请石井漠先生收他的妹妹为弟子。石井漠便将崔承喜带到日本来。那时候，她刚从女校毕业，才十六岁……"

"正是我跟随香山先生四处演出的年龄啊。"品子接口说了一句。

波子又继续讲下去："也许有这种看法：因为是石井漠先生的弟子，也就传授了先生的舞蹈。在首次表演会上，妈妈觉得崔承喜的舞蹈的确跳出了被压迫民族的反抗精神，不禁大吃一惊。崔承喜红起来以后，她的舞蹈也变得华丽明朗。那种因深沉的悲伤和愤怒而激起反抗，从而扭动身体的力量没有了……大概是朝鲜舞蹈深受欢迎，她也就不怎么跳石井流派的舞蹈了。她是以朝鲜舞姬的名义到欧洲去的。在日本，她被叫作'半岛舞姬'。"

"她的舞蹈我也还记得一些，比如剑舞、僧舞，还有艾赫雅－诺阿拉舞。"

"她那胳膊和肩膀动起来真有意思。按崔承喜的说法，朝鲜是缺少舞蹈的国家，传统舞蹈本来不受重视。崔承喜从濒临衰亡的传统中，竟能创造出那样新颖的舞艺。光凭焕然一新这点，也是令人高兴的。崔承喜一定深深感受到了民族性这个问题。"

"民族性？"

"提到民族性，我们就应该跳日本舞蹈。但你还不需要考虑到那一层……日本舞蹈的传统太丰富、太强烈了。正因为这样，新的尝试也就更困难，而且容易倒退。不过，我觉得日本是世界的舞蹈之国，这不是从芭蕾舞，而是从日本传统舞蹈来看的……的确，日本人是具有舞蹈才能的。"

"可是，日本舞蹈同芭蕾舞正相反呀。日本人的心灵和体态的传统，简直与西方是相悖的。日本舞蹈的动作似乎是含蓄内在的，而西方舞蹈的动作则是奔放外向的，感觉完全不一样。"

"不过，品子从小就接受芭蕾舞的形体训练。据说在西方，要求芭蕾舞女演员身高五尺三寸，体重四十五公斤左右，这是最理想的，品子还算可以。"

品子本应在新桥同波子分手到大泉芭蕾舞团研究所去，她坐过了站，一直到了东京站，便一起到母亲的排练场来。

"友子大概不会来了吧。"

"会来的。按她的性格，肯定会来的。她即使不在妈妈这儿工作了，也会有礼貌地来打个招呼。"

"是吗……昨天她不是已经来告别过了吗？她昨晚没睡，再加上说了那番话，来见妈妈大概觉得难为情吧。"

"她这个人是不会不辞而别的。"波子自信地说。

品子心想，如果今天看不到友子的身影，母亲一定会感到很寂寞。所以她才跟母亲一起来。

一下到排练场所在的地下室，便听到了《彼得鲁什卡》的音乐。

"是友子呀。"

"喏，瞧！"

友子穿着排练服，没有练舞。她身靠把杆，在欣赏唱片。排练场已被清扫得干干净净。

"先生，您早。"

友子腼腆地将唱机关上，陡地望了望墙上的镜子。

"《彼得鲁什卡》？"品子说着又将唱片的同一面放在唱机上播放。第一场是狂欢节的热闹场景。

波子在镜子里看着友子，说："友子，还没有吃早饭吧？后来你没有回家，直接到这儿来的吧？"

"是啊。"

友子显得有点疲惫，眼皮都成双的了，眼睛却凝聚着熠熠的光彩。

"友子在，我就上研究所去啦。"品子对母亲说罢，走到友子身旁，把手搭在她肩上，"我正和母亲说话，心想友子大概不会来了，就跟着母亲来了。"

狂欢节的乐曲声高潮迭现，品子感到友子的身体暖融融的，不由得激情满怀。友子这种体温，说明她刚才一直在跳舞。

"在电车上我们还谈到民族性的问题呢。"

《彼得鲁什卡》里也充满了俄罗斯民族的旋律和音色。

这出由斯特拉文斯基为佳吉列夫俄罗斯芭蕾舞团作曲的舞剧，首次演出时是由福金任艺术指导，瓦斯拉夫·尼金斯基扮演可怜的丑角木偶。

今早矢木听到《彼得鲁什卡》时，甚至说了声"尼金斯基的悲剧"。

《彼得鲁什卡》首次演出是在一九一一年，即明治四十四年，当时尼金斯基才二十岁光景。他先在罗马，继而在巴黎演出，赢得人们狂热的欢迎。

尼金斯基在《彼得鲁什卡》首演的一九一一年，离开了俄罗斯，直到一九五〇年逝世，一辈子都未能返回祖国。

一九一四年，即大正三年，尼金斯基思念祖国，在巴黎整理好行装，也买好了火车票打算启程回国。不料八月一日这天，正好爆发了第一次世界大战。

他离开了开战后骚乱的巴黎，途中在奥地利被当作敌国分子而遭逮捕。他精神上受到创伤，有时说起呓语来，嚷着什么俄罗斯啦，战争啦……

好不容易获释之后，他到了美国，在首次公演《玫瑰花魂》的时候，尼金斯基在舞台上一出现，观众一齐起立表示欢迎，人们投掷的玫瑰花几乎把舞台淹没了。

在美国名噪一时的时候，尼金斯基也常常陷入忧郁之中。他同诅咒战争、主张和平的和平主义者和托尔斯泰主义者颇有交往。

一九一七年俄国爆发了革命。这年年底，尼金斯基几乎完全变成了白痴，从舞蹈界销声匿迹了。当时年仅二十六岁。

据说疯后的尼金斯基在瑞士疗养期间，有一天他在小剧场集合了一些人，说是要即席表演。他在舞台上用黑布和白布造了一个十字架，自己站在十字架的顶端，装成基督受刑的模样，然后说："这回请大家看看战争。要把战争的不幸、破坏和死亡……"

一九〇九年，佳吉列夫俄罗斯芭蕾舞团首次在巴黎公演时，尼金斯基作为著名的男舞蹈演员，转瞬之间被世界赞颂为天才。不久他半疯了，还继续跳舞。他的艺术生涯是短暂的。

提起一九二七年，即昭和二年，也就是品子出生前两三年，佳吉列夫俄罗斯芭蕾舞团在巴黎上演《彼得鲁什卡》时，曾把完全疯了的尼金斯基带到舞台上。因为十八九年前首演的时候，尼金斯基扮演过彼得鲁什卡。据说这样做是希望多少能唤起他已丧失的记忆。

各个角色都在舞台上出现。首演时的女主角塔玛拉·卡萨维娜，以跟从前一模一样的木偶姿态，接近尼金斯基，亲吻了他。尼金斯基羞怯地凝视着卡萨维娜。卡萨维娜用爱称亲切地呼唤尼金斯基。然而，尼金斯基却把脸扭了过去。

被卡萨维娜挽着胳膊的尼金斯基，脸上一副掉了魂的神情，被拍摄下来了。有一次，品子看见过那张剧照。

佳吉列夫把可怜巴巴的尼金斯基带到楼座上。当扮演彼得鲁什卡的谢尔盖·里法尔在舞台上出现时，尼金斯基便打听他是谁。

"那家伙跳得了吗？"

尼金斯基喃喃地说。

表演《彼得鲁什卡》的谢尔盖·里法尔被誉为尼金斯基再世,是继尼金斯基之后的首席男舞蹈演员。尼金斯基看见里法尔,就自言自语地说:"跳得了吗?"他过去是以极其精湛的舞蹈轰动世界的,所以这又成了人们的谈资。

然而,一个天才的疯子的话语,说得可怜也罢,合乎道理也罢,只能听听就是,那毕竟难以理解。恐怕尼金斯基也不知道舞台上又上演了自己年轻时扮演的角色。也许昔日伙伴只是想戏弄尼金斯基这具活僵尸吧。

尼金斯基辉煌的生涯落得如此悲惨和苦恼的下场,如今就像是冰封的冬天的湖一样。也许把冰凿开,探到湖底,已经什么都没有了。

"我爸今早对我妈说,品子她们不至于是在思考尼金斯基的悲剧吧……"品子对友子说。

友子一声不响。波子回答似的说:"矢木是因为恐惧战争和革命,才想起尼金斯基的。"

"战争期间,尼金斯基也辗转世界各地表演舞蹈嘛。即使疯了,他也是属于世界的呀。他不断地转移疗养地,到过瑞士、法国和英国。爸爸却和我们一样,一发生什么事,无论变成什么样子,都会被赶进日本的纸帷幕后面,这种情况和他又怎能相提并论呢。"

"我们不是世界的天才,恐怕也不会发疯。"友子说。

"不过,你昨晚那番话有点奇怪。我听着脑子仿佛也要失常啦。"

"品子,友子的事,由妈妈来和她商量。"

"哦……倘使友子听从妈妈的话就好了。"

品子没瞧友子,只顾整理唱片。

"哎哟,我来整理。"

品子碰了一下慌忙前来的友子的肩膀,说:"拜托你啦。请你留在妈妈身边吧。来年春天,举办妈妈的弟子表演会时,咱们两人一起跳佛于舞吧。"

"春天?几月份?"

"几月还没考虑,不过会很快举行的。对吧,妈妈?"

波子点点头。

"要迟到啦。品子,你走吧。"

品子从地下室出来之后,低头走路。到了东京站附近,她伫立了一会儿,抬头仰望着钢筋水泥的建筑工程。

爱情的力量

进入十二月,连续大好天气。

舞蹈家们的秋季表演会也基本结束了,这个月只剩下吾妻德穗、藤间万三哉夫妇的《长崎踏圣像舞》和江口隆哉、宫操子夫妇的《普罗米修斯之火》等。

吾妻德穗、宫操子与波子年龄相近。

波子从年轻时,即十五年乃至二十年前起,一直在观看这些人的舞蹈。吾妻德穗跳日本舞,宫操子则跳所谓的新舞蹈[1],同波子她们的古典芭蕾舞不同。但他们夫妻长年累月坚持跳下来,这使波子有所感触。

波子同这些人一样,也经历过日本舞蹈的时代潮流。

江口、宫夫妻留学德国前夕举行的告别舞蹈会,以及回国后举行的第一次汇报演出会,波子也都观看了,留下了新鲜的印象。这是昭和十年的事了。

那时号称"舞蹈时代的到来"。很多舞蹈家随意举办舞蹈表演会,舞蹈会的观众甚至比音乐会的观众还多。

---

1 第一次世界大战后在德国兴起的新舞蹈,它冲破古典芭蕾舞的传统,追求自由表现和现代化。

也是那时，西班牙舞蹈家拉·阿根缇娜和特雷西纳、法国的沙卡洛夫夫妻、德国的克罗伊茨贝格、美国的路斯·佩姬等接踵来到日本表演舞蹈。

也还是那时，波子风闻，因在佳吉列夫俄罗斯芭蕾舞团建团之初就担任艺术指导而闻名于世的米哈伊尔·福金也很想到日本来。还传说福金要给宝冢和松竹[1]的少女歌剧做芭蕾舞的艺术指导。

西方舞蹈家来是来了，却没有一个是跳古典芭蕾舞的。波子只好期待着福金。然而这仅仅停留在风传上。

波子一次也没看过地道的芭蕾舞，却继续跳芭蕾舞式的舞蹈。她的古典芭蕾舞基本训练究竟准确掌握到什么程度，连波子本人也不甚清楚，就坚持跳下来了。

摸索、怀疑和绝望，随着年龄的增长加深了。

战争结束之后，日本也流行起芭蕾舞来。今天《天鹅湖》《彼得鲁什卡》等俄国芭蕾舞的代表作品已能由日本人表演，波子却有点胆怯了。

有时自己对让女儿学习芭蕾舞，自己教芭蕾舞，也不由得犹豫起来。

友子不在排练场之后，波子更失去了教学的信心。莫非是友子的

---

1 宝冢和松竹均是日本的歌剧团。

献身精神，支撑着波子的自信？

波子不知怎的累着了，有点感冒，四五天没有去排练。

"妈妈，我暂时到日本桥去排练好吗？"品子担心母亲的健康，"友子回来以前，我帮您忙不行吗？"

"她不会回来了。但她说还会回到我这儿来的，说不定有朝一日她真会回来……"

"我真想去见见友子的那个情人。可是，友子没告诉过我他的名字和地址。怎样才能知道呢？"

品子这么说，波子有气无力地应了一声："是啊。"

"去问友子的母亲，不好吧？"

"不好吧。"

波子无精打采地回答了一句，心想，不是就要过年了吗？友子的母亲或许会一如既往地前来问候，届时自己说些什么好呢？

友子的母亲早年丧夫，靠出租四五间房子来抚育友子。由于战争，房子焚毁殆尽。友子到波子的排练场来帮忙之后，她母亲在附近的商店里工作。波子未能养活她们两人，总是于心不安，心想把希望寄托在不久的将来。没想到与友子的分别比波子企盼的"不久的将来"来得还早。

波子期待的"不久的将来"，或许不仅是友子的事。她郁郁寡欢，感到落寞彷徨。

她想，哪怕把宝石卖掉，出售厢房，也要帮助友子。友子了解波子的生活状况，不忍心过多地加重波子的负担，也就断然拒绝了。波子毫无办法，她似乎感到这种矛盾是由于她同友子的性格差异、生活不同所产生的。

"品子，你不要随随便便地去见友子的母亲哟。恐怕她母亲什么都不知道。"波子说，"而且，友子即使不在日本桥排练场，我也能干得了。用不着担心。你还是不要考虑教学生的事了。"

波子担心自己心头的阴影会投在品子身上。

波子没去排练时，东京绸缎店的两人和京都绸缎店的一人到她家来，三人都是来向她诉说失窃的事的。

东京那个人，在拥挤的电车上被人偷窃皮包，丢失了一大笔钱。另一个人放在电车行李架上的行李被人拿走了。

京都绸缎店的人是在乘国营电车去大阪途中，抱在膝上的行李被人抢走。开车时关车门的瞬间，人家抢走行李，跳车逃跑了。

"喂！……周围的人高声喊叫，被抢的当事人反而愣住了，连喊都没喊一声。"

绸缎商站起身来，厌恶地做着手势说："就这样，他一只脚用力踏在车门处，做好跳车的准备。"

波子把这件事当作年关艰难的例子对矢木说了，矢木却说："嗯，他们不约而同地都拥到你那儿去，毕竟是物以类聚啊。"

"你不清不楚的就同情他们，又跟他们买了些什么吧？"

波子被矢木这么一说，更是哑口无言了。

她向京都绸缎商买了一件短和服，内心还盘算着买点那两个东京人的什么东西。没能买下，实在过意不去。

波子看到结城产的优质小碎花麻布，想给矢木买下来。要是在过去，即使勉强，她也会叫丈夫穿上的。一想到这儿，她深感内疚了。

小碎花麻布映现在波子的眼里。她本想把这件事也告诉矢木，可是头一句话就被矢木顶了回来。

"年关谁还会拿着一大笔钱去挤电车呢。"

"按你那么说……"

"既然关门时被抢的事件层出不穷，别坐在出口附近，不就得了吗？"

矢木沉住气继续说下去，波子却焦灼不安起来。

"那不是挺可怜吗？就说我们家吧，他们都帮过咱们的忙，帮助我们卖了相当多旧衣服嘛。"

"那是做买卖。"

"有些也不是纯属买卖性质。咱们是他们的老主顾，不管是我去的时候，还是品子去的时候，他们都为我们精心挑选了一些适合我们穿的布料。战前收藏的好东西中，有的是绸缎商自己喜爱的，他们却恳切地卖给我们了。多可怜……"

"可怜?"矢木反问说,"可怜什么?你的声音为什么颤抖?"

要是平常,那不算一回事,这会儿波子却有了反应。

战前,那三位绸缎商各自都拥有相当规模的店铺。京都的绸缎商疏散到福井,遭遇地震。战后五六年了,今天他们还没有自己的商店。三人都在年关失窃,带着一副可怜的面孔来了。

波子被矢木嘲弄了一番,心想,自己只要拜托前来排练的姑娘们,卖个十反[1]二十反是不成问题的。于是她急忙打扮了一下,到东京去了。

在排练场上,只有学生像往常一样在练习基本功。两位老手替代波子和友子,离开队列,正在教授大家。

"哎哟,先生,您已经好了吗?"

"您脸色可不好啊。"

学生们靠过来把波子团团围住,像要支撑住她似的,让她坐在椅子上。

"谢谢。我休息了,实在对不起。我看起来很孱弱,其实并没有卧床不起。"

波子话音刚落,便抬起脸来,想看看周围的姑娘,不料她却不断

---

[1] 日本布匹长度单位,一反长约9米,宽约0.3米。

地咳嗽，咳得眼泪都流淌出来了。

一位少女用手帕给她揩拭眼睛。

"不要紧的，你们继续排练吧。我休息一会儿。"

波子进入小屋，望了望桌面上的电话机，就给竹原打了个电话。

竹原来到排练场的时候，波子独自一人坐在暖炉旁的椅子上，一只胳膊放在扶手上，把脸伏在上面。

"谢谢你给我打来电话。电话里的声音同往常不一样，我本想马上就来，无奈有桩小型照相机的生意，客人在，这是出口生意。"

竹原站到波子面前，脱下帽子，将帽檐一头插入把杆和墙壁的间隙里。

波子泪眼汪汪地仰望着竹原。额上还留有袖子的印迹，眼睫毛也有点凌乱了。

"对不起。"波子不由得说，"我有点感冒，所以连排练也停了。"

"是嘛，好像还很疲乏的样子。"

"事情很多，太累人啦。"

竹原站在原地俯视着波子，忽然又把视线移开了。

"我一进这间房子，就嗅到煤气味。不是有毒吗？"

"嗯，排练起来，马上就热了，把它灭掉了。"波子回头照了照镜子，"哎哟，脸色苍白。"

波子用指尖抚了抚睫毛,仿佛让人看见了睡醒的脸感到难为情似的。她几乎没有抹口红。

竹原朝那边望了望。

"壁镜也还没安上啊?"

"嗯。"

拥有这个排练场之初,波子就说过要在一面墙上镶上镜子。但是,现在墙上也仅仅安装了两块合起来的西服裁缝店的穿衣镜。

"这哪叫镜子啊。"

波子嫣然一笑,映在镜中的憔悴面孔使她放不下心来。头发也有四五天没有好好打理,只用梳子拢了上去。

以这种姿态会见竹原,波子感到很是坦荡,内心涌起一股怀念竹原的亲切之情。

"今天本想在家休息来着,突然心血来潮,又出来了。"

竹原点了点头,在椅子上坐下来。

"听到电话里的声音,我以为你怎么了呢。我没料到这儿只有你一个人,就进来了。你那副模样,是在思考什么问题吗?"

"你说什么问题呢……"

波子顿时说不出话来,记忆里又蒙上了一片愁云。

"我又想起那些无聊的事。就是护城河一角那尾白鲤鱼……"

"鲤鱼?"

"嗯。在日比谷十字路口附近,护城河的一角,不是有一尾白鲤鱼吗?我看那尾鲤鱼,不是挨你的责备了吗?"

"哦。"

"后来我问品子,她说那儿有鲤鱼,有什么可奇怪的。"

"你不是说过吗,有一尾小鲤鱼在护城河的角落里浮游,谁都不知道它在那里,就走了过去。这种东西只有我才注意到,正说明我的这种性格吧?"

"说过。鲤鱼和波子都是孤独之身,同病相怜啊。你凝视着护城河,我真想从后面冲你的脊背猛击一掌。"

"你斥责我说:'去掉这种性格吧。'"

"看着看着,我实在难过。"

"不过,纵令谁都没发觉,鲤鱼还是照样在那里生存。当时我的确是那样想的。后来就对品子说了。"

"你是说跟我两个人看了?"

波子轻轻地摇了摇头。

"品子跟我说过,那是鲤鱼喜欢聚集的地方。一到傍晚,就只留下一尾了吧……还说带着孩子逛日比谷公园的人,回去的时候常常将饭盒里的残羹剩饭扔给它们吃……那里是鲤鱼常集中的地方,即便只有一尾,也没什么可奇怪的。"

"是吗?"竹原露出了反问似的表情。

"我问过品子,她的回答就像你责备我的时候一样,我不禁感到自己真可怜。那时候不知怎的,我深切地感到:小小的鲤鱼,奇怪地选择了这个寂寞的地方,而且孤零零一尾待在那儿。"

"是啊。"

竹原领会了。

"你常有这种情况。"

"我也是这样想的啊,这些不值一提的鲤鱼,使我产生一种怜悯……虽然和你在一起,我却发现了这样的东西,不禁寂寞起来。"波子说完后,猛然一惊,闪烁着目光把头耷拉下来。她两眼微红,双颊也飞起了一片红潮,然后说了声"对不起",似乎要缓和一下紧张的气氛。

竹原凝望着波子。

"你就不能不去看白鲤鱼吗?"

波子眨了眨眼,左肩稍微倾斜。在竹原看来,那肩膀上仿佛有什么重担把它压垂了。

竹原站起身来,离开波子两三步,又靠近过来。

波子将右手搭在左肩上,闭上了眼睛,往前倾倒过去。

"波子!"

竹原从旁边支住了波子,就这样绕到她后面,像扶起似的把她抱住了。

竹原把自己的右手搭在波子的右手上,温柔地握着它。波子的右手在竹原的掌心里,手指变得毫无力气,从肩膀上滑落下来。这种冰冷的感觉畅通无阻地渗透了竹原的全身。

竹原躬下身来。

"太晚了。"

波子把脸背了过去。

"太晚了?"竹原重复了一句波子的话,然后加重语气说,"不晚!"

竹原这样否定之后,波子所说的"太晚了"这句话才印在他的心上。

他身子一动不动,似乎有些犹豫。

竹原的下巴颏触着波子的头发,可以看见她的耳垂,脖颈微扭,上面的发际洁白极了。

今天她没戴耳饰。

波子感冒,没有洗澡就出门了。临出门时,比平时多抹了些香水。这种卡朗黑水仙的香味,夹杂着烤焦的枯草般的头发味,微微地飘荡着。

竹原依然将右臂搭在波子的右臂上。波子把右手从自己的左肩上放落下来,自然形成了竹原温柔地拥抱她的姿势。波子心脏的剧烈跳动声传了过来。竹原尽管没有接触到,却感觉到它的跳动了。

"波子,绝不晚啊!"

波子轻轻摇摇头,把脸扭过来面对着竹原。

竹原用胸膛支持着波子,嘴唇贴近波子的上眼帘。方才竹原也是想首先接触波子的眼帘的。

波子闭上眼睛,上眼帘仿佛在说话。眼帘比嘴唇更温馨、更哀伤地倾诉衷情。

然而,在竹原接触之前,波子的眼泪夺眶而出,濡湿了眼睫毛,双眼皮的线条显得更优美了。

转瞬之间,泪水从眼角淌了出来。

竹原将嘴唇朝向淌出泪珠的地方。

"不要。可怕啊。"波子晃了晃肩膀,"可怕啊,有人在看呢。"

"在看?"

竹原抬起眼睛。波子也抬起眼睛。

从对面采光的窗户,可以看见马路上行人的腿。

窄长的窗户比马路稍高一些,只能看见步行的人的小腿部位。看不见膝盖,也看不到鞋子。

地下室光灿灿的,有点晃眼。人们急匆匆地赶路,天色已经快要黑下来了。

"可怕啊。"

波子想要站起来,动了动身子。竹原冷不防地松了松胳膊,波子像散了架似的，往前歪倒。

"放开我……"

波子就这样跟跟跄跄地走了。

竹原望着波子离去。仿佛自己还拥抱着波子。

"从这儿出去吧。"

"嗯，请稍等一会儿……"

波子一看见镜子，就害怕起来，便离开了壁镜。

当晚，波子回到家里时还不到九点，比品子还早。品子兼任艺术指导，所以回家晚。波子比品子先到家，不知怎的，这竟使她如释重负。她觉得这让她更好解释了。

打开丈夫房间的拉门，放在门拉手上的手指依然在用力。

"我回来了。"

"回来了。这么晚啊。"矢木从桌旁转身说，"你在外面没出什么事吧？"

"嗯。"

"那就太好了。"矢木摇了摇锡质茶叶盒让她看，"这个已经空了。"

波子来到茶室，想从罐里将玉露茶倒在小茶盒里，手却不听使唤，茶叶撒落在榻榻米上。

她拿着玉露茶走出茶室时,矢木已经在伏案写文章,没有看波子。

"晚安。今晚要写到很晚吗?"

波子准备默默地退下,后来还是招呼了一声。

"不,有点冷,很快就睡。"

波子回到茶室,将撒落的玉露茶叶捡起来,放在火盆里烧了。

烟消后,茶香犹存

波子想轻步绕着房间走,却又悄悄地抑制了这种心思。

她计划一到家就直接去排练场弹钢琴,可是也没办到。

乘电车回家的路上,波子听见贝多芬的《春天奏鸣曲》乐声,这支曲子里有她同竹原的往事回忆。那遥远的往事回忆,通过音乐,像是成为遥远的梦,也像是成为近在咫尺的现实。

"品子一回来就令人担心啦。"波子喃喃自语。

为了不让品子看透自己掩盖不住的喜悦心情,波子只好躲进了被窝。她有点感冒,早点就寝,矢木和品子也不会怀疑吧。

波子从日本桥排练场出来,应竹原的邀请到西银座的大阪饭馆去了,可心里总惦挂着回家的时间。然而,在新桥站同竹原告别后,波子反而落入了起伏翻腾的思绪之中。

相反,回到丈夫身边,她比在竹原身边时更不害怕丈夫了。

波子自己铺床铺,差点喊出一声"啊"来。

她心头仿佛掠过一道闪电，觉得在护城河畔，在日本桥排练场里，自己同竹原在一起，有种可怕的恐惧感猛然发作，这实际上难道不是爱情的发作吗？

波子把褥子放下，坐在上面。

"哪儿会有这种事呢。"

波子坚决否认，就是钻进了被窝，心情平静下来，还是像害怕闪电似的把双手合上了。

她正想逐一回忆《大日经疏》中合掌的十二种礼法，这时矢木进来了。

其中有双手的手指、手掌都紧紧合在一起的实心合掌，掌心与掌心之间稍微留出空隙的虚心合掌，把掌心略略拱圆的蓓蕾形的未开莲合掌，将双手的拇指和小指连接起来、其他三指分开的初开莲合掌，将掌心合在一起五指交叉的金刚合掌，还有归命合掌……到此为止，名实相副的合掌易记不易忘。

但是，剩下的七种合掌礼法，比如把双手的掌心向上、手指弯曲像捧水般的捧水合掌，把掌背合在一起、手指交叉的反叉合掌，只将双手的拇指接连、掌心向下的覆手合掌，这些不像合掌的合掌，波子就记不牢了。即使能摆摆样子，名字也叫不出来。

她反复两三次，想从头开始追忆这些礼法，可是刚追忆到归命合掌的时候，就听见了矢木的声音："怎么样啦……睡着了吗？"

矢木打开隔扇，在幽暗中窥视波子的睡姿。

波子慌忙将合掌的双手挪到自己胸前。

归命合掌虽是死人的合掌，可也是一种把身体瑟缩一团、害怕得发抖的手的姿势。这是请求恕罪，也是乞求怜悯的动作。

波子将交叉的手指，紧紧地用力压在胸口上。她以为矢木是察觉到竹原的事，前来责备她的。

"出门去，还是受累了吧？"

矢木把手放在波子的额头上。

"什么，没有发烧。"矢木说着又将自己的额头贴到她的额头上试了试，"我更热呢。"

波子像要避开矢木似的，将放在自己胸前的手按在额头上，不由得吓了一跳。

"哎呀，真讨厌。我，没有洗澡……六天也……"

波子抑制住了战栗。她竭力把自己的失望也隐藏起来。

一碰上绝望，她自己好像从不贞的恐怖和罪恶的不安中摆脱出来，获得了解放。

波子落泪了。

不大一会儿，矢木从茶室扬声说："喝杯热柠檬水好不好？"

"嗯。"

"加不加白糖?"

"多加点……"

波子想起自己回到家里就跟矢木说的一句话:"今晚,要写到很晚吗?"

听起来这像是一种劝诱吧。波子咬紧了嘴唇。

波子喝着热果汁,听见了品子回来的脚步声。

"妈妈呢?"品子刚跨入茶室就问道。

矢木有意让波子也能听见似的说:"她到东京去,累了,在睡觉。"

"哎呀,妈妈去东京了吗?"

品子说罢正要去波子的寝室,矢木喊了一声"品子",把她叫住了。

品子好像坐到了父亲的面前。

波子竖起耳朵听听矢木要说些什么,她左右翻身,把弄乱的头发拢了起来。

波子觉察到矢木大概是为了让自己有充分的时间梳妆打扮,不让品子到寝室来才把品子叫住的,她那双忙碌的手,忽然停止不动了。

"爸爸,那是热柠檬水?"父亲不出声,品子便说。

"对。"

"我也要喝。"

波子听见往杯里斟开水和搅拌的声音。

矢木像是看着品子手上的动作。

"品子,"矢木又喊了一声,"我看了高男的笔记,是这么写的:一个哥哥和一个妹妹,这个世界上再没有比这更亲的了。"

这话太唐突了,品子大概在望着父亲。

"那是尼采寄给妹妹的信中的一句话。"矢木接着说,"品子是怎么想的?品子和高男不是一个哥哥和一个妹妹,而是一个姐姐和一个弟弟,同尼采说的正相反。不过,高男认为这是好句子,把它抄录在笔记本上了。虽说年纪调了个个儿,但说的还是一男一女两兄妹……在这个世界上再没有比这更亲的了。恐怕是好句子吧。"

"是好句子啊。"

"高男希望这样。因此你也在什么地方写下尼采的这句话就好了。"

"嗯。"

波子听见了品子直率的回答。

但是,品子又像想起什么来似的,无意中说了一句:"爸爸,你们是一个哥哥和一个妹妹吧。"

波子不禁愕然。

矢木和他的妹妹,兄妹竟成了陌生人,如今已经断绝了来往。

矢木的妹妹靠波子娘家的扶助,从女子高等师范学校毕业后,同矢木的母亲一样，成了女教师。随着年龄的增长，她同兄嫂完全疏远了。这是因为矢木的关系还是妹妹的关系？还是波子不好呢？恐怕是其中之一吧。也可能是一种自然的演变。但是，小姑子的生活方式与性格都和波子不同，波子同她合不来倒是事实，波子一看见这个小姑子，不禁感到婆婆和丈夫是另一个世界的人。

品子提到矢木妹妹的事。波子等着看矢木是怎样回答的。

"这么说来，连姑姑都有一段时间没见面了。过年的时候，给她寄过一张我们一起写的贺年卡片吧。"

父亲佯作不知的样子，品子似乎不介意。

"爸爸，今天早上您谈到尼金斯基啦？谈到尼采或是尼金斯基他们疯狂的天才啦？尼金斯基小时候哥哥死了，家里就只有一个哥哥和一个妹妹了。"

今晚，高男回家很晚，矢木对品子谈了高男的事。波子侧耳倾听，觉得仿佛是说给自己听的。

矢木是不是已经看出波子见了竹原，在拐弯抹角地责备波子呢。一个姐姐和一个弟弟，一个父亲和一个母亲，在这个世界上再没有比这更亲的了……

对父亲的话，品子似乎也猜测到了几分。品子说出矢木妹妹的事，又把尼采说成是疯子，把波子也摆了一道。就算品子无意挖苦，波子在背地里听见也不禁吓了一跳,有点沮丧。

"妈妈。"品子喊了一声。

波子难以回答。

"睡着了吗?"品子又冲着父亲说,"妈妈也喝热柠檬水了吗?"

波子情不自禁,说了一声"唉,讨厌鬼",就战栗起来了。

"瞧这孩子。"

波子感到品子已经有女人的心理活动了,这是隐藏在女人内心深处的、令人讨厌的卑俗的东西。

"妈妈也喝热柠檬水了?"

品子这种亲切的关怀,也许只是口头说说罢了。

波子深深地吐了口气,令人讨厌的不正是自己吗?脑子里留下的,只是自己那种令人作呕的姿态。她觉得触到了自己丑恶的地方,引起意想不到的憎恶。

波子感到自己丑态毕露,就像一具丑陋女人的躯体横卧在自己的面前。

大概她是心中有愧,回家时才试探丈夫吧。抑或是她带着惧怕罪恶的心情,一反常态,主动淹没在波浪中呢。这种罪恶的体验,对丈夫、对情人都是双重的。因此倒不如说增加了双重的喜悦。或许是对丈夫、对情人都积累了难言的罪恶吧。

波子竭力把厌恶、悔恨和绝望的情绪巧妙地隐藏起来,形成今天这副新的躯体。

为什么呢？难道是因为没有拒绝竹原吗？

竹原看出波子的恐惧，也没有和她亲吻。可波子是害怕，并不是拒绝竹原。

她心头闪电似的掠过这样的思绪：那种恐惧感的发作，实际上不就是爱情的发作吗？难道放下褥子的时候，就是决定自己命运的时刻吗？

那道闪电恍如照亮了波子的真面目。

说不定波子是用恐惧的伪装欺骗了竹原，也欺骗了自己。

吾妻德穗、藤间万三哉夫妇的舞剧《长崎踏圣像舞》在帝国剧场上演了四天。最后一天，波子去了。

五点开演。两点波子就从北镰仓出发，顺便到银座的金铺把戒指卖掉。是准备送给友子的那只戒指。

波子边走边想：把戒指换成钱，送多少钱给友子好呢？她犹豫不决。

"那天，友子如果接受戒指不就没事了吗？"

前些日子，友子曾受波子差使去过金铺，她大概也会在同一家商店把戒指卖掉吧。

自那以后，还没过几天，波子竟为了自己把戒指卖掉了。她心想，假如把钱拿回家去，分给友子的那份又得减少了。

波子决定托事务员把钱捎到友子家里，自己就返回新桥站。

波子在事务员面前数着千元钞票，忽然"哎哟"一声，转过身去。她以为是竹原的手触到了自己的肩膀，却原来是其他客人的行李碰到了她的肩膀。一个小伙子站在她的身边。他一点也不像竹原，手里拿着一件细长的行李。

"对不起。"

"没关系。"

波子脸红了，心里热乎乎的。

一万元，她重数了一遍，然后用手绢裹上，在手绢上写了友子的地址。

"啊？把钱裹在手绢里送出去吗？"事务员惊奇地说，"这里有口袋，给您一个吧。"

"好吧。"

波子有点慌张，慌忙中才想起自己是用手绢包裹的，尽管这样做很可笑，她却没有意识到。

她一离开那个令人难为情的地方，一阵阵轻轻的笑声便向她涌来。

波子一边走一边想着送给友子的金额。一路上有许多服装店，橱窗里的男装跳入她的眼帘。她心里想：这些都适合竹原穿吗？仿佛只有适合竹原的用品才该在这个城市里存在似的。是物品在等待和召唤

235

着波子。波子的脑海里又立即浮现出竹原穿戴这些东西的英姿。

友子的事告一段落之后，商店里的男人用品显得更加生色增辉。波子一看见橱窗里的围巾，就感到自己的手好像触到了竹原围着这种围巾的脖颈。她被商店的围巾吸引，把它买了下来。

"啊，真快活啊。这些东西像是请友子买来的。是你的临别赠品？"波子唠叨着，又买了一条毛织领带。

她经由曾和竹原走过的护城河，到了帝国剧场。她来得太早了。

登上二楼，只见休息室的柱子和墙壁上悬挂着林武和武者小路实笃等人的绘画。波子心想，这是怎么回事？原来是"花与和平之会"在这儿开设的小卖部，摆有诗人和作家书写的厚纸笺，画也是这个会的。

波子靠在舒适的椅子上，凝望着林武绘的《舞姬》蜡笔画。

"波子夫人。"有人拍了拍波子的肩膀，接着说了一句，"你看得出了神啊。"

波子心想这回肯定是竹原了。可她还是吓了一跳。

"久违久违。"沼田又说了一句。

"好久不见……"

"在这样美好的地方见到您了。"

沼田落座之前，回头看了看那张《舞姬》。

"好画啊。嗯，拿着扇子……"沼田说着走近那张画。

波子想，假如被他一直纠缠到家，该怎么办呢？

沼田身体很重，他在旁边一坐下，长椅子就塌陷下去，波子的身体也随之倾斜，她悄悄地离他稍远一点。

"上个月我见过矢木先生了。"

"是吗？"

波子不知道。

"我接到他从京都寄来的信，他叫我到幸田旅馆，我还以为有什么事，跑去一看，什么事也没有。我原想准是谈波子夫人的事，可是看来先生是想从我这里探听点什么吧。比如竹原的事、香山的事……"沼田看了看波子的脸色，"我敷衍应付过去了。我们还议论了波子夫人的青春问题。"

波子嫣然一笑，企图掩饰过去，脸颊却飞起了红潮。

"今天见到您，我大吃一惊，您像一朵突然绽开的鲜花，艳丽极了。"

"别开玩笑了。"

"不，真的像绽开的鲜花。"沼田重复了一遍，"我还劝过矢木先生，让夫人重返舞台。"

"哪儿的话。我还在想是不是连排练场的事也不干了。"

"为什么？"

"没有信心。"

"信心？夫人，您以为东京的芭蕾舞讲习所有多少处？有六百处啊，六百……"

"六百？"波子一惊，死了心似的说，"啊，真惊人。"

"据说好奇的人调查过了，在大阪有四百处。"

"大阪有四百处？真的吗？令人难以置信啊。"

"把地方城镇的数字加起来，真可观哩。"

"记得有人这样写过：芭蕾舞不是义务教育。的确，这是芭蕾舞狂的时代，难怪人们这么说啊。时髦就像一阵风，女孩子都得了舞蹈病。据说有位舞蹈家挨了税务局的冷语，他们说近来能赚钱的，大概就数新兴的宗教和芭蕾舞了。"

"不至于吧……"

"我总觉得这个芭蕾舞热非同小可。古典芭蕾舞不适合日本人的生活习惯和身体条件，基础不成啊。马马虎虎指导一下，就举办表演会，说起来这像是发牢骚，不过，全国各地无数的女孩子都跳呀，蹦呀，转呀，确实可怕啊。也就是说，基础越来越雄厚了。在这基础上自然会出现新生力量。有了雄厚的基础，哪怕废品堆积如山……即便骗人的教师多，就让它多去吧。不成器的芭蕾舞女演员多，也由它多去吧。这会造成兴旺的局面，就是这么回事吧。我是非常乐观的，日本的芭蕾舞大有希望，我的事业也……"

沼田越说越劲。

"在东京,芭蕾舞讲习所即使从六百所增加到上千所,也没什么可惊奇的。拙劣的层见迭出,夫人的排练场自然会突出。"

"你说得有点玄妙。"

"总而言之,现在不是考虑打退堂鼓的时候。波子夫人也以芭蕾舞谋生吧?"

"谋生?"

"就是谋生嘛。增强商业意识,就叫作职业。很失礼吗?不过,近来学习芭蕾舞的女孩子,很多人要么想以它为职业,要么想当专家呀。"

"是啊。所以我说真惊人嘛。"

"不这样不行呀。令爱作为一种爱好,那是……在夫人负担费用的时代,我得到您许多照顾,这回为了报答您,不论干什么,我都愿意效劳。先举办一次波子夫人的表演会吧。新春时分,带头掀起一股芭蕾热倒是很好。矢木先生那里,我觉得不成问题,我去交涉。我上次也跟先生说过,我要鼓动鼓动波子夫人。"

"矢木怎么说的?"

"他说四十岁的女人纵令跳舞,也只能跳到下次战争,时间是很短暂的。哼,二十几年来净吃夫人的,还说什么短暂不短暂,他这个人是怎么搞的……就会说我的表从来没有差过一分钟,把妻子都逼疯了，还谈什么表呢。"

"我疯了吗？"

"疯了。不过不像矢木先生那样疯——气量小得要命。夫人，恋爱吧。用恋爱的力量来重新给表上弦。"

沼田睁大眼睛，直勾勾地望着波子。

"现在就离婚，也是合适的吧。因为能跳舞的时间很短暂。您今天美极了，就像花开一样……"

"你怎么啦？"

"我想打听一下。夫人，昨天晚上您和竹原在银座散步了吧。人家都看见了。"

波子十分震惊，心想：难道被沼田看见了吗？她嘴上却说："我同他商量了一会儿排练场的事。"

"好好商量，怎么都好嘛。如果您有心背叛矢木先生，我站在您这边。就说排练场吧，在日本桥中央区，又离东京站很近，通过夫人的经营，一定会有惊人的发展。让我来助您一臂之力吧。"

"嗯，噢……比这更重要的，倒是我那里的友子啊。你知道吧，要是有什么门路能让那孩子赚到点钱，就请你帮个忙。"

"那孩子不错。但光她一个人不能叫座，让她同品子小姐搭档就更好了，您看怎么样？"

"品子就别说了，她是大泉芭蕾舞团的。"

"考虑考虑吧。"

启幕铃响了。

紧跟波子之后,沼田沉甸甸地站起身来。

"夫人,据说崔承喜的女儿阵亡了,您听说了吗?"

"啊?那孩子?"

波子顿时回忆起那个身材修长、穿着友禅染[1]花绸长袖和服、十岁光景的少女来。一次偶然的机会,在舞蹈会的走廊上相遇。那孩子的童装肩上窝的褶子又浮现在波子眼前。是淡妆轻抹……

"那孩子真可爱,不过,是啊,现在她已经是品子这般年龄了吧。当了共产党的女兵……到前线慰问演出舞蹈去了……"波子嘴上这么说,脑子里想的依然是身穿友禅染花绸的少女。

"听说崔承喜一度到了中国东北,她是朝鲜的最高人民会议成员,在办舞蹈学校。"

"是吗?前些日子,我还同品子谈起崔承喜的事。她的女儿阵亡了吗?"

波子就座之后,少女的身影依然没有消失。它仿佛同自己内心的纷乱交织在一起了。

沼田的话照例有点夸张,听来令人觉得可疑。他说发现了她和竹

---

[1] 一种印染法,在绸子上印染花鸟、草木、山水、人物等花纹。

原两人在一起，那也无可奈何。今天晚上也是预定在这里同竹原会面，如何才能躲过沼田的眼目呢？波子难住了。

波子明知竹原会晚来，却时而扫视客席，时而回头望望门口，心情难以平静。

正像沼田所说的，他无疑是站在波子一边。即使作为经纪人，与其说她被沼田利用了，不如说她利用了沼田。再说，沼田长期耐心地纠缠着波子，伺机钻空子。连她的女儿品子，他都企图作为工具加以利用。沼田看见波子态度坚决，不可能落入他的圈套，便等待着下一次机会。也就是说，他企图等到波子同其他的男人谈恋爱，破裂之后，他就乘虚而入。

波子对沼田既不介意，也不放松警惕。

近两三年来，波子尽量躲避沼田。自然，沼田也疏远她。一见面，沼田肯定说矢木的坏话，甚至让波子的心离开矢木，这反而使波子生厌。

《长崎踏圣像舞》是长田干彦创作的五幕七场新编舞剧，写殉教成了悲恋，悲恋成了殉教的故事。

作曲是大仓喜七郎（听松），由大和乐团演奏。虽然也用了西洋乐器,但可以说还是日本式的音乐,在这个剧里有清元曲[1],也有圣歌合唱。

第一场是诹访神社的秋节。它作为神社节日的节目,许是由于带有同被禁止的基督教相对立的色彩,许是由于它是节日的舞蹈。

休息时沼田说:"看了《彼得鲁什卡》狂欢节之后,日本的节日就显得寂寞了。"

"日本的悲哀情调就是那个样子。"

由于沼田纠缠不休,波子决定下一次幕间休息不到走廊上去了。

昨天,波子把入场券交给了竹原,是靠边的位子,她更加心神不定了。

临近终场,在第六场之前,竹原终于来了。他站在入口处,用眼睛寻找下面的座席。

"这儿呢。"波子呼喊似的站起身子,走了上去。

"啊,来晚了。"

"我还以为你不来了。"

波子猛地抓住了竹原的手。她意识到的时候就立刻松开了,竹原的一只手套却留在她手里。难道是帮他脱下了手套吗?

"佩卡利?"

---

1 净琉璃(一种伴以三弦的说唱曲艺)的一派。

波子把手套拿起来看了看，然后塞进了竹原的口袋。

"什么叫佩卡利？"

"野猪的皮。"

"不知道啊。"

"沼田来了。他说，昨晚在银座看见咱们……"

"是吗？"

"我不想在这里又被他发现，我想出去。"

波子正想朝席位的方向走下台阶。

"哎呀，脚有点不听使唤了。等你的时候，大腿太用力了。"她说着松了松肩膀，然后离去了。

帷幕拉开，是刑场的场面。

殉教者们凄凄惨惨地被拖走。一个名叫清之助的工艺人也被处以极刑。他的情人阿市夜间悄悄地来到刑场，望着钉在十字架上的清之助的美丽遗容，跳起舞来。

对吾妻德穗的这场舞蹈，波子感动得落泪了。竹原来后，她可以全神贯注地观看舞蹈了。她眼泪汪汪，感动得热泪直流。整个身心仿佛沉湎在感情的激流之中。

刚要落幕，波子霍地站起来，像是要叫竹原似的走了出去。竹原也望着波子那边，被她吸引过来了。

"还有一场，是踏圣像的场面，不过我们溜出去吧。"

"溜出去？"

"不是顶可怕的吗？我再也不说可怕了。"

竹原以为波子纯粹出于不让沼田发现才溜出去的，波子却说再也不害怕了。竹原听到她那种发自内心深处的娇媚声音，不禁大吃一惊。

"难得来一趟，只能看一场。"

毋宁说，波子是带着愉快的口吻说的。

"我好像也是只看了一场。不过，吾妻的舞蹈一定有种魔力。我神思恍惚，乍一睁眼，就看见她在舞台上舞蹈。衣裳也极美。胭脂红的天鹅绒，加上银色的波纹；黄色的天鹅绒，绣上了草花，两种都是天鹅绒衣裳。"

然后波子让竹原看了看手中的纸包。

"竹原，我觉得蛮好的，就把这条围巾买了下来。"

"给我的？"

"要是不合适就麻烦啦。"

"当然合适。两人长期交往，彼此的形象都刻印在心上，肯定合适。"

"那就太好啦。"

然而，波子过意不去似的，又开始谈起友子的事来。她谈到她把戒指卖掉，把钱给友子送去，还买了这条围巾。

结婚之前，波子同竹原之间时而亲近，时而疏远。这种若即若离的关系保持了二十多年，她事事都向竹原说实话，这不是始于今日。

波子有点踌躇，到底还是把矢木的秘密存款说出来了。

"有这样的事吗？"

竹原不觉沉思起来。

"总觉得有点可怜，不是吗？"

"可怜矢木？"

"也许不能用'可怜'这样的字眼来简单地概括。"

两人离开日比谷的电车道，在昏暗的马路上行走，到了"昴座"剧场前的亮处，波子无意中回过头去，看见高男站在那里。

高男凝视着母亲。

"妈妈。"高男先喊了一声，从"昴座"售票处走了下来。

"哟，你怎么啦？"

波子使劲用脚跺了跺。

高男回答说是同朋友一起来买票的。波子简短地问了一句："这个时候？"

"嗯，同松坂……我想给妈妈介绍松坂。"高男说完，又向竹原施了个礼。态度是坦荡的，波子也就稍许平静下来。

"这是松坂。他是我近来最亲密的朋友。"

波子瞧了一眼站在高男身旁的松坂，他给波子的印象似是梦中遇见的妖精。

"找个地方歇歇吧。高男也一起去怎么样？"竹原不是面向波子，也不是面对高男，说了这么一句。

走到银座，进了附近的欧莎尔饭店。

竹原要把帽子存在入口的衣帽寄存处，波子从背后将装围巾的小包袱拿出来，说："回去时，把这个也戴上……"

山的那边

品子带着四个新人研究所的少女去银座的吉野屋。

这些十三四岁的女学生都是来自同一个班,也是同时进的研究所,这确实罕见。她们四人都梦想当芭蕾舞演员。

她们说马上要买芭蕾舞鞋。品子劝她们说:"你们乍穿舞鞋是站不稳的。"可是,对少女们来说,芭蕾舞鞋是她们向往的入门的踏脚板吧。

品子只好领她们去鞋店。

一进吉野屋的店堂,少女们就以买芭蕾舞鞋而自豪,她们用轻蔑的目光看了看买一般鞋子的女客。

由男伴陪着来买鞋的女人们温情脉脉,多姿多彩。一个人进来的女子,自己不知买什么好,有的显得难以抉择,也有人满脸通红。品子站在稍远的地方观察,仿佛看到了一个奇妙的世界。

品子说:"我要打这里顺路去家母的排练场,然后到帝国剧场观赏《普罗米修斯之火》。"少女们吵闹着要跟着去这两个地方。

"大伙真想马上在排练场穿上芭蕾舞鞋站站试试啊,可以吧?"说着,少女在银座大街上踮起学生皮鞋的后跟,立了起来。

"不行呀。大泉研究所的人在别人的排练场穿上芭蕾舞鞋,不合情理啊。"

"那是令堂的排练场,又不是外人的嘛。"

"正因为是家母的排练场就更不行了。说不定我会挨说的。"

"光参观排练总可以吧。我真想看看啊。"

"参观也不行。你们刚入大泉,谈不上参观什么别的地方……"

"那么,我们送你到门口也不行吗?"

看完《普罗米修斯之火》后,就很晚了。品子想让这些少女回家,就说江口舞蹈团同古典芭蕾的技巧不同。

一个少女却说:"可以参考嘛。"

"参考?"品子笑了起来。

少女们的企望和好奇心把品子一直推到波子的排练场上来了。

品子带来的少女们用认真的眼光,望着排练完毕从地下室回家的少女们。因为这些都是穿芭蕾舞鞋的同行,而不是穿一般鞋的女人。

品子同少女们分手以后,下到排练场。

波子同五六个学生一起,在小房间里更换服装。

品子在这里等候时打开了小桌上的唱机。是贝多芬的《春天奏鸣曲》。

品子也知道这支曲子包含着母亲对竹原的回忆。

"让你久等了。"

波子走了出来,一边对着这儿的镜子又看了看自己的头发,一边说："品子，你见过高男的朋友吗？他叫松坂。"

"有关那位朋友的事，我问过高男。没见过面，他非常英俊吧？"

"英俊啊。说英俊嘛，却是一种难以想象的美，就像妖精一样。"波子仿佛追逐着幻想似的说，"昨天晚上，在帝国剧场的归途中，高男给我们介绍了。"

波子心想，去观看《长崎踏圣像舞》品子也知道了，同竹原会面也被高男碰见，反正都晓得了，所以她就端了出来。

"怎么竟有这种人呢。仿佛不是地上的人，也不是天上的人。不像日本人，也没有洋人的派头。肤色偏黑，却又不是黝黑，也不是棕色，总觉得皮肤上好像还有一层微妙的光泽。像是女孩子，却又有点像男性……"

"是妖精，还是佛爷呢？"

品子一边悄声说，一边纳闷地望了望母亲。

"大概是属妖精类吧。高男同那样的人交朋友，我甚至感到他也有点奇怪呢。"

波子从松坂身上得到了不吉的天使般的印象，这倒是千真万确的。

波子同竹原一起走的时候，高男突然出现了。波子停步不前，眼前变得一片昏黑。在黑暗中，松坂站在那里，仿佛闪烁着奇异的光。她得到了这样的印象。

波子被沼田看见，又被高男发现了。她正感到前途渺茫、时运不济的时候，没想到又出现了个松坂。

走进欧莎尔饭店，波子一边呷红茶，一边似看非看地瞟了一眼松坂。仿佛自己和竹原之间的交往行将结束，而且落得悲惨的结局，波子心情很不舒畅。与此毫无关系的松坂却在这种场合出现，而且像妖精一样奇美。波子觉得这似乎暗示着自己的什么命运。

高男和朋友在一起，却没感到有什么可奇怪的，大概是松坂的奇美在他身上不可思议地起了作用。

里边的座席同大厅交界处挂着一副薄帷幔。松坂的脸浮现在浅蓝色的帷幔上。透过帷幔，隐隐约约地看见大厅。波子只好和竹原分手，同高男回家。

即使到了今天，松坂的印象还留在波子的脑海里，就像自己的影子一样。

"高男什么时候同他交上朋友的？"

"不是最近吗？好像非常亲密呢。"品子回答，"妈妈，继续放后边的唱片，好吗？"

"行啊，放吧。"

《春天奏鸣曲》的唱片，第一张背面是第一乐章，以急速的节奏结束。

品子边收拾唱片边问："什么时候拿来的？"

"今天。"

波子心想,今天不会见到竹原。

波子连续两天去帝国剧场。

今天是江口隆哉、宫操子公演的头一晚,在应邀的舞蹈家、舞蹈评论家、音乐记者等宾客中,波子也有不少熟人,她接受了昨晚的教训,不敢邀竹原同来。

再说,今天是品子邀请波子的。昨晚母亲同竹原见面,品子也从高男那里听说了。不过她没有这么细心,会想到母亲今天也想见竹原。

波子本打算等学生不在时给竹原打个电话。品子来了,电话也打不成了。

昨晚波子被深爱父亲的高男发现了,直到今天早晨,矢木没说什么,也没发生什么事情。只是波子很想把这些事告诉竹原。而且,听见竹原的声音她才能安心吧。

没能给竹原打电话,波子觉得很难过。

"不知怎的,近来连舞蹈会也不愿去看了。"

"为什么……"

"大概是不想让从前的老熟人看见吧。对方不知该不该打招呼,我也不知道该怎么做才好。时代变了。已经没有我的席位了吧。弄得我没脸去见已经遗忘了的人。"

"哪有这种事哟。这是妈妈自己说的吗？"

"是啊。战争期间被人们遗弃了，这是事实。也许是自己使自己这样的。战前的人，战后感到厌世啊。这种人在社会上有很多，意志薄弱就……"

"妈妈的意志不薄弱嘛。"

"是啊。我曾被人忠告过，说这样会使您的孩子软弱的。"

那时候，波子正朝皇宫护城河走去，受到了竹原这样的忠告。

穿过从京桥到马场先门的电车道、国营铁路桥，只见粗大的街树已是落叶满地。皇宫的森林上空，挂起一弯细细的新月。

毋宁说，波子心灵上燃烧着青春的火焰，她终于脱口说出了相反的话。

"不在舞台上跳舞还是不行。宫操子她们毕竟了不起啊。"

"宫操子的《苹果之歌》？还有《爱与扭夺》？"品子说了舞蹈的名字。

《苹果之歌》是伴随诗的朗诵，跳起潘潘女郎舞。《爱与扭夺》是复员军人的群舞，男演员穿着褪了色的、汗迹斑斑的士兵服或白衬衫黑裤子，女演员穿连衣裙翩翩起舞。

这在古典芭蕾舞里几乎不可能出现，逼真地加入了战后现实生活的形象。这种舞蹈品子以前看过，现在记忆犹新。

"战前跳得好的演员何止宫操子一人呢。妈妈也跳吧。"

"跳跳试试吧。"

波子也这样回答。

六点开演,她们提前二十分钟到达。波子避人耳目似的,坐在席位上一动不动。今晚的座位也是在二楼。

品子谈了四个女学生的事。

"是吗?四个人约好一起?"波子微微一笑,"不过,在这些女学生这么大的时候,品子你已经在舞台上跳得很好了。"

"噢。"

"最近也有四五岁的孩子来妈妈这里,说是想来学舞,想当芭蕾舞女演员。这不是孩子的意志,而是孩子的母亲希望这样做。有的孩子四五岁就开始学日本舞蹈,西方舞蹈也有这种情况,但我拒收了。我说至少要让孩子上完小学再来。然而,我不能笑话那位母亲。因为品子你生下来,妈妈就想让你学舞蹈了。这不是孩子的意志……"

"是孩子的意志呀。我四五岁就已经想跳舞了。"

"妈妈当时还在跳舞,舞蹈也会把这样的小孩子……"波子将手掌放在膝前,说,"因为我牵着你的手,带你去了。"

演奏器乐的神童似乎也是由父母培养出来的。尤其是日本的表演艺术,有师家、流派、艺名、父传子等甚多规矩,孩子仿佛被紧紧地拴在命运上。

有时波子也试着把品子和自己的事放到这种角度来思考。

"这么小就……"

这回是品子把手放在前面,说:"我希望也能像妈妈那样舞蹈呢。母女在舞台上双双出现,我高兴极了。这已经是多少年前的事了呢……妈妈,您再跳吧。"

"是啊。趁妈妈还能跳,在舞台上给品子当个配角吧。"

昨天,沼田曾建议举办春季表演会。

然而,这笔费用怎么办呢?波子如今没有什么依靠。竹原的形象仍留在她的心中,她担心事情会同竹原联系在一起。

"女学生们来了吗,我去找找看吧。我说技巧不同,让她们回去,她们说可以做参考。真令人吃惊啊。"

品子站起来走了。开幕铃响,她又折了回来。

"她们好像回家了。也许在三楼的座位上。"

前面有短短的舞蹈,《普罗米修斯之火》是第三部分。

那是由菊冈久利编舞,伊福部昭作曲,东宝交响乐团演奏的。

这是一出四场舞剧,描写希腊神话里的普罗米修斯。从序幕的群舞起,就和古典芭蕾舞不同,品子入迷了。

"哎呀,裙子是相连的哩。"品子吃惊地说。

揭开序幕,大约十个女演员翩翩起舞,她们的裙子是连成一片的。是由几个人钻在裙子里跳的舞。她们像汹涌的波涛,起伏翻滚,一会儿扩展,一会儿回旋,色彩暗淡的裙子仿佛是前奏的象征。

第一场是没有持火的人暗黑的群舞。第二场是普罗米修斯用干枯芦苇偷引太阳的火。第三场是接受火种的人们欢天喜地的群舞。

偷引火种给予人类的普罗米修斯,在终场的第四场中,被牢固的铁链锁在高加索山的悬崖绝壁上。

第三场的火舞,是这个舞剧的高潮。

黑暗的舞台正面,熊熊燃烧着普罗米修斯之火。这火种从人类的手里一个接一个传播开去。接受火种的人群立即挤满了舞台,跳起火种舞。五六十个女演员再加上男演员,人人手里都举着燃烧的火种,兴高采烈地跳起来。火焰把舞台照得一片明亮。

波子和品子都感到舞台上的火仿佛也在自己的心中燃烧开来。

演员的衣裳都很朴素,微暗的舞台上,赤裸的手脚的舞蹈动作显得格外新鲜生动。

这神话舞蹈中的火意味着什么呢?普罗米修斯意味着什么呢?

演出结束后,品子追逐着留在脑子里的舞蹈,这样思考起来。她觉得似乎包含着各种意思。

"跳起人类的火种舞,下一场便是普罗米修斯被锁在山岩上啊。"品子对波子说,"他的肉、肝脏被黑鹫啄食……"

"是啊。由四场构成,安排得很紧凑。场面与场面的转换也给人留下鲜明的印象。"

她们俩慢步走出剧场。

四个女学生等候着品子。

"哎呀,你们来了?"品子望了望少女们,"我刚才找你们,没找着,我还以为你们回家了。"

"我们在三楼。"

"哦?有意思吗?"

"嗯,好极了,是吧?"一个少女探询另一个伙伴的意见,"不过,有点令人不快,有些地方还使人害怕呢。"

"哦,你们快点回家吧。"

可是,少女们还是跟随在品子后头。

"还有个舞蹈家坐在三楼的席位上。"

"舞蹈家?是谁?叫什么名字?"

"好像叫香山。"

那少女又探询似的望了一眼另一个伙伴。

"香山?……"

品子停住了脚步。

"你怎么知道他叫香山呢?"

品子转过身盯着少女。

"我们旁边的人说的呀。说是香山来了……那是香山吧……"

"哦?"品子和颜悦色地问道,"那个说香山来了的,究竟是什么人呢?"

"说话的人?我没有留意看,是个四十岁开外的男子。"

"你看到那个叫香山的人了吗?"

"噢,看到了。"

"是吗?"

品子胸口憋得难受。

"旁边的人看见那个叫香山的,就说了些什么,我们也只是望了一下那边。"

"那人说了什么呢?"

"香山是舞蹈家吧?"少女询问似的望了望品子,"好像是谈论他的舞蹈,说现在不知他怎么样。他告别了舞台,实在可惜……"

十三四岁的女学生们不熟悉香山。战后香山不跳舞,完全被埋没了。

香山出现在帝国剧场的三楼上,这似乎令人难以置信。品子冲着波子说:"真的会是香山先生吗?"

"也许是吧。"

"香山先生会来看《普罗米修斯之火》吗?"品子说。

品子的声音变得深沉,好像不是在探询波子,而是在询问自己。

"他在三楼……可能是不愿意被人发现吧？"

"可能吧。"

"即使销声匿迹也想看舞蹈，香山先生心情起变化了吗？大概是特地从伊豆赶来的吧？"

"谁知道呢，或许是有什么事到东京来，顺便来看看。或许只是在什么地方看见了《普罗米修斯之火》的广告，顺便来瞧瞧的。"

"他这个人可不是顺便来瞧瞧。香山先生来观赏舞蹈，一定有些想法，这是肯定无疑的。说不定他是悄悄地来看我们演出呢。"

波子感到品子在扑扇着想象的翅膀。

"香山热心看舞蹈吗？"品子问了少女一句。

"这就不知道了。"

"他是什么样子的呢？"

"穿西服？没看清楚。"

少女们你瞧瞧我，我瞧瞧你。

"他到东京来也不通知我们一声？有这样的事？"品子悲伤地说，"再说，我们在二楼，香山先生在三楼，我却感觉不到，这是为什么啊？！"

品子突然把脸凑近波子，又说："妈妈，香山先生肯定还在东京站。我去找他好吗……"

"好吗？"波子安慰似的答道，"既然香山是悄声地来，就让他悄悄地走不好吗？他大概不愿意被人发现。"

品子有点心慌意乱。

"香山先生已经放弃了舞蹈，为什么又来观看舞蹈呢？光这点，我就想问问啊。"

"那么就赶紧去问问吧。不知道他还在不在车站……"

"没关系。我先去看看，妈妈随后来。"品子说着一边加快脚步，一边对四个女学生说，"你们早点回家吧。"

波子冲着品子的背影呼喊了一声："品子，在车站等我。"

"嗯。在横须贺线的站台上。"

品子一边小跑，一边回头看见母亲的身影已经离开很远，就拔腿快跑起来了。

她跑得越快，就越觉得香山肯定是在东京站，还觉得再晚了他就会无影无踪。

品子气喘吁吁、心潮澎湃，恍如有一团团火焰在心中摇曳。

她着实感到，那一幕中人群在《普罗米修斯之火》的舞台上举起的那些火种，就在自己体内燃烧。

香山的脸在火焰的对面若隐若现。

马路两旁的古老洋房几乎都被占领军占用了。幸亏昏暗的道路上行人稀少，品子继续奔跑。

"旋转三十二次、三十二次……"

品子喃喃自语，以解除自己的痛苦。

《天鹅湖》第三幕里，化成白天鹅的恶魔的女儿，独脚竖立，边旋转边跳。旋转了三十二次，也许更多。如果能继续保持这种美姿，就是一个芭蕾舞女演员的骄傲。

品子还没有被派上跳《天鹅湖》的主角，但是她在训练中也曾认真地试过增加旋转的次数，因此这"三十二次"旋转，是她喘不过气时所发出的呼喊声。

来到中央邮政局前，品子放慢了脚步。

她东张西望，然后踏上横须贺线的站台。湘南电车停靠在那里。

"一定是这趟电车啦。啊，赶上了。"

气喘一平息下来，品子就挨着车窗边走边窥视车内。她仍然牵挂着刚看过一遍的车厢的人群中有没有香山的影子。

她还没挨到车尾，发车的铃声响了。品子猛地跳上了车厢。

"啊，妈妈……"品子这才想起和波子约好在站台上会面，转念又想，"在大船站下车就行。"

品子站在车厢的通道上，扫视了一圈乘客。

她心想，香山肯定在这趟电车上，要到处找一遍。

在新桥站，电车更加拥挤了。

电车到达横滨之前，品子走遍了所有车厢仔细寻找。

然而，没有香山的踪影。

"是下趟火车还是电车呢……"

香山许久没去东京，这次去了也许会游逛银座一带吧。

品子在横滨站犹豫不决：是不是换乘下一趟火车呢？

不过，她还是觉得香山会在这趟电车上。是不是自己一时看漏了呢？来到大船站，下车时品子还是这样想。

她沿着月台，逐一把车窗窥看了一遍。电车开动，她才停住脚步。

随着车窗里的人影迅速流逝，品子仿佛被这趟电车吸走了。

车是开往沼津的，因此香山得在热海换乘伊东线的车。如果品子也乘这趟电车，在热海站或在伊东站突然站在香山面前……

品子久久地目送着电车。

电车消失了。普罗米修斯的形象仿佛在夜间的田野上浮现出来。

那是被锁在高加索山的悬崖绝壁上的普罗米修斯。他的肉和肝脏被凶鹫啄食，他被风雨袭击。一头白色的母牛从山麓经过。由于天后赫拉的忌妒，美丽的少女伊娥变成了这副模样的母牛。普罗米修斯对伊娥母牛说，往南行走，再到遥远的西方，就会到达尼罗河畔了。在那里，母牛又变回少女的样子，成为王妃，从她的血脉中将会生出勇士赫拉克勒斯，去斩断普罗米修斯身上的锁链。

母牛伊娥由宫操子扮演。在品子看来，这个舞蹈像谜一般充满了倾诉、憧憬和痛苦。不知怎的,她觉得自己像伊娥,香山像普罗米修斯。

品子换乘横须贺线的车,不一会儿就在北镰仓下了车,等候母亲。

"啊,品子,你乘车到哪儿去了?"波子松了一口气。

"我乘湘南电车来着。我赶到东京站,正巧湘南电车即将发车。我断定香山先生会在这趟车上,便上了车。"

"那么,香山在吗?"

"他没乘这趟车。"

她们走出车站,朝圆觉寺方向走,直到越过铁路,两人都沉默不语。

波子望着那边落在小路上的樱花影子,说:"品子不在东京站,妈以为你和香山到哪儿去了呢。"

"如果在站上能见到香山先生,我就在那里等妈妈了。"

品子回答了,声音却是低缓的。

今天晚上,在帝国剧场的二楼和三楼,品子感到香山越发向自己逼近过来了。

她们俩回到家中,只见矢木和高男面对面地坐在茶室的暖炉旁。

高男有点难为情的样子。

"你们回来了。"高男说着抬头望了望波子,"今天我见到松坂了,他让我代问妈妈好呢。"

"是吗?"

矢木一声不言,露出一副不高兴的样子。他和高男两人,像是在谈论有关波子的传言。

波子感到室内空气有点沉闷。

"妈妈这么漂亮,松坂也大吃一惊。"高男说。

"他长得那样帅,我才感到吃惊呢。他是高男的什么朋友?"

"您说什么朋友……"

高男突然显得拘谨、腼腆。

"和松坂在一起,我就感到幸福。"

"是吗?那孩子能让你感到幸福?不知怎的,妈妈觉得他像个妖精。大概男孩子也有从少年转变到青年的时期吧。有的人突然转变,有的人转变并不明显,各式各样。不过,他是在转变的节骨眼上突然出现的。"

"高男也是在节骨眼上吧。"矢木从旁插话说,"你要珍惜哟。"

"是……"

波子看了看矢木。

"今天晚上也同竹原在一起?"

"不,同品子。"

"嗯，今晚是同品子在一起？"

"嗯，品子到排练场来邀我……"

"哦？同品子在一起好是好，不过，近来你有没有同高男在一起呢？除了你同竹原散步，碰见高男以外。"

波子一动不动，极力控制肩膀的颤动。

"你想同高男分开吗？"

"啊？在高男面前，瞧你都说些什么。"

"那有什么关系。"矢木平静地说。

"高男出世已经二十年。在这期间全家不就只有四个人吗？生活上应该互相爱护啊。"

"爸爸，"品子喊道，"如果爸爸爱护妈妈，我们大家也就能相互爱护了。"

"嗯？我估计品子会这样说。不过，品子你不知道呀。在你眼里，妈妈是爸爸的牺牲品吧。其实并非如此，多年的夫妻，哪会一方使另一方牺牲呢。一般都是一起垮下来的。"

"一起垮下来？"

品子直勾勾地望着父亲。

"就是垮了，不能再相互扶起来吗？"

这回是高男插嘴说话了。

"那个嘛……女人出于自己的原因垮下来，却认为是丈夫使自己垮了。"

"自己认为是丈夫使自己垮了,也就想借别人的手把自己扶起来。尽管那是出于她自己的原因垮下来的。"

矢木又重复了同样的话,并插入"别人的手"这样的词句。

"不论是爸爸还是妈妈,都不会垮的。"品子紧锁双眉说。

"哦。那么你妈妈上当受骗了。品子,你袒护你妈妈。可是你妈妈同竹原继续保持奇妙的关系,你认为可以吗?"

"我认为可以。"品子明确地回答。

矢木温柔地微微一笑。

"高男你觉得怎样?"

"我不希望被别人问这种问题。"

"这倒也是。"

矢木说着点了点头。高男却紧追不舍似的说:"不过,妈妈上当了,这倒是事实。爸爸也看在眼里嘛。咱家的生活越发困苦了,爸爸却视而不见,这让我心里很难过。"

矢木把脸背过去,不望高男,却抬眼望着波子头上方的匾额。那是良宽书写的"听雪"二字。

"这里头有一段历史。高男不晓得这段二十年的历史吧。"

"历史?"

"嗯,我不太愿意提起,战前我们家也……唉,也是过着奢侈生活的啊。但能过上奢侈生活的也是你妈妈，不是我。我从来就没有要过奢侈生活的愿望呀。"

"瞧您说的。我们家日子很艰难，这又不是由于妈妈奢侈的关系。是因为战争嘛。"

"当然啰。我并没有这个意思。我的意思是说，即使我们家过着奢侈的生活，我一个人从心理上来说，也是一直过着穷日子。"

高男受了挫伤似的。

"啊？"

"从这点来说，品子不消说，就是高男也是你妈妈的奢侈的孩子。就是说，三个富裕的人养活一个穷光蛋。"

"您这么一说……"高男结巴了，"我不太明白，但总觉得我对爸爸的尊敬受到损害了。"

"我早年担任过你妈妈的家庭教师，你不熟悉那段历史。"

矢木的话，波子觉得句句都在理。

可是，波子不明白丈夫为什么一反常态，说出这样的话。听起来像是吐露了心中积压的憎恶。

"说不定你妈妈会认为被我伤害了二十年。然而，究竟是不是这样呢？如果你妈妈这样认为，那么品子和高男生下来不就成了坏事吗？你们两人是不是要为这件事向妈妈道歉？"

波子打了一个寒战，一直颤动到灵魂的深处。

"您是说,让我和高男两人向妈妈道歉吗,说我们不该生下来?"品子反问了一句。

"对,如果你妈妈后悔不该同我结婚,说到底,不就是这样的结局吗?"

"只向妈妈道歉,不向爸爸道歉,这样做合适吗?"

"品子!"波子厉声喊住品子,然后对矢木说,"怎能对孩子说这种冷酷无情的话?"

"我只是打个比方。"

"是啊。"高男开腔了,"生下来了,什么这样那样的,这种事我们即使听了也毫无体会。就说爸爸吧,您也是毫无体会,只是说说而已吧。"

"只是打个比方啊。两个孩子都二十来岁了。尽管如此,你妈妈却要嫌弃我,女人那种根深蒂固的想象力,真叫人吃惊。"

波子像遭到突然袭击似的,不知所措。

"竹原之流,不就是平庸之辈吗?他的长处是没有同波子结婚吧。就是说,是个空想的人物。"矢木浮起了一丝浅笑,"大概是箭头射入女人的胸膛拔不出来了。"

波子不明白这是什么意思。

"两个孩子都二十来岁了。"矢木又重复了一遍,"从姑娘算起,二十年基本上就是女人的一生,你却让它在无聊的空想中虚度,事到如今也后悔莫及了。"

波子低下头来。

她大概无法猜测丈夫的真意何在。矢木的话虽有道理，却没有一贯的联系。

他明明是在责备竹原，却沉着冷静，不禁令人怀疑他是不是在折磨波子。

然而，波子觉得，这也可以看出矢木自身的空虚和绝望。矢木从未像现在这样失去理智，争吵不休。波子从没见过矢木在孩子面前如此暴露自己的耻辱。

矢木似乎要让孩子们承认：如果波子受伤，矢木也受伤；波子垮了，矢木也就垮了。这种说法，在品子和高男身上究竟会有什么反应呢？

"如果四人都爱护彼此……"波子声音颤抖，后面的话说不出来了。

"品子和高男你们也都好好想想吧。按你妈的做法，很快就要把这所房子卖掉，我们都要变成一无所有了。"矢木冒出了一句。

"行啊。妈妈把一切都尽快丢弃好了。"

高男说着耸了耸肩膀。

这所房子没有大门，也没有篱笆。小山环抱着庭院，山的豁口自然地成了入口。这里是山谷的洼地，冬天很暖和，是个向阳的地方。

入口左右两侧是小厢房。右厢房先前虽是别墅看守人的住房，但可以看出波子的父亲在建筑上的爱好。战后一度把这间房子租给竹原。现在是高男居住。波子打算卖掉的就是这间厢房。

品子独自住在左厢房。

"姐姐，我可以到你那儿待一会儿吗？"

一走出正房，高男就说。

品子手里拿着火铲和火种，在黑暗的庭院里，火光映照在大衣的纽扣上。

品子低头往火盆里添木炭，手却在颤抖。

"姐姐，你是怎样看待爸爸妈妈的事呢？事到如今，我不震惊，也不悲伤。因为我是个男子汉。无论对家庭还是对国家，我都没有理想。即使没有父母的爱，我一个人也能活下去。"

"有爱呀。无论母亲还是父亲……"

"有是有。不过，父母之间的爱，要是汇合成一股暖流倾注在孩子身上就好了，然而它却是分别倾注过来的。对于我们这些处在现今不安的世界中，又恰恰是未定型的不安年龄的人来说，要努力去理解爸爸和妈妈双方的感情，实在累死人了。倒不是父亲辩解，可是共同生活了二十年的夫妇的不安是什么？父亲说孩子生下来就是件坏事，倘使要我们道歉，也是向自己、向时代的不安道歉。天晓得父母是怎么想的。如今孩子的不安，是不能指望父母来消除的。"

高男越说越激昂，一个劲地吹着那些火苗。

火灰扬起来了。品子把脸抬起来。

"妈妈说像妖精的那个松坂，他看到妈妈，就对我说：'你母亲在谈恋爱，是悲恋啊。'松坂说，看到这种情景，不禁令人泛起一种缱绻的乡愁。看到妈妈在谈恋爱的身影，就有一种恋爱的感觉。与其说他喜欢妈妈，不如说他喜欢妈妈的恋爱。松坂是个虚无主义者，虚无得像一朵艳丽的、濡湿的花……也许是对松坂着了迷吧，我也不觉得妈妈的恋爱是不纯洁的。妈妈是不是憎恨我，说我替爸爸监视她？"

"有什么可憎恨的……"

"是吗？的确，我是在监视妈妈啊。我偏袒爸爸，无疑是尊敬爸爸。可它却是一种幻灭，爸爸受到妈妈的爱护，又遭到妈妈的背叛。"

品子像被捅了胸口似的，望了望高男。

"不谈这些啦。姐姐，我或许要去夏威夷大学读书。爸爸正在帮我活动。他大概害怕我留在日本会成为共产主义者。爸爸说，在决定之前要对妈妈保密。"

"啊？"

"爸爸他也要去担任美国的大学教师，正在做准备呢。"

高男说他要去夏威夷，矢木要去美国，但是都还没有落实。可矢木竟对波子和品子隐瞒了这个计划，品子感到震惊。

"难道要把母亲和我丢下不管……"品子喃喃地说。

"我觉得姐姐也去法国或者英国算了。妈妈会任意把这所房子和她的东西都卖掉，反正最终会这样变卖精光的。"

"一家离散？"

"即使住在一起，不也是各奔东西吗？在行将下沉的船里，都是各自挣扎嘛。"

"按你刚才说的，岂不是要让妈妈一个人留在日本？"

"结果是这样吧。"

高男的声音很像他父亲。

"可是，就说妈妈吧，说不定她也想得到解放。一生中，就让她完全一个人待那么一段时间如何？二十多年来，她一直照顾我们三个人，现在她在叫苦……"

"啊？你的话怎么这样冷冰冰的？"

"爸爸好像觉得把我一个人留在日本挺危险的。就像从前的人一样，我们并不以国家自豪，或以国家为依靠。爸爸的观点很新鲜，我很喜欢。我不是为了发迹和学习到外国去。我在日本将会堕落，将会破灭。为了避免这种危险，我大概要被赶出日本吧。父亲有个朋友在夏威夷的本愿寺，是他邀请我去的。我在那边工作。我和爸爸意见一致，认为不回日本也好。成为国际人士，这像是希望，也像是绝望，爸爸给我施加麻醉呢。"

"麻醉？"

"想来爸爸是想将儿子丢弃在国外，爸爸的心理有些地方挺可怕的。"

品子望着高男那双纤细的手。他攥紧拳头在摩擦火盆边缘。

"妈妈真傻。"高男漫不经心地说，"以姐姐来说吧，要搞芭蕾，就得早日走向世界，否则短暂的一生不就碌碌无为了吗？不管到世界上什么地方，一年是一年。最近我这么想，就觉得这个家庭没什么可留恋的了。"

高男说，爸爸计划去美国或南美，大概是害怕下次战争。

"姐姐，倘使咱们家四个人分别在世界上的四个国家生活，回忆起日本这个家，不知会涌起一种什么样的感情。如果我寂寞，也会这样空想吧。"

高男回到对面的厢房去了。剩了品子一人，她擦掉粉，把脸靠近镜子，照了照自己的眼睛。

父亲和弟弟，男人们的心思总是有点可怕。

然而，闭上映在镜子里的眼睛，就看见被锁在山岩上的普罗米修斯，她又觉得他仿佛是香山。

当天晚上，波子拒绝了丈夫的要求。

在漫长的岁月中，她从未公开拒绝过，更没有公开地主动要求过。波子也觉得有些不可思议,但一直是半认命的,这就是女人的象征吧。但是一旦拒绝了,也没什么了不起的。这不过是一种必然的趋势罢了。

转瞬间,不知怎的,波子像被弹起似的坐了起来,她把睡衣的领子拢紧。

矢木吓了一跳,以为波子身上什么地方疼痛,睁开眼睛看了看。

"好像有根棍子直捅到这儿,"波子说着从胸脯一直抚摩到心窝,"请别碰我。"

波子对自己这种猛然拒绝丈夫的行为感到惊讶,变得满脸通红,她抚摩胸膛的手势活像个孩子。

她显得非常腼腆,蜷曲着身子。因此,矢木没有发现她毛骨悚然的样子。

波子熄灭枕边的灯,躺下来。矢木从后边轻轻地摩挲着像有根棍子捅进来的僵硬的胸脯。

波子脊背上的肌肉突突地跳动。

"这个吗……"矢木说着按住绷紧的筋。

"不用了。"

波子把胸脯扭过去,想远远地离开矢木。矢木的胳膊用力把她拽过来。

"波子!刚才,我口口声声说二十年、二十年,除了你这个女人,我二十多年来不曾触摸过别的女人。我只被你这个女人迷住。作为一个男人,这是不可思议的例外,为了你这个女人……"

"什么这个女人女人的,请你别说了。"

"我不认为还有其他女人,所以才说你这个女人的。你这个女人不懂得妒忌吧。"

"懂得。"

"妒忌谁呢?"

波子现在妒忌竹原的妻子,可又说不出口。

"女人没有不妒忌的。就算是见不着的东西,女人也会妒忌。"

听见矢木的呼吸声,她像是要躲开他的气息,用手捂住了耳朵。

"假如我们是一对连生下品子和高男都成了坏事的夫妇……"

"嗯。我只是打个比方说说罢了。可是,生了高男就没有再生孩子,那是为什么?再生一个也很好嘛。一想起这些,我就觉得你热衷舞蹈以后不会再生孩子,对吧?一个基督教牧师说过,舞蹈的创始者是恶魔,舞蹈的队伍是恶魔的队伍。如果你不再跳舞,就是今后,也许还可以生一两个孩子呢。"

波子又是一阵毛骨悚然。

波子连想也没想过时隔二十年还生孩子。矢木这么一说,听起来像是坏心眼,讨人嫌。

然而，又不见得肯定是这样。波子觉得恐惧极了。

波子和竹原在一起，恐惧感也偶尔发作，今晚即使是同矢木在一起，也被恐惧感缠住了。

观赏《长崎踏圣像舞》之后，波子曾悄声对竹原说："我再也不说可怕了。"

波子这样说，是因为发觉过去自己的恐惧感时有发作，其实可能是爱情的发作。她向竹原倾诉这种感情的剧烈变化。

但是，和矢木在一起感到的恐惧，同爱情的发作不是一码事。如果硬要同爱情扯在一起，那么这可能是丧失爱情的恐惧，或是在没有爱情的地方描绘爱情，爱情幻灭的恐惧吧。

波子甚至领会到，人与人之间的厌恶，夫妇之间的最有切肤之感，实在令人生畏。

假如它变成憎恶，那就是最丑陋的憎恶了。

不知为什么，波子竟回想起一些无聊的往事。那是同矢木婚后不久的事。

"小姐连烧洗澡水也不会吧？"矢木说，"盖上锅盖，就可以节约煤了。"

于是矢木破开一个啤酒箱，亲手造了一个锅盖。

连把握烧水的火候、添减煤这样的事，矢木也非常仔细地教她。

波子烧洗澡水的时候，做工粗糙的盖子漂浮在洗澡水上，她觉得很肮脏。

矢木做锅盖足足花了三四个钟头。波子站在他后面呆呆地望着。当时矢木的模样,她至今记忆犹新。

矢木今晚的谈吐中最刺激波子的,是他坦白地说出了自己一个人在这个家庭里生活奢侈,心理上却是空虚的。听到这些话,波子仿佛脚跟站不稳,被推下黑暗的深渊。

二十多年来,他一直仰仗波子的财产过日子,这简直是一种深沉的怨恨或报复。是矢木的母亲让矢木同波子结婚的。矢木仿佛在顽强地实现他母亲的计谋。

矢木像往常一样,用手温柔地诱惑她,她依然拒绝了。

"说那种话,品子和高男会怎么想呢?我放心不下,我去看看再回来。"波子说着起身走了出去。

她真的来到庭院,仰望星空,感到自己无处可去。

天上的星星贴近后山,闪出明亮的光,把山姿映照得恍如日本画中的怒涛。

佛界和魔界

品子走进父亲的房间,矢木不在屋里。她看见壁龛里挂着一幅少见的字幅:

入佛界易,进魔界难

大概是这样读的吧。
靠近一看,是一休的印鉴。
"一休和尚?"
品子多少感到亲切。
"入佛界易,进魔界难。"
这回她大声读出来。

她不太明白禅僧这句话的含意,但所谓"入佛界易,进魔界难",似乎是相反的。她看到这样书写的文字,试着用自己的声音读了一遍,若有所悟似的。

这句话好像还在了无人影的房间里旋荡。一休的大字像一双活生生的眼睛,从壁龛里睨视着周围。

有迹象表明父亲刚才还在房间里。房间里残留的热气,反而令人感到落寞。

品子悄悄地坐在父亲的坐垫上,心情却不能平静下来。

她用火筷拨了拨火灰,现出了小小的炭火。是个备前烧手炉。

桌子一角的笔筒旁,立着一尊小地藏菩萨像。

这地藏菩萨是波子的。不知什么时候,把它放在矢木的桌子上了。

这尊木像高七八寸,据说是藤原时代[1]的作品。乌黑乌黑的,显得很肮脏。秃圆的头,不折不扣是佛头。一只手拄着比身体还高的拐杖。这拐杖也是珍品,笔直的线条非常清晰。

从大小来看,也是一尊可爱的地藏菩萨。品子端详了一会儿,不觉害怕起来。

品子心想,父亲今早坐在桌前不也是这副模样,一会儿看看地藏菩萨,一会儿欣赏一休的字幅吗?她又将视线投向壁龛。

开头的"佛"字是用工整的正楷书写的,到了"魔"字,就成了潦草的行书。品子不由得感到有一股魔力似的,这也令人生畏。

"可能是在京都买来的吧……"

这挂轴不是家中从前就有的。不知是父亲在京都意外地发现了一休的书法呢,还是由于喜欢一休的名言才买来的?

---

1 即日本平安时代中后期,是日本史,特别是美术史划分的一个时代。

以前挂在壁龛一旁的画轴收起来了。

品子站起来，走去看了看。原来是久海书画的断片。

波子的父亲早先在家里放了四五幅藤原[1]的诗歌断片，如今只剩下了久海断片，其他的波子都变卖了。传说久海断片是出自紫式部的手笔，因此矢木十分珍惜。

品子出了父亲的房间，又一次自言自语："入佛界易，进魔界难。"

说不定这句话有什么地方同父亲的心相通。它本身的意义也让品子浮想联翩，的确是无法捉摸啊。

品子很想同父亲谈谈母亲的事。在母亲去东京之前，她一直待在排练厅里。后来她才到父亲的房间里来的。

莫非一休的字替代父亲回答了什么？

大泉芭蕾舞研究所拥有二百五十多名学生。

这里不像学校有固定的招生和入学时间，而是随到随收。也有人连续歇息，或者干脆不来，始终都有学生进进出出，确切数字很难掌握，但是没有少过二百五十人。而且细算起来，总是增加的。

可以这样认为，除了大泉芭蕾舞团，东京主要的芭蕾舞团大体都

---

[1] 藤原定家（1162—1241），镰仓前期歌人、书法家。

拥有二三百名学生。

这众多的学生,都是没有经过严格考试进来的。如同学习其他技艺的弟子一样,只要想学习芭蕾舞,很容易就能进来。入学时,也不深入考查这少女适合不适合跳芭蕾舞,有没有前途,能不能登台表演。

在东京,有六百处芭蕾舞讲习所,按照一个大讲习所拥有三百名学生计算,如果建立一个组织严密的舞蹈学校,从中挑选素质好的学生,加以正规严格的训练,该有多好。可是,看样子还没有这样的计划。

以大泉研究所来说,多半是女学生,都是放学回家顺道去排练的。

女学生班分为五个班。她们下面设有小学生的少儿班。上面有两个班,年龄大些,技术也高些。再上面还设有尖子班。

尖子班,顾名思义,是芭蕾舞中的尖子。研究所所长大泉经常指导她们,共同学习。他们是这个芭蕾舞团的主要演员,只有十个人。

女性八人,男性两人。品子是其中之一。从年龄上来说,品子是最年轻的。

尖子班的成员都作为助理教师,分别担任程度较低班级的教学工作。

除了这些班级之外,还设有专科班级。这是为上班的人而设的班，年龄参差不齐。芭蕾舞团公演的时候，倘使妨碍到本职工作，就不能登台表演。

品子上尖子班，每周三次，再加上作为助理教师的排练日，大致每天都要到研究所去。

研究所坐落在芝公园里面，从新桥站步行需十分钟。

今天品子心情沉重，她没有乘车，茫茫然地步行而来，只见一位母亲带着一个像是小学五六年级学生的女孩子，站在研究所的门口。

"请问，能不能让我们参观一下呢？"

"噢，请进。"品子答罢，看了看少女。

大概是孩子要学习芭蕾舞，母亲也就跟着来的吧。品子打开门扉，请她们母女先进去。里面传来了呼喊声。

"品子，来得正好。等着你呢。"

这是野津在呼唤品子。他是这里的首席男舞蹈演员。

野津跳王子的角色，作为扮演公主的女芭蕾舞演员的搭档，他具有优雅的英姿，与角色相称。从绷紧的腰身到长长的腿脚，那线条看上去十分浪漫。为芭蕾舞设计的古典式的白衣很合体，这在日本人当中也不多见。

不过排练的时候，他是穿黑色的。

"太田今天休息，我想品子来了，就拜托你弹钢琴伴奏。"野津说话，不时带着女人的腔调，"可以吧？"

"好吧。"品子点点头，却又说，"钢琴嘛，谁都能弹。"

太田是个女钢琴手，每天都来为演员排练伴奏。

芭蕾舞的基本练习，即使没钢琴伴奏，由教师用嘴或用手打拍子，也不是不能进行。再说，许多讲习所也没有伴奏。这里使用了《切赫埃第练习曲》。有音乐伴奏和没有音乐伴奏大不相同。习惯有钢琴伴奏排练的学生，一旦没有伴奏，就感到无所适从了。

品子对前来参观的母女俩说："请到这边来。"

她请她们两人在门口旁边的长椅子上坐下，自己走到暖炉旁。

"品子，你的脸色很不好啊。"野津小声说。

"是吗？"

品子站着一动不动。

"我请你弹钢琴，你不高兴了吧？"

"哪里。"

野津头上扎了一条蓝色绸带，上面印有细碎的水珠花样。没有结子，扎得很巧妙。那只是为了防止头发松散，可是在这些地方也能看出野津喜欢修饰打扮。

"虽然有人会弹练习曲，但还是……"

野津从暖炉前的椅子上半转过头，抬眼望了望品子。额头用蓝绸裹着，眉毛俊美极了。

他大概是赞扬品子的钢琴伴奏吧。

品子幼时，母亲就教她弹钢琴了。

波子甚至觉得到了现在的年龄，还是当钢琴教师比较轻松些，她积累了一些正规排练的经验，还年轻时——二十年前就像个行家了。

一般的舞曲，品子都能弹奏。《切赫埃第练习曲》是为教授芭蕾舞的基本动作而创作的，当然很容易。再加上几乎每天来回细听，自己反复弹奏，已经娴熟，全部都记在脑子里了。

品子不知不觉开了小差，野津走过来说："你怎么啦？节奏快了些，同平时不一样。"

这时间排练的，是女学生班上面那两个班中的 B 班，称作高等科。在公演的舞台上，她们都是跳群舞的角色。

从高等科的 B 班可升到 A 班。能跳得更好的人，还可以提升到品子所在的尖子班。

用芭蕾舞术语来说，群舞里有跳双人舞的，也有跳领舞的。领舞就是站在群舞前面跳的。有时尖子班的独舞演员也跳领舞，有时也挑选跳领舞的演员去跳独舞。

大泉芭蕾舞团二百五十多人中，能上台参加公演的，有五十多人。

若论高等科 B 班，他们都已训练多年，艺术技巧娴熟，而且熟悉这研究所的风格和教授方法。

何况这种抓住把杆的起步练习,来回都是一种动作,自然能够顺利进行,品子弹奏钢琴,也只是如同平常一样动动手指而已。

她被野津指责了。

"对不起。"品子抱歉地说,"你是说快了点?是快了点吗?"

品子心想,不至于吧?她的表情好像被人突然袭击,有点掩饰难为情的样子。

"我只是有这种感觉罢了。你心不在焉,我有点着急。"

"哦,对不起。"

品子脸颊绯红,望着白色的琴键。

"没什么。你是不是发生了什么事?"野津悄声地说,"就说跳舞吧,也是那样。不时会感到沉重,跳着跳着就喘不过气来。"

他这么一说,品子觉得自己的呼吸真的急促起来,心扑通扑通地跳动。

野津的汗臭味,似乎更让品子感到窒息。

野津靠近过来,品子恢复了自我意识,这时觉得他的汗臭味特别刺鼻。

两人舞蹈的时候,野津的汗臭味有时还好,现在好像是旧的汗臭味,格外刺鼻。野津平时还是经常换洗练习服的。大概现在是冬天,不勤换了吧。

"对不起,我注意点儿。"

品子讨厌臭味,冷不防地说了一句。

"过一会儿……"野津离开钢琴,招呼着说,"那么,拜托了。"

品子用力弹奏起来,和着学生的舞步声,自己的身子也在摇动,协调一致了。

现在离开把杆练习了。

正如音乐使用意大利语一样,芭蕾舞使用了法语。

野津用法语不断地命令学生变换舞蹈动作,他的法语随着品子的钢琴伴奏,似乎变得流利多了。品子弹奏着,仿佛也被野津的声音牵萦。

野津甜蜜的声音激越清脆,不断重复喊着"弯曲""立脚尖",这些发音对品子来说,犹如在温柔的梦中旋荡。

野津时而用手,时而用嘴打着拍子。

听起来,这些声音好像梦中的回响,品子觉得学生的舞步声戛然远离了。她喊了一声"不行!",看了看乐谱。

本来排练一个小时,由于野津热心,延长了二十分钟。

"谢谢,辛苦啦。"

野津来到钢琴旁,揩了揩额头。

品子这次闻到一股浓重的汗臭味。她的鼻子如此敏感,大概是心力交瘁了吧。

"让排练场空闲一个小时吧。歇一会儿,一起练好不好?"野津对品子说。

品子摇摇头。

"今天不练了。我弹钢琴。"

一小时过后,继女学生班之后,应该是职员班排练。

品子回到暖炉边,门旁长椅上坐着的两个前来观摩的女学生站起来说:"我们想要一份章程。"

"好的。"

品子把章程连同申请书递给她们。带着小学生前来的那位母亲也对品子说:"我也要一份。"

野津在排练场的镜子前练习独舞。

野津腾空跳跃,双脚在空中互拍,做交换打击和小跳打击。他的小跳打击漂亮极了。

在暖炉前,品子靠在椅子上,直愣愣地望着前方。

担任下个班课程的助理教师们也来到排练场,各自练习起来。野津离开排练场不过一会儿,就完全换了装,从里面走出来。

"品子,今天回家……我送你。"

"可是,没人伴奏呀。"

"放心吧。总会有人弹的。"野津把抱在手上的大衣穿上,说,

"从对面的镜子看见品子的影子,也知道品子很难过。"

品子以为野津只注意他镜中的舞姿,怎么会想到他竟留心着自己从远处映在镜中的脸色呢。

他们的车子朝着御成门的方向驶去,下了坡道,品子说:"我想顺道到家母的排练场去看看。"

野津却说:"我有好些日子没见令堂了。我也去可以吗?"

于是,他把车子停下来。

"前些时候,记不得是哪天了,我见到令堂,她谈过女芭蕾舞演员是结婚好还是不结婚好的问题。令堂说不结婚好。我说还是恋爱好吧……"

记得有一回指导跳双人舞的时候,品子曾听野津若无其事地说过这样的话:两人的舞蹈如此合拍,究竟两人是结成夫妻好还是成为恋人好,还是作为毫无关系的人好呢?

专心从事舞蹈事业的品子,突然介意起来,身体变得僵硬,动作也不灵巧了。她一拘谨,把身体托付给男子的舞蹈也就无法跳了。

女芭蕾舞演员以各种姿势将身体完全托付给男演员,诸如拥抱、托举、上肩或者抛接动作,等等。因此也可以说是用男女的身体,在舞台上描绘出爱的各种形象。

男主角甚至被看作"女主角的第三条腿",充当骑士的作用。相反,女主角作为恋人的角色,则同男主角融合在一起,把"第三条腿"当作自己身体的一部分。

品子还不是大泉芭蕾舞团的名演员或首席女演员,可是野津就乐意挑选她做双人舞的搭档。旁人也认为,两人恋爱结婚是自然的趋势。

品子是个姑娘,野津此时也许比两人婚后更熟悉她的身体。或许品子多少已经属于野津了。

然而,对于野津,品子在某些方面感受不到他是男性。

许是舞蹈惯了,许是因为品子是个姑娘吧。

由于是个姑娘,品子的舞蹈很难表现出风流的情调,被野津一说,她的身体突然变得僵硬了。

两人同乘一辆车子,品子觉得比两人一起跳舞更不自在。何况今天她不愿让母亲同野津见面。

品子不愿让野津看见母亲忧虑的面容,或者烦恼的阴影。再说她总惦挂着母亲的事,想独自去。

"真是一位好母亲啊。但是,一谈到女芭蕾舞演员结婚、恋爱的话题,令堂脑子里好像旋即浮现出品子的事,陷入沉思。"

野津的话,也使品子烦恼透了。

"是那样吗?"

波子的排练场没有灯光,门却是敞开着的。

波子没在屋里。

日暮时分，地下室昏暗，只有墙上的镜子发出暗淡的光。沿着对面的路，路灯的光投影在长长的高窗上。

空荡的排练场，冷飕飕的。

品子开亮了灯。

"没在吗？回去了吧？"野津说。

"嗯，不过，房间没上锁呀。"

品子到小房间里看了看。波子的排练服挂在那里。她摸了摸，冷冰冰的。

排练场的钥匙，波子和友子各执一把。一般是友子早到，由她开门。

友子不在，母亲将友子的钥匙委托给谁保管了呢？品子粗心，竟不关心母亲的排练场的钥匙。莫非友子不在带来的不方便，甚至波及钥匙了？

尽管如此，一丝不苟的母亲为什么竟忘记锁门就走了呢？品子深感不安。

今天是莫名其妙的日子。品子到父亲的房间里看了看，父亲不在。她来到母亲的排练场，母亲也不在。这些事凑在一起，使品子越发忐忑不安。

就像一个人刚刚还在，走后还有他的影子，这反而使人更觉得空虚了。

"妈妈会上哪儿去呢？"

品子照了照那里的镜子。她觉得母亲刚才仿佛还在镜中。

"哎呀，铁青……"

品子看见自己的脸色，不禁惊叫一声。野津在对面，她不好重新化妆。

品子她们排练出汗，几乎不涂白粉，口红也只是抹了薄薄一层。很少用化妆来掩盖脸色。

品子来到排练场，把煤气暖炉点燃。

野津靠在把杆上，目光追着品子说："不用生炉子了。你不是也要回去了吗？"

"不，我想等妈妈。"

"她会回来吗？那么，我也……"

"我不知道她会不会回来。"

品子把水壶坐在暖炉上，然后从小房间里把咖啡容器拿出来。

"是个好排练场啊。"

野津说着，环视四周。

"有多少学生呢？"

"六七十人吧。"

"是吗？前些日子我问了沼田，他说令堂春天也要举办表演会。"

"还没决定呢。"

"要是令堂登台，我们也想助她一臂之力啊。这里没有男演员吧？"

"嗯。因为没有招收男弟子。"

"在表演会上若是没有男演员，不觉得寂寞吗？"

"嗯。"

品子心里不安，连话都不想说了。

品子低着头倒咖啡。

"连在排练场也用成套银器皿。"野津很稀罕似的说，"排练场上全是女人，真干净。令堂用心真周到啊。"

这么说来，银器皿也很适用，收拾得干干净净的。可室内却没有大泉研究所那种蓬勃的朝气。那边的墙上，张贴着大泉芭蕾舞团几次公演的宣传画，装饰得很华丽。这边的墙上只挂着外国女芭蕾舞演员的照片，加以点缀。连从《生活》杂志上剪下来的照片，波子都工工整整地装在镜框里。

"我是什么时候观看令堂的舞蹈的呢？可能是战争刚爆发那阵子吧……"

"可能是吧。战争形势恶化以后，母亲也没有离开过舞台。"

"是和香山一起跳……"

野津试图追忆起当年波子的舞蹈。

"从现在来看,香山当年相当年轻。恰好是我这个年龄吧。"

品子只是点点头。

"他同令堂的年龄相差很大,看不出来啊。"野津压低声音说,"据说香山也经常和品子一起跳?"

"什么一起跳!那时我还是个孩子,根本谈不上什么一起跳。"

"那时品子多大?"

"最后同他跳?是十六岁。"

"十六岁?"野津回味似的重复了一遍,"品子忘不了香山吗?"

品子竟明确地回答说:"忘不了啊。"

这连品子自己也没有想到。

"是吗?"

野津站起身来,双手揣进大衣兜里,在排练场上踱来踱去。

"可能是吧。我是那样想的。我很理解。不过,香山已经不是我们世界里的人啦,是吧?"

"没有的事。"

"这么说,品子同我跳舞,也觉得是在同香山跳啰?"

"没有的事。"

"没有的事?两次回答都一样啊。"野津从对面径直冲品子走过来,"我等着可以吗?"

品子像是害怕野津靠近,摇了摇头。

"有什么可等的,这种……"

"但是,你应该知道,我是在等待着你啊。老早以前就……再说,香山不是你的情人吧?"

野津说"香山不是你的情人"。也许是那样的。

然而,品子纯洁的感情恰恰同野津这句话的意思相反。

野津还未来到品子身边,品子就霍地站了起来。

"香山先生即使什么都不是,也没有关系。我对别人……"

"别人?我也是别人吗?"野津喃喃自语,改变了方向,往旁边走去了。

品子望着墙镜映现的野津的背影,他的脖颈上围着一条米字格红围巾。

"品子还在做少女的梦吗?"

品子在镜中追逐着野津的身影。这时她感到自己的眼睛闪闪有光。不是因为野津,而是因为内心涌起一股拒绝野津的力量,同时也涌起一股要战胜自己内心寂寞的力量。

究竟是什么样的寂寞呢?品子总感到寂寞,身体也骤然绷紧了。

"我已经下定决心,在家母说我的舞蹈没有前途之前,我不考虑婚姻问题。"

"在令堂说你的舞蹈没有前途之前？同香山也……"

品子点了点头。

野津一直走到对面的墙边，回头望了望品子，品子在点头。

"是梦啊，真不愧是位小姐。这么一来，我和你跳舞，不就成了阻挠你结婚吗？小姐这种人给男人分派了不可思议的任务啊。"野津说着走了过来，"你在撒谎。你心中思念着香山，才说这种话。"

"不是撒谎。我想和家母在一起。家母为了我的舞蹈，整整倾注了二十年的心血。"

"我维护你的舞蹈……"

品子好像也点了点头。

"那么，我相信你的话了。你同我跳舞的时候，没想到要同香山结婚啰？"

品子皱起眉头，盯着野津。

"我爱你，你则爱香山。但是，你同我跳舞，这两种爱都受到抑制。这样，品子和我跳的双人舞是什么幻影呢？是两种爱的虚幻的流动吧？"

"不虚幻啊。"

"总觉得像是一个脆弱的梦。"

野津被品子闪烁的目光打动。他同刚才简直判若两人，神采飞扬。在咄咄逼人的美貌中,唯有眼睑带着几分忧愁。

"我边跳舞边等着。"

品子眨巴眼睛,微微地摇了摇头。

野津把手搭在品子的肩上。

品子回到家中,见高男的厢房亮着灯火,便呼唤:"高男,高男。"

从套窗里传来了高男的应答声:"姐姐回来啦。"

"妈妈呢?回来了吗?"

"还没有呢。"

"爸爸呢?"

"在家。"

传来了高男开门的声音。品子逃脱似的说:"好了,不用开门了。过一会儿再……"

庭院里已罩上了夜色。品子不愿让高男看见自己忐忑不安的神色。

门声沉静下来。但是,高男像是站在走廊上。

"姐姐,有一回你谈过崔承喜的事吧?"

"嗯。"

"《真理报》十二月三日刊登了崔承喜的文章。"

"哦?"

"也写了她女儿逝世的事。她女儿到苏联演出时,在莫斯科深受欢迎。崔承喜的讲习所拥有一百七十个学生。"

"哦。"

品子对崔承喜在苏联的报纸上发表文章的事,并不像高男那样津津乐道。她用不安的目光,扫视灰蒙蒙地映上冬日枯萎的梅枝影子的挡雨板。

"爸爸吃过饭了?"

"嗯,同我一起吃过了。"

品子没去自己的厢房,径直到正房去了。

品子想到今晚自己不是见到母亲之后才去看父亲,心里惴惴不安,反而不由自主地说了声"我回来了",似乎很难走进父亲的房间。

"爸爸,白天我到您房间里来了,以为您会在。"

"哦。"

矢木从桌前回过头来,把身子转向手炉的方向,等待着品子。

"爸爸。那幅一休的佛界、魔界是什么意思呢?"

"这个嘛……这句话真有意思。"矢木说罢,平静地看了看挂在壁龛里的墨迹。

"爸爸不在屋里,我独自观赏了一番,有点瘆人。"

"哦,为什么?"

"入佛界易,进魔界难,是这样读的吗?所谓'魔界',是指人间的世界吗?"

"人间世界?魔界?"矢木感到意外似的反问了一句,却又说,"也许是吧。这样也好。"

"像一个人那样生活,为什么是魔界呢?"

"所谓'像一个人',人在哪儿?也许净是魔鬼哩。"

"爸爸就是带着这种想法欣赏这幅墨迹的吗?"

"不见得吧。这里所写的魔界,还是魔界吧。是个可怕的世界。因为它比入佛界还难呢。"

"爸爸想入,是吗?"

"你是问我想入魔界吗?这样提问是什么意思?"矢木满脸和蔼的表情,温柔地微笑了,"如果品子在心中决定你妈妈入佛界,我进魔界也未尝不可……"

"哎呀,不是这样的。"

"'入佛界易,进魔界难'这句话,使我联想起另一句话,'善人成佛,况恶人乎。'不过,好像不是一码事。一休的话是排斥感伤情绪的,不是吗?排斥像你妈妈和你这样的人的感伤情绪,排斥日本佛教的感伤和抒情……或许这是严峻的战斗的语言。对、对,十五日会上,展出《普贤十罗刹图》,品子也去看了吧。"

"去了。"

北镰仓一个叫住吉的古董商的茶室,每月十五日都举行例会。旧家具商和茶道爱好者轮流烧茶，形成关东一种重要的茶会。

主人住吉是个美术商的元老，担任了东京美术俱乐部的主任。他有些地方像参禅和尚，淡泊风雅；有些地方比茶道师傅更精通茶道。十五日的茶会，就是靠这位住吉老人的人品支撑着。

因为相距很近，矢木三天两头去看《普贤十罗刹图》。这幅图早先挂在益田家的壁龛上。矢木也曾邀波子和品子去鉴赏过。

"那是你妈妈所喜欢的吧。十罗刹围着骑白象的普贤菩萨，都是穿着十二单衣的美女。形象跟当年宫中的仕女一模一样，是藤原时代华美感伤的佛画。大概可以看出藤原时代的女性趣味和女性崇拜。"

"但妈妈说过，普贤的脸只是美，并不那么稀罕。"

"哦。普贤是个美男子，却把他描绘得像个美女。就以阿弥陀如来自西方净土来迎的那幅《来迎图》来说，不愧是藤原所憧憬的幻影，还写有一句满月来迎。藤原逝世时，阿弥陀如来手中拿着一根丝线，藤原自己抓住了丝线的一头。《源氏物语》产生在藤原的时代，我年轻的时候调查了源氏，却是个野蛮的穷人的儿子，同藤原的风流与悲哀毫无缘分，是卑俗的。结果遭你妈妈讨厌了。"矢木瞧了瞧品子的脸，接着又说，"那幅《来迎图》上，来迎人间灵魂的佛爷们打扮得十分瑰丽，他们手持乐器，姿态像舞蹈。女人的美，在舞蹈中得到极致的表现，所以我没制止你妈妈跳舞。但是，女人不用精神跳，只是用肉体跳罢了。长期以来，我看你妈妈跳，她也是那个样子。女人与其当尼姑，不如跳舞更美。只此而已。你妈妈的舞蹈，不过是她的感伤，是日本式的……品子的舞蹈，不也是青春的幻想画，虚无缥缈吗？！"

品子想表示不同意，矢木无所谓地说："假如魔界没有感伤，我就选择魔界。"

正房里只有矢木的书斋、波子的起居室、茶室以及储藏室和女佣室。

后来只好将波子的起居室，充作夫妇的寝室。

这六叠的房间，从波子在乡间别墅的时代起，就给人一种女子房间的感觉。墙壁下部裱上了古色古香的锦缎片。说它古色古香，是指元禄以后江户时代武士家中的妇女礼服，或别的什么锦缎吧。

近来波子一躺下欣赏这些用彩丝刺绣的古色古香的花样，就感觉寂寥起来。这些古老的锦缎太女性化了。

波子拒绝矢木后，躺在床上很痛苦。

打那以后，矢木就不想再要求波子了。

矢木这个人早睡早起，通常是波子在后就寝。尽管如此，波子来睡之前，他总是睁眼说几句什么，然后才成眠。

深夜，在品子的厢房里，母女谈兴正浓，波子还是会说声"这时间你爸爸该休息了"，说罢折回正房。

她惦挂着等候着她、难以成眠的丈夫，这是长年累月养成的习惯。

即使波子去了寝室,矢木不作声,她也会思忖:他怎么啦?

现在这种习惯好像也变成了对波子的威胁。矢木在睡铺上说了句什么,波子会吓一大跳,紧紧蜷曲着身子,钻进被窝里。

"又不是罪人。"

波子心里嘟哝了一句,心情还是平静不下来。她似看非看地瞅了一眼矢木的睡相。自己究竟犯了什么罪呢?

波子又不能翻身,她等待着什么呢?是等矢木睡着还是等矢木要求自己?

他真的要求的话,波子大概又会拒绝吧。她害怕那种争执。然而,他一不要求,她又觉得不愉快了。

矢木入睡之前,波子难以成眠。

今晚波子在品子的厢房里谈天说地,到了丈夫睡觉的时间,她也不回正房去。

"听你爸爸说,你对壁龛里的挂轴有意见。"

"哎呀,爸爸说我有意见?"

"是啊。他说品子不喜欢,两三天前他换了一幅挂上。"

"噢?我只是问问那幅是什么意思。爸爸说了许多许多,我不太懂。他说妈妈和我的舞蹈是感伤的,这话真令人遗憾啊。"

"感伤?"

"好像是那样说的。说跳舞本身就是感伤的。"

"哦……"

波子想起十五年前曾听矢木说过，通过跳芭蕾舞，女子锻炼了身体，会使丈夫高兴。

波子还听丈夫说过：我二十年来，"除了你这个女人以外"，不曾触摸过任何女人。那时她不由得要躲避丈夫的胳膊。也许由于这个缘故，这句话听起来黏糊糊的，像要把人缠住般讨厌。

后来一想，正如矢木所说，作为男人，他的确是"不可思议的例外"。

难道"这个女人"——波子得天独厚，获得了这例外的缘分吗？

波子不曾怀疑丈夫的话。她相信是真的。可是今天，她没法觉得这是幸福的事情，总觉得心情很不舒畅。

这不是矢木性格异常的象征吗？波子直勾勾地凝视着丈夫，决心离开他。

"假如说我们的舞蹈是感伤的，那么我和你爸爸共同度过的这段生活也是感伤的啰？"波子说着歪了歪脑袋，"妈妈近来很劳累，不到春天，恐怕振作不起精神来。"

"是爸爸使您劳累，爸爸从魔界望着您呀。"

"从魔界？"

"一跟爸爸说话，不知怎的，我仿佛都丧失生活能力了。"品子把长长的秀发用丝带系上又松开，说，"爸爸是吃掉妈妈的灵魂才活着的呀。"

波子对品子这种说法惊讶不已。

"总之，似乎是妈妈背叛了爸爸。妈妈对你也要道歉……"

"爸爸是不是等待着大家都累垮呢？"

"不至于吧。但我决定不久的将来，把这所房子卖掉。"

"如果早点卖掉，能在东京修建一座讲习所就好了。"

"建立一座感伤的讲习所？"波子喃喃自语。

"可是，爸爸反对呀。"

深夜两点过后，波子才返回正房。

矢木已经进入梦乡了。

黑暗中，波子换了一件冷冰冰的睡衣。

尽管躺下，从眼睑到额头还没有暖和过来。

"妈妈，您就在我这儿歇一宿吧。爸爸已经睡着啦。"品子说。

"正因为这样，才被爸爸笑话，说是太感伤了。"

波子回到正房去睡觉，涌上了一股寂寞的情绪，像个年轻的姑娘似的想，要是能同品子两个人一直待到天明就好了。

她辗转不能成眠，仿佛害怕惊醒矢木。

早晨，波子醒来，矢木已经起床。这是从来没有过的。

波子吓了一跳。

深刻的过去

波子和竹原去四谷见附附近的旧居废墟的时候,正刮着风。

波子拨开比膝盖还高的枯草,一边寻觅当年排练场的基石,一边说:"钢琴就放在这附近啊。"

仿佛竹原应该知道似的。

"搬迁的时候,要是把它运到北镰仓就好了。"

"事到如今还说什么呢。已经是六年前的往事……"

"不过,眼下我是无法购买像施坦威那样大型的钢琴了。那架钢琴勾起了我对许多往事的回忆。"

"小提琴嘛,一只手提着就能出去,可是连那个也都烧光了。"

"是加塔尼牌吧?"

"是加塔尼牌。弓还是图尔特牌的呢。想起来真可惜。买这玩意儿的时候,赶上日币值钱,美国的乐器公司为了获得日元,把乐器运到日本来了。有时我也想起自己为了把照相机销到美国,还吃过苦头呢。"

竹原按住帽檐,背风站着,像保护波子似的。

"我一吃苦头,就想起那首《春天奏鸣曲》来。一站在这里,就可以听见从废墟上传来那首曲子的琴声。"

"对，同波子在一起，连我也仿佛听见来着。两个人用来弹奏《春天奏鸣曲》的两件乐器，也都烧光了。即使小提琴幸存，我也不能摆弄它了。"

"我弹钢琴也没有把握了。不过，现在连品子都知道在《春天奏鸣曲》中，有我和你的回忆。"

"那是在品子出生之前，是深刻的过去啊。"

"要是春天能举办我们的表演会，又在能勾起我同你的回忆的乐曲中舞蹈，我也想跳跳试试。"

"在舞台上跳得最欢的时候，要是又引起恐惧感发作，不好办呀。"竹原半开玩笑地说。

波子眼里闪烁着晶亮的目光。

"我再也不害怕了。"

枯草冷飕飕的，随风摇曳，西斜的阳光也为之摇摇摆摆。

波子的黑裙上晃动着闪亮的枯草的影子。

"波子，就是找到旧基石，也不修建早先那种房子吧？"

"嗯。"

"我请个相熟的建筑家来看看地点吧。"

"拜托了。"

"新房子的设计，也请你考虑一下。"

波子点点头，说："你说深刻的过去，是指被枯草深深地埋没了的意思吗？"

"不是这个意思。"

竹原好像找不到适当的言语。

波子回头望着残垣断壁，走到马路上。

"这堵墙不能用了。在盖新房之前，得把它拆掉。"

竹原说着也回过头来。

"大衣下摆上沾了枯草呢。"

波子抓住衣服的下摆，转过来瞧了瞧，首先掸了掸竹原的大衣。

"你转个身看看。"

这回是竹原开腔了。

波子的衣服下摆没有留下枯草。

"你对修建排练场下了好大的决心啊。矢木答应吗？"

"不，还……"

"这真难啊。"

"噢，在这儿修建，等将来建成，我们不知会变成什么样子呢。"

竹原默默地走着。

"我和矢木共同生活了二十多年，孩子也长大了，可这并非就是我的一生。连我自己都感到吃惊，仿佛自己有几个身躯。一个同矢木一起生活，一个在跳舞，还有一个也许在想你。"波子说。

西风从四谷见附的天桥那边吹拂过来。

他们在圣伊格纳斯教堂旁边一拐弯,外护城河的土堤上便迎面吹来一丝风。土堤的松林也发出一阵松涛声。

"我想成为一个人,想把自己的几个身躯统一成一个人。"

竹原点点头,望了望波子。

"你能不能跟我说一声'同矢木分手吧'?"

"关键就在这里。"竹原接过话头说,"我嘛,刚才就在考虑,如果我同你不是老相识,而是最近才初次相遇,事情会怎样呢?"

"啊?"

"我说深刻的过去,大概也是因为脑子里有这种想法吧。"

"现在同你初次相遇?"

波子疑惑似的回头望了望竹原。

"我讨厌这种事。这不可想象。"

"是吗?"

"真讨厌,已经四十开外,才初次遇见你……"

波子的眼睛流露出悲伤的神色。

"年龄不是问题嘛。"

"不!我不愿意这样。"

"问题是深刻的过去。"

"可不是嘛,如果现在才初次相会,你大概连瞧也不瞧我一眼了吧。"

"你是这么认为的吗,波子?我也许会相反。"

波子仿佛胸口挨扎似的站住了。

他们来到了幸田旅馆附近。

"那番话,留待我以后再详细请教吧。"

波子想进旅馆,却若无其事地掩饰了一番。

"你这副脸,不显得凄凉吗……"

长廊的半道上,摆着一个百宝架,陈列着鲁山人的陶器,还有许多仿志野和织部的作品。

幸田旅馆使用的全套餐具,都是鲁山人的作品。

波子站在百宝架前,欣赏着仿九谷的碟子。那里的玻璃,隐约照见自己的脸。眼睛映得特别清晰。她觉得还闪闪发光。

花匠在走廊尽头的庭院里铺上枯松叶。波子从那里向右拐,又往左拐,然后从汤川博士住过的"竹厅"后面走到庭院,对女佣说:"据说矢木先生来的时候,是住的那间房子。"

他们被领到厢房去。

"矢木什么时候来住过呢?"竹原边取大衣边探问。

"我从高男那儿听说,好像是从京都回来时顺道来的。"

波子从脸上一直摸到脖颈。

"被风一吹,都粗糙了……对不起,我离开一会儿。"

波子在盥洗间里洗完脸,到套间的镜子前坐下。她一边麻利地施淡妆,一边寻思:正像竹原所说的,倘使两人现在才初次相会……然而,自己无论如何也无法那样想。

他们两人来到旅馆里面的厢房,没有显出什么不安的样子。可能是因为关系亲密,或者这是一家熟悉的旅馆吧。

波子脑海里浮现出矢木也曾来过这栽满竹子的庭院对面的房间。这种浮想联翩,使她同竹原在一起的不安平静下来。

在矢木来这家旅馆之后,一段短暂的时间,波子曾被罪过的恐惧追逐,身体像一团燃烧的火。如今这种感觉也消失了。

想起这些,波子脸上泛起了红潮。她又一次打开粉盒,重施浓妆。

"让你久等啦。"

波子折回竹原那里。

"煤气味一直传到对面呢。"

竹原瞅了瞅波子的妆容。

"变得漂亮了……"

"你说过还是像初次相会那样好。"波子说着嫣然一笑,"我想继续方才的话,请教请教。"

"是深刻的过去?就是说,倘使是初次相会,我想我会更加不顾一切地把波子夺过来……"

波子耷拉下头，心潮澎湃。

"再说，从前我不能同你结婚，也很悲伤啊。"

"对不起。"

"不，我已经没有怨恨和愤懑了。而是相反。你和别人结婚，二十多年后又这样相会。想到这些，深刻的过去……"

"深刻的过去，你说过多少遍了？"波子抬起眼睛问道。

"也许过去让我当了旧道德家。"竹原这么说了一句，又重新考虑似的说，"这种感情从深刻的过去一直维持到现在，没有泯灭，它约束着我。彼此都结了婚，又这样相会，似乎很不幸，其实说不定是幸福的。"

波子仿佛现在才想到竹原也结婚了。竹原的婚姻，同波子的婚姻不同吧，莫非竹原不希望自己的家庭被搅乱？

竹原或许也害怕在婚姻中幻灭？同波子之间的感情太深，幻灭就会到来。

波子像是只能接受竹原的抛弃了。然而，就算没有过去的回忆，两人是初次相会，竹原那种像感受到爱一般的口气，也仿佛拯救了现场的波子。

"打搅了。"女佣招呼了一声，便走了进来，"风很大，我把挡雨板拉上吧。"

这间厢房没有装玻璃门。

女佣依次拉出挡雨板的当儿,波子也望了望庭院,只见低矮的竹子在摇曳,把叶子背面都翻过来了。

"黄昏了吧。"竹原将双肘支在桌面上,"我的话让你悲伤了吗?"

波子微微点头。

"我没想到啊。就说你吧,和我在一起的时候,也经常会引起恐惧症发作嘛。"

"我说过,我已经不害怕了。"

"我看见你害怕的样子,心里很难过。我好像醒悟过来:啊,不行啊……"

"我觉得那不就是爱情的发作吗?"

"爱情的发作?"竹原像要理解透彻似的说了一遍。

波子仿佛感到突然发作的爱情真的又贯穿全身,不禁颤抖起来。她腼腼腆腆,显得十分娇媚。

"就是说,正好相反。我说是相反的心情,你应该理解。你想想,以前是我让你同别的男子结婚的。尽管实际上不是我让你这样做,而是你自己这样做的,可是从我的角度来看,也可以这样说吧。因为我没有把你夺过来,只是观望……我过分尊重你,我没有信心使你幸福。这是年轻男子容易犯的错误。错也有错的好处,一直以来,通过深刻的过去,我这个人也看到了光明……我想在其他问题上,我并不胆小,也不卑怯,怎么竟能那样在暗中珍惜你呢。"

"你对我的珍惜,我心里很明白。"波子老实回答。

波子半敞开心扉,感到有点踌躇。就是全敞开,竹原也未必会闯进来吧。

"真奇怪,我们这样坐着,我就像先前某个时候已经和你结婚了。"

"啊?"

"这种亲切感已经渗透我的身心。"

波子用目光表示了同感。

"毕竟是由于深刻的过去啊。"

"我错误的过去?"

"不一定是这样吧。因为我们彼此都没有忘却……大概是去年,你曾在信上写了和泉式部的歌寄给我。"

波子腼腆地说:"你还记得吗?"

相思徒然空结缘,
问君两者孰为胜。

这首歌,波子是在《和泉式部集》里发现的。

"这首歌通篇都是大道理……"

"你说过要同矢木分手,可过去整整二十年了。婚姻真可怕啊!"

眼看波子变了脸色。她觉得竹原是在说她生了两个孩子。

"你欺负我吗？"

"听起来像欺负你吗？"

"我的心胸变得狭窄了，我是浑身在颤抖呢。竹原你气量大，才能观察到深刻的过去。"

竹原向波子吐露了衷情。波子总有些怀疑，感到心神不定。

竹原好像在等待波子哭泣或偎依过来。由于这个缘故，波子没有抽泣，也不能靠过去。然而，她看到竹原气量大，变得更加焦灼和难过了。

情人说了浑身在颤抖，他为什么不过去拥抱她呢？

波子并没有失去判断能力。

今天同竹原相会，实际上是因为有事，是为了和他商量把房子卖掉、修建排练场的事。竹原也来看了看旧址，并且在附近的幸田旅馆吃了饭。

况且竹原已有妻室，波子也没同矢木分手。

在这家熟悉的旅馆里，可能会犯错误。但波子起初并没有想到。

再说，波子大概不会拒绝竹原吧。她已经感到自己随时随地都属于竹原了。

"你说我气量大？"

竹原反问了一句。

用过晚餐,波子在削苹果的时候,传来了教堂的钟声。

"这是六点的钟声啊。"

钟鸣时,波子停住了刀。

"天擦黑,风也停了。"

波子把削好的苹果放在竹原面前。

"我一定要去见矢木。"竹原说。

波子出乎意料地问道:"为什么?"

"波子,不论是修建排练场,还是要同矢木分手,你自己都没法解决吧?"

"我不愿意。那我不愿意。你别去见他……"波子说着,摇了摇头,"我来办吧。"

"不要紧。我作为你的朋友去会见他。"

"那我也不愿意。"

"波子,你也许需要代理吧。我觉得事情很难办,但是有心去探看一下矢木的真面目,看他是什么态度。"

"那……北镰仓的房子是在谁名下的呢?"

"家父的遗产,一直是在我的名下。"

"不会瞒着你篡改吗?"

"矢木？不至于到那个程度。"

"为慎重起见，还是调查一下吧。我不了解矢木的为人。我觉得总有一天，为了你，我要同矢木辩明是非，现在是不是时候，我还没从你那儿弄清楚……"

"弄清楚？"

"你不是问过我：你怎么不对我说声'同矢木分手吧'。真的可以分手吗？"

"早就分开了。"

波子像被套出来似的。她说罢，顿时羞得满脸通红。

竹原猛醒过来，争辩似的说："尽管如此，今天我也到你家……"

波子依然耷拉着脑袋，轻轻地摇了摇。

竹原窒息般地沉默了一阵子。

"我是想以你的朋友的身份去见矢木，因为作为你的情人去，就无法说话了。"

波子抬起脸，盯着竹原。

她那双大眼睛噙满了泪水，依然盯着他。

竹原站起身，搂住波子的肩膀。

波子做了一个要离开竹原的动作，可一触到竹原的胳膊，指尖陡地颤抖起来，然后又让那双麻木的手，轻柔地滑落在竹原的手上。

竹原要回去了，波子还要留在幸田旅馆。

"我一个人不能回家，得把品子叫来，和她一起回去。"波子说罢，往大泉研究所打了电话。品子还在那里。

"我一直待到品子来吧？"

波子稍稍考虑了竹原的话，说："今天，你还是别见她。"

"连品子也不可以见吗？"

竹原边笑边安慰似的看了看她。

波子把竹原送到大门口，望着竹原的车子启动后，她忽然又想紧追上去。

为什么不同竹原一起从这儿出发呢？

波子觉得不能回到矢木那儿去了。她刚才感到奇怪，竹原为什么回家呢？现在她又把这件事忘却了。

波子独自一人留在房间里，无法平静下来，她听从了女佣的规劝，到旅馆澡堂洗澡去了。

"深刻的过去……"

波子反复回味着竹原的话。在温乎乎的浴池里，她只感受到过去已经丧失了。虽然自己现今已经四十开外，可触到竹原的手时那份喜悦的心情，同当年年轻的时候并没有什么不同。波子闭上眼睛，恍如他紧紧地抱住了自己，觉得自己像年轻的姑娘一般。

"小姐来了。"

女佣通报来了。

"哦?我马上就洗好,让她在房间里等一会儿。"

品子没脱大衣,在暖炉前随意地坐下来。

"妈妈?我以为您怎么啦。来了一看,听说您洗澡去了,我也就放心了。"品子仰望着波子说,"妈妈,您一个人?"

"不,竹原刚才还在。"

"是吗?已经走了?"

"我给品子打电话以后不久。"

"那时候还在吗?"品子纳闷似的问道,"您只说让我到这儿来,就把电话挂断了,我很担心。"

"谈到修建排练场的事,就请他去看看地点。"

"噢。"品子快活地说,"妈妈打起精神来了。我也想去看看呢。"

"今晚歇一宿,明儿去看,好吗?"

"住在这儿?"

"倒不是打算住在这儿,不过……"波子吞吞吐吐,她避开了品子的视线说,"妈妈不愿一个人回家,所以把你叫来。"

"妈妈不愿一个人回家?"

品子只是轻声反问了一句,又深锁眉头,神情格外严肃。

"与其说不愿意,不如说难过啊,仿佛不可饶恕似的。"

"是父亲吗?"

"不，是自己。"

"哦？对父亲？"

"是啊，也许是对自己。自己是不可饶恕的。这是不是真有其事，妈妈也不知道。表面上是责备自己，其实是寻找借口为自己开脱。"

品子似乎重新思考着什么。

"今后妈妈到东京来，我都陪妈妈回去好了。"

"妈妈像个小孩子啰。"波子笑了笑，"品子。"

"回家竟使妈妈感到难过，我倒没想到会到这个程度。"

"品子，妈妈说不定要同你爸爸分居。"

品子点点头，抑制住心潮的起伏。

"品子你觉得怎么样？"

"我觉得很悲伤。但我以前就想过，并不那么震惊。"

"妈妈太不理解你爸爸啦。从一开始就不理解。尽管不理解，却能生活在一起，但这个时期也许已经结束了吧。"

"是理解了才不能继续生活在一起，不是吗？"

"不知道。同不理解的人在一起，自己也变得什么都不理解了。妈妈同你爸爸这样的人结婚，不知怎的，好像是同自己的幽灵结婚似的。"

"我和高男都是幽灵的孩子？"

"这不一样。孩子是活生生的人的孩子，是神的孩子。你爸爸不是说过嘛，如果妈妈的心像现在这样离开你爸爸，那么生下品子和高男不也是坏事吗？这是幽灵的话啊。对我们不适用吧。也许为了消愁解闷，活下去就是人的一生。可是，这样生活下去，妈妈最终也会被当作幽灵啊。尽管说是同你爸爸分手，却不仅仅是两人的事，也是品子姐弟的事啊。"

"我倒没什么，只是高男……高男很想去夏威夷，是不是等高男离开日本之后……"

"是啊。就这么办吧。"

"不过，爸爸一定不会放走妈妈。"

"妈妈似乎也让你爸爸相当痛苦。你爸爸和我结婚，完全是你奶奶的意志，你爸爸一直努力用自己的意志去贯彻你奶奶的意志。"

"那是因为妈妈爱着竹原，才会有这种想法吧。"

"妈妈和爸爸分手，爱另一个人，我作为女儿，觉得很难接受。爸爸问过我：妈妈同竹原继续来往好吗？我说：好。我这样回答，是因为觉得爸爸问得太残忍了。高男则说：不希望爸爸问我这个问题。他到底是个男子汉。"品子压低声音说道，"虽然竹原是个好人，我并不觉得意外……不过，承认妈妈的爱，这好像我进了魔界一样。所谓'魔界'，就是以坚强的意志去生活的世界吧。"

"品子……"

"妈妈和竹原幽会,又把我叫来,这不说了。我倒无所谓。即使将来远离妈妈,也会想起今晚妈妈叫我来的事。"品子噙着眼泪,她不好问:与竹原在一起,您也感到寂寞吗?

"为什么要叫品子来呢?"

波子顿时哑口无言。

莫非波子为了摆脱同竹原在一起时涌上来的某种情绪,才给品子打电话?

波子和竹原就这样在一起,不想分离,也不想回家,在要拥抱的喜悦中,包含着辛酸的悲伤,仿佛无法把自己支撑起来。是某种无地自容的思绪促使她把品子叫来的吧。

假如竹原没有拥抱波子,波子的脑海里恐怕不会浮现出品子。

"我希望同你一起回家啊。"波子只是这样回答。

"回家吧。"

来到东京站,横须贺线的列车刚刚发车,她们等了二十分钟。

她们坐在月台的长椅子上。

"妈妈就是同爸爸分居,大概也不能同竹原先生结婚吧。"品子说。

"是啊。"波子点点头。

"同品子两个人生活,妈妈也只有跳舞……"

"当然啰。"

"我想爸爸绝不会放弃妈妈。高男可能去夏威夷,爸爸说他也要出国,恐怕是空想吧。"

波子一声不响,只顾凝望着对面月台移动的火车。

火车启动后,可以看见八重洲口那边的街灯。品子也许是想起来了,开始谈论在波子的排练场里同野津相会的事情。

"我拒绝了。不过,还是要同野津跳舞的。"

翌日是星期天,下午波子在家中排练。

午饭后,女佣来传话说:"竹原先生来访。"

"竹原?"矢木有些落寞地望了望波子,"竹原来干什么?"

他又冲着女佣说:"你去告诉他,太太不想见。"

"是。"

品子和高男紧张地屏住气息。

"这样做行吧?"矢木对着波子说,"要见在外面见,这样不是更自由吗?干吗要厚颜无耻地到我们家里来呢?!"

"爸爸,我觉得这不是妈妈的自由。"高男结结巴巴地说。他放在膝上的手在颤抖,细小脖颈上突出的喉结微微地颤动。

"哼,就算是你妈妈,但凡还没忘了自己的所作所为,就不能自由吧。"矢木挖苦地说。

女佣又折回来说:"客人说不是要见太太,是想见老爷。"

"想见我?"矢木又望了望波子,"要见我,就更要回绝。你说我没有必要见他,没有约好今天见。"

"是。"

"我去说。"

高男说着利索地将长发往上拢了拢,走到大门口去了。

品子把视线从父母身上移开,投向了庭院。

满院几乎都是梅花。这是离家稍远,靠山种植的。檐前只种了一两株。

靠近品子厢房的走廊,种有瑞香花。仔细一看,结着坚硬的蓓蕾。梅花不知怎么样呢。

品子仿佛听见母亲的呼吸声,胸口堵得慌,几乎呼喊出来。她打算出门,穿了一身洋装,无意中系错了扣子。

高男踏着响亮的脚步声,走了进来。

"他回去了。他说要去学校见爸爸,问了爸爸上课的时间。"高男说罢,盘腿坐下。

矢木问高男:"他有什么事?"

"不知道。我只让他走。"

波子一动不动,她的身体好像被紧紧绑住一样。随着竹原的脚步声远去,她感到矢木的目光逼近。竹原这两天就来,她是万万没有想到的。

品子悄悄地看了看手表,默默无言地站起身来。她早已打扮好,便匆匆地走出家门。

电车每隔半小时一趟，竹原肯定还在车站。

竹原在北镰仓站的长站台上，低着头来回踱步。

"竹原先生。"

品子从木栅栏外呼唤。

"啊？"

竹原吓了一跳，停住了脚步。

"我现在就过去。离电车发车还有一段时间……"

品子急忙从小路上走过去，竹原也随之从轨道对面的站台向检票口走过来。

可是品子站在竹原面前，竟哑口无言了。她满脸绯红，变得拘拘谨谨的。

她拎着一个口袋，里面装了排练服和芭蕾舞鞋。

竹原在想：可能发生了什么事，品子才紧追上来的吧？

"是去东京吗？"

"嗯。"竹原边走边说，却不瞧品子一眼，"方才我去府上了，你知道吧？"

"知道。"

"我本想见见令尊……但是，没能见着。"

上行的电车驶过来了。竹原让品子先上车，彼此面对面地坐下。

"能不能给令堂捎个口信,就说名义还是改变了……"

"啊?名义?什么名义?"

"你这么说,她就明白。"竹原脱口而出,转念又说,"反正你早晚会明白的。是房子所属的名义。我是为了这件事来同令尊谈的。"

"啊?……"

"你是站在母亲一边吧?无论发生什么事情……令堂的人生意义在于今后,如同你的前途在于今后一样啊。"

电车到达下一站——大船站。

"我在这儿告辞了。"品子说罢霍地站起来。

驶往伊东的湘南电车,同这趟车交错进站了。

品子直勾勾地望着,一跃跳上车厢,翻滚的心潮很快平静下来。

刚才竹原来到大门口,父母坐在茶室里,品子受不了那种令人窒息的空气。她感受到母亲的心情,像是要从痛苦中喷出血来似的。

因此品子才出门追赶竹原的。她一见到竹原,又不好意思,羞涩得难以自容。她本想替代母亲转告什么,却又说不出话来。

为什么要来呢?品子如坐针毡,便在大船站下了车。

乘上湘南电车,也是突然决定的。品子一想到要去见香山,便天真地使心神沉静下来。

残疾军人在大矶一带募捐。品子茫然地听着他们那带刺的演说腔调。

"诸位,不要给残疾军人捐款。捐款是禁止的……"另一个声音说。

乘务员伫立在站口。

残疾军人停止了演说,踏着金属假腿的脚步与品子擦肩而过。他从白衣服里伸出一只手,也是金属骨骼的假手。

品子从伊东站乘上了东海一路公共汽车。到达下田得花三个小时,路上将是日暮时分了。

附录

《睡美人》解读

叶渭渠

　　《睡美人》和《一只手臂》，可以说是《千只鹤》和《山音》的"放荡精神"的外延。

　　《睡美人》描写一个丧失了性功能的六十七岁的江口老人，经人介绍，五次来到一间密室——"睡美人俱乐部"，爱抚六个服安眠药后熟睡的年轻女子和未成年的少女。老人自己有时也服用小剂量安眠药，使自己处在半昏迷半清醒状态，企图从睡美人的睡态中捕捉自己所追求的虚无的美。江口老人身心已经衰老，对性有渴求，而又受到了毫无自信的困扰，由此引起无限的妄想和狂乱的追忆。特别是由于另一老人因官能的刺激，兴奋而丧生，以及其中一个睡美人服用过量安眠药而死亡，江口老人便净做好色的梦和死亡的梦。作者在作品里对原始的情欲描写是很有节制的，更没有对性生理现象做细节性的描写。小说开篇就设置了一条禁律，叮嘱江口老人不要搞恶作剧。所以，作家让老人通过视觉、嗅觉、触觉、听觉等手段来爱抚睡美人，只不过是以这种形式来继续其实际不存在的、抽象的情绪交流，或曰生的交流，借此跟踪过去的人生的喜悦，以求得一种慰藉。这是由于老人既天性地要求享受性生活，而又找不到爱情与性欲的支撑点而苦恼，排解不了孤独的空虚和寂寞而感到压抑。这种不正常成为其强烈的、欢欣的宣泄缘由，并常常为这种"潜在的罪恶"所困惑。

所以，川端康成笔下的江口老人流露出来的，是一种临近死期的恐怖感、对丧失青春的哀怨感，同时还不时夹杂着对自己的不道德行为的悔恨感。睡美人完全失去除了肉体以外的一切，成为一具没有灵魂的躯壳，一个植物人，老人在她们身边，她们是无从知晓的。睡美人和老人之间的关系既没有"情"，也没有"灵"，更没有实际的、具体的人的情感交流，甚至连眼神的交流也没有，完全是封闭式的。老人只是在睡美人的身边引出对过往爱恋的回忆，忏悔着过去的罪孽和不道德。对于老人来说，这种生的诱惑，正是其生命存在的证明。大概作家要表达的是这样一个性无能者的悲哀和纯粹性吧。老人从生的愿望的复苏到失望，表现了情感与理智、禁律与欲求的心理矛盾，展现了人的本能和天性。而作家的巧妙之处，在于他以超现实的怪诞的手法，表现了这种纵欲、诱惑与赎罪的主题。另外，作家始终保持这些处女的圣洁性，揭示和深化睡美人形象的纯真，表现出一种永恒的女性美。所以，老人对于睡美人不是出于一种粗野的欲望，而是文静地进出生命的原始渴求和力量。可以说，这是生的主旋律，也是生的变奏曲。

《舞姬》解读

叶渭渠

战后川端康成的纯文学作品或多或少地反映了时代的波澜。同他战前的作品相比,有了新的探索和新的创造。其中《名人》和《舞姬》积极反映了棋艺家、艺术家对艺术事业的执着追求,以及对应有的艺术思想和艺术道路的探索。

《舞姬》从1950年12月12日起,至翌年3月31日止,在《朝日新闻》上共连载109天。这是川端康成在战后发表的第一部长篇小说。它以一个芭蕾舞演员在婚姻问题上的曲折经历和对舞蹈艺术的执着追求为情节线索,深刻揭示了战后在日本民主化进程中,日本家庭生活里封建意识与民主思想的矛盾和冲突。

日本封建社会延续了八百年。1868年明治维新,资产阶级民主革命并不彻底,仍然带着浓厚的封建性,后来日本走上封建军国主义的道路。封建势力和封建意识在日本社会是根深蒂固的。战后,根据《波茨坦宣言》,日本进行了一系列民主改革。政治上,制定《日本国宪法》,改半封建的天皇制为君主立宪制,建立了资产阶级议会制的政体。在经济上,解放财团,力图对资本垄断做某种限制,实行土地改革,废除了半封建的地主所有制。在社会生活上,取消了封建家长制、家族制和身份等级制等等。特别是战后日本民族民主革命运动空前发展,民主主义思想得到普遍的传播,在民主改革和民主运动浪潮的冲击下，战前依靠封建传统伦理观念支撑的家庭关系，战后也开始发生了动摇和变化，逐渐走向崩溃。《舞姬》虽然没有从正面叙述战后转折期这种新旧思想、新旧观念复杂交错的社会情态，但它的故事是放在这一历史背景下铺叙的。

小说描写了主人公波子及其丈夫矢木、女儿品子、儿子高男，以及年轻时代的恋人竹原、学生友子等几个主要人物，围绕着他们的婚姻爱情、生活与事业中出现的各种思想矛盾而展开冲突。通过具有朦胧的民主思想的波子和品子，向封建意识浓厚的矢木做的抗争，反映了新思想向旧传统发起的挑战。

女主人公波子年轻时同竹原相恋，并在竹原的热情帮助下，修建了自己的排练场，从事自己心爱的事业。他们虽然产生了感情，但竹原觉得艺术家一旦结婚，"她的幸福就只能在结婚生活中寻求"，因为他没有信心使波子得到幸福，从而回避了同波子结缘，以致铸成了不可挽回的"错误的过去"。后来波子同矢木结婚，双方都是秉承家长之命而成亲的，她完全不了解矢木，矢木也完全不了解她，只是"努力用自己的意志"去贯彻母亲的意志。他们的结合既没有感情基础，更谈不上共同的理想和信念。矢木认为，女的天职就是伺候丈夫、生儿育女、操持家务，因而对妻子一味苛求，常发怨声。他甚至瞒着妻子私下存款，偷偷将妻子的房子产权改到自己的名下，在家庭生活中处处独断专行，摆出一副大男子主义的面孔，要妻子百依百顺。波子面对丈夫的自私、狡猾、卑俗和封建意识，面对毫无爱情的家庭生活，感到疑惑、失望、悲伤。她觉得同矢木生活在一起，是"在没有爱情的地方描绘爱情，爱情幻灭的恐惧"。她不满这种没有爱情的婚姻，希望得到真正的爱情。她厌倦了这种不能独立自主的家庭生活，可是，由于旧的世俗观念及其自身的文化心理的局限，又难以超脱封建伦理道德的拘囿。她不满、彷徨，有时也呐喊和抗争，却没有燃起更加炽热的反抗的火焰。婚姻的羁绊成了梦魇般压在她心上的精神重负，她没有勇气同传统的封建道德决裂，只好选择了婚外的恋情。她明知竹原已有妻室，即使自己同丈夫分居、离婚，也不可能同竹原结合；她也明知同竹原继续保持若即若离的关系是"不合法的"，但她仍不断地同竹原幽会，依恋着昔日的情人，以此寻找精神上的寄托，给自己的事业带来一点支持的力量。

矢木竭力维持封建家长制，巩固封建家族主义。他与企图冲出封建家庭牢笼的波子的矛盾冲突波及整个家庭和家庭生活，时时泛起涟漪，有时还掀起轩然大波。女儿品子是个具有民主思想的新女性，她一方面责备母亲同竹原的不正常交往，另一方面又感到母亲的心情已痛苦到要喷出血来似的，认为父亲对待母亲"太残忍"，母亲是父亲的"牺牲品"。于是，她勇敢地向封建观念挑战，公开批评父亲"是吃掉妈妈的灵魂才活着的"。儿子高男多少受到男尊女卑思想的影响，虽然对父亲有所不满，但在对待婚姻与爱情问题上，他竭力维护旧的传统观念，觉得母亲背叛了父亲，常常站在父亲一边。

生活与事业之间，无论在什么时候都是存在矛盾的，无论在什么地方都是不能回避的现实问题。在男女还没有完全平等的社会里，妇女在这个问题上的矛盾就更加突出。波子是个事业型的女性，而不是生活型的女人，她很有事业心，为了自己的芭蕾舞事业，她不顾丈夫的苛责，决心不生第三个孩子，以便把更多的时间和精力放在事业上。她本人由于战争的关系，失去了艺术青春，但她把自己的全部热情和心血倾注在她的女儿品子身上，尽力把品子培养成一个出色的芭蕾舞演员，以完成自己未竟的梦。她觉得她的学生友子很有才华，不愿让友子牺牲一生中最宝贵的时间来担任自己的助理教练，便劝友子去芭蕾舞团工作,以便友子得到更多的舞蹈实践的机会,充分发挥她的才能。无论是训练品子还是教授友子,她都是一丝不苟、严格要求。就是在战争的岁月里,她也让品子和友子悄悄地继续苦练舞艺,她这样做,别无他求,只是希望芭蕾舞艺术延续下去,使这一艺术之花得以永存。在母亲的启发和教育下,品子也十分热爱自己的艺术事业。她由于战争失去了留学的机会,虚度了学习的年华。为了专心从事舞蹈工作,品子二十多岁了,仍不考虑自己的婚姻问题,拒绝自己舞伴的求爱,甚至表示将来即使结婚,也不生孩子。总之,她把自己的婚姻、成就、生活,一切的一切都同母亲和舞蹈事业联系在一起,真心实意地为此做出牺牲。

作者笔下的矢木又是怎么对待妻子、女儿所热爱的舞蹈事业的呢?由于封建意识在他的头脑中作祟,他自己醉心于古典文学的研究,却把妻子、女儿从事的舞蹈看成"肉体的表演","通过跳芭蕾舞,女子锻炼了身体"。他不让妻子修建舞蹈研究所,责怪妻子为了舞蹈事业不再生孩子,甚至不满妻子排练用电多。总之,他不理解、不关心、不支持妻子的事业,相反要妻子牺牲自己的舞蹈事业,回到厨房做一个旧式的"贤妻良母",以此来支持自己的事业。波子热爱生活,更热爱事业,她把事业置于生活之上,这必然会加深同没有爱情的丈夫之间的矛盾,使自己处在事业与爱情的双重危机和双重煎熬之下。作家把事业、生活和爱情的冲突引向更深一步,意在说明封建意识正是妇女处理事业与生活、婚姻与爱情关系困难重重的根源所在,并进一步探索艺术家应有的艺术思想和艺术道路,表现了艺术的力量可以战胜爱情,战胜邪念,乃至战胜一切,深化了主题思想。从这个意义上说,这种战后生活的反映是真切的,是含有一定的生活哲理的。 而且,作家对于波子为了追求自己的事业而承受与丈夫离异的痛苦是深表同情的。

　　川端康成还通过描写波子的学生友子对待生活与事业的错误态度来加以烘托。友子爱上了一个四十开外的有妇之夫，她为了挣钱给情人的儿子治病，决计放弃自己的理想，离开了波子去浅草当脱衣舞娘。友子这个轻率的决定，对于波子无疑是一个沉重的打击。波子悲伤之余，为了解救友子，阻止她走上这条堕落的道路，把自己的戒指送她，还准备早日卖掉自己的房子给她一点接济。品子愤愤批评友子的轻率行为，称其是"道德败坏"，是"不贞洁的人"，并且提出了这样一个令人深思的问题："难道这也是女人爱的献身、爱的牺牲吗？"然而，友子的回答却是："如今时兴讲所谓自由、自由，我也有自由把我的自由献给我所爱的人，这样做是我的自由。我也有所谓信仰的自由啊。"这反映了战后日本一些年轻人受到西方生活方式的影响，一旦冲破封建的束缚，不能正确理解自由的意义，找不到正确的生活道路。同时也说明作家是有意通过品子和友子的言行来表达自己的道德伦理的正确的一面，以及说明西方文化熏陶与历史文化分离之间的联系，这同他在某些作品中所表现的违背道德伦理的思想是相悖的，似乎也可以从中看到川端康成创作思想的矛盾性和复杂性吧。

　　川端在《舞姬》里通过创造这几个艺术形象来抒发自己的情怀。他花较多的笔墨把那个时代日本妇女的娴雅、温顺、脆弱而哀婉的性格特征都集中在波子身上，使这个人物自始至终贯穿着日本传统文学的"悲哀情感"，从中捕捉最感人心灵的最哀伤的东西来加以抒发。当波子悟到自己背着丈夫同竹原幽会违背了伦理道德，触到自己灵魂的丑恶时，心中愧疚，带着畏惧的心情回到家中，心神不定，顾影自怜。这种场面的描写，准确地揭示了波子内心深处种种隐微的曲折情感：感伤的情绪、动荡的心理和缥缈的性情，把性格怯弱而命途多舛的这个人物的形象，惟妙惟肖地描画出来了。作家还从不同角度镂刻了矢木的冷酷寡情，高男的彷徨空虚，品子的刚强爽朗，竹原的优柔寡断，友子的单纯幼稚。作家还以精雕细琢的笔触，明显地表现出波子和品子之间的细微差别，品子柔中带刚，温顺中带着庄重，她的温柔和温顺很像波子，而她的刚强和庄重则是波子所不及的。品子性格奔放、外向，而波子性格含蓄、内向。为了突现他所同情的人物，作家把波子放在前面，把矢木作为背景的这种表现手法，也是成功的。

《舞姬》同川端的其他小说一样，往往通过这些人物所处的环境创造一种艺术气氛，给读者以一定的感染；或者运用象征、比喻的手法刻画艺术形象，形成一种蕴藉含蓄的美，让读者的想象驰骋。作家写皇宫护城河里白鲤鱼游弋，暗喻女主人公不吉利的生涯；写波子和竹原看见河中的一条白鲤鱼孤零零地待在一个角落里，纹丝不动，联系两个"孤独之身，同病相怜"，实际上是以白鲤鱼作为美的、虚幻的象征。写河边岸柳，一侧树叶微黄，没有凋落；一侧叶落满地，成为秃树，以及日比谷公会堂前的几株银杏树的凋黄程度也因树而异，慨叹"树木也有各自的命运"，象征着主人公各自不同的遭遇，以及波子对人生的梦的破灭。作家还以波子家的挡雨板上朦朦胧胧地落下冬日枯萎的梅枝的影子，创造出淡淡的哀愁气氛，以此来象征这个家庭的衰败和崩溃。

作家在一些地方还以譬喻来表达自己隐蔽的见解，如矢木因为恐惧战争与革命，而联想起尼金斯基的生涯落得悲惨的下场，以"如今就像是冰封的冬天的湖一样。也许把冰凿开，探到湖底，已经什么都没有了"的象征描写，表现战争与革命的不幸、破坏和死亡，婉转地表达作者本人对战争与革命的看法。又如波子因为对芭蕾舞的摸索、怀疑和绝望随着年龄的增长而加深，而联想起崔承喜在朝鲜民族舞蹈濒临衰亡之时创造出新颖的舞艺,跳出了被压迫民族的反抗精神,表现了波子在艺术上的成败得失,也反映了作家对战后初期日本民族传统文化所面临危机的忧虑心绪。作家就是这样以自己的想象去补充人物形象,同时又在形象画面中寄寓着自己的一定情感,蕴含着自己对生活、对人生,乃至对时势所要表达的看法。

这部小说全赖精湛的语言艺术再现生活的面貌,创造艺术形象。它通过人物简练的对话,切实而准确地从外表到内心表现了人物的性格特征。写矢木失去理智,在儿女面前暴露波子的耻辱,引起家中四人的正面冲突这一段情节时,也是靠人物语言把故事推向高潮。

小说《舞姬》就是通过夫妻子女之间的这种对待婚姻、爱情与生活的两种不同思想的斗争,表现了追求民主自由、个性解放的妇女对人生道路的积极探索。虽然作者对于酿成这个个人悲剧和家庭悲剧的原因没有做出明确的回答,但他通过高男的嘴道出这是"时代的不安"造成的。这一句简单的话语,反映了战后的日本不仅在这个家庭里,而且在整个社会上都存在着封建主义与民主主义的冲突,隐藏着逐渐分崩离析的影子。作家最后写了高男无论对家庭还是对国家都没有理想,矢木终于决定让他出国去夏威夷,矢木自己也准备到美国去,这明显地预示着这个家庭的崩溃,以及旧的传统观念的破灭。正如高男所说的:"在行将下沉的船里,都是各自挣扎嘛。"可以说,小说反映了战后日本社会支离破碎的一个横断面。

《舞姬》激起了更多的时代浪花,显示了作家明显的反战倾向。尽管作家不一定那么清楚地认识到日本帝国主义发动的战争的侵略本质,而且他本人也曾被卷进激烈的战争旋涡,但在那战争岁月里,他对于这场战争基本上是持消极抑制的态度的,他或多或少地体验到了这场战争给人类带来的苦难,他在小说里就通过几个主要人物之口不时流露出反战的情绪。他所写的矢木,作为和平主义者,不满天皇专制统治下的思想禁锢,深感"神"这个词曾经使自己遭受过痛苦和创伤,伴随而来的就是自己的内疚和自省。品子也愤然地说,那时候"大家都被剥夺了独立思考的自由"。波子只要听到别人谈起战争,就厉声说"不要再谈战争的事了","战争期间被人们遗弃了"。作家还用轻描的手法反映了战后人们生活贫困、残疾军人沿街行乞、大学拒绝在校园内建立阵亡学生纪念像等现象。战后日本社会这派疲惫、凄凉的景象,加深了作品的反战色彩。

总括来说,《舞姬》的主题思想是有一定的积极意义的。但是川端没有真正把握这种有意义的题材,从而未能进一步深入挖掘它的深刻意义。所以,他塑造的波子的性格是柔弱的,对旧传统、旧礼教的叛逆是无力的。他一方面描写了波子这个在封建思想束缚下的妇女的不幸,另一方面又表现了这个人物自身的软弱。她哀叹多于反叛,感伤多于抗争,更没有为她指出一条正确的道路。波子虽然执着于舞蹈事业,但又没有把自己的艺术力量升华到一个新的高度。品子虽然还有一点反叛精神,但也只是一个初步的觉醒者,在矛盾冲突面前,她常常陷入苦恼,束手无策。她在舞台上虽然表现得坚强,但也尚未成为主角,只是一个"未来的舞姬"。波子在自己的学生友子离她而去后,在事业上的寄托也近乎落空了。她只好束缚在对个人境遇的悲叹和感情的悲伤之中,从虚无缥缈的幻梦里寻找安慰。在这里,作者有意无意地回避时代激流与社会矛盾,最后导致了"入佛界易,进魔界难"的遁世思想。这说明作家没有更好地反映生活的真实和历史的真实。《舞姬》作为悲剧最令人关心的,是波子在反对封建传统的恋爱时遭受的失败和事业上的挫折,作品也给读者留下一个值得深思的问题:波子"难道就是被无可抗拒的日本旧习缚住的女性象征吗"?

川端康成生平年谱

1899 年	6月14日生于大阪市北区此花町,父亲是个开业医生,川端是家中长子。
1901 年(2岁)	父亲病逝。随母迁至大阪府西城郡丰里村。
1902 年(3岁)	母亲辞世,与祖父母迁居原籍大阪府三岛郡丰川村。
1906 年(7岁)	入大阪府三岛郡丰川普通小学,因身体瘦弱多病,经常缺课,但学习成绩优异。祖母故去,与祖父相依为命。
1912 年(13岁)	小学毕业,并以第一名的成绩考入大阪府立茨木中学。
1913 年(14岁)	上中学二年级,博览文艺书刊,并习作短歌、俳句、新诗等,开始立志当小说家。
1914 年(15岁)	祖父辞世,成为孤儿,独影自怜。在祖父弥留之际,如实地记录了祖父的状况,写就了《十六岁的日记》。短篇小说《拾骨》《参加葬礼的名人》等,都是在这个基础上重新改写而成的。

1915年（16岁）	在茨木中学开始寄宿生活，直至中学毕业。博览群书，从《源氏物语》到陀思妥耶夫斯基的作品，古今名著皆有涉猎。
1917年（18岁）	从茨木中学毕业，考入第一高等学校。这时期最爱读俄国文学。
1918年（19岁）	初次去伊豆半岛旅行，与巡回表演艺人同行，将与舞女邂逅的感情生活体验，写进了《汤岛的回忆》，成为名作《伊豆的舞女》的雏形。此后，每年都到伊豆半岛旅行，持续约十年。

第一高等学校时期伊豆之旅中的川端康成

1919年（20岁）	发表描写初恋生活的小说《千代》。
1920年（21岁）	从第一高等学校毕业，进入东京帝国大学（今东京大学）文学系英文学科，取得文坛先辈菊池宽的支持。
1921年（22岁）	发表《招魂节一景》。这一年，发生了与咖啡店女招待伊藤初代从恋爱、订婚到感情破裂的事件，并将这一"非常"事件写成《南方的火》《非常》等作品。发表评论文章《南部氏的风格》，第一次拿到稿费。
1922年（23岁）	从东京帝国大学英文学科转读国文学科。开始从事持续近二十年的文艺评论活动。
1923年（24岁）	成为菊池宽创办的杂志《文艺春秋》的同人编辑。名字载入首次出版发行的《文艺年鉴》。
1924年（25岁）	从东京帝国大学毕业。与横光利一等创刊《文艺时代》，发起新感觉派文学运动。
1925年（26岁）	在友人家初次遇见松林秀子，一见钟情。发表了新感觉派纲领性的论文《新进作家的新倾向解说》。
1926年（27岁）	开始与秀子同居，寄住在友人家或居于伊豆汤岛。写了新感觉派唯一的电影剧本《疯狂的一页》，发表了《伊豆的舞女》，出版了作品集《感情的装饰》，主要收录了小小说。
1927年（28岁）	出版小说集《伊豆的舞女》。

1929年（30岁）	常逛浅草，结识了舞女们，做了大量采访笔记，开始连载小说《浅草红团》。
1930年（31岁）	在菊池宽主持的文化学院担任讲师，还兼任日本大学的讲师。加入中村武罗夫主持的"十三人俱乐部"，创作了具有新心理主义特色的小说《针、玻璃和雾》等。
1931年（32岁）	写了新心理主义小说《水晶幻想》。与秀子正式结婚。
1932年（33岁）	发表了《致父母的信》，以及体现他生死观的《抒情歌》《慰灵歌》等。
1933年（34岁）	《伊豆的舞女》第一次被拍成电影。发表小说《禽兽》和随笔《临终的眼》。
1934年（35岁）	被列名在右翼文化团体文艺恳话会的花名册上，其本人事前一无所知。开始连载《雪国》。

川端康成与夫人秀子

1935年（36岁）	担任文艺春秋社新设的"芥川奖""直木奖"的评委。出版随笔集《纯粹的声音》，继续连载《雪国》。
1936年（37岁）	发表《告别"文艺时评"》，宣告不写文艺评论，显示了对战时体制的"最消极的合作、最消极的抵抗"的姿态。发表《花的圆舞曲》。
1937年（38岁）	出版《雪国》单行本，获第三届"文艺恳话会奖"。写了《牧歌》《高原》等。开始连载《少女开眼》，开始写介于纯文学与通俗文学的"中间小说"。
1938年（39岁）	出版《川端康成文集》（全9卷，改造社）。观看并记录秀哉名人引退围棋战局，在报纸上发表《我写围棋观战记》。
1939年（40岁）	继续写围棋观战记，在报纸上连载。
1940年（41岁）	秀哉名人猝逝后，拍摄了名人的遗容。发表《母亲的初恋》《雪中火场》（《雪国》续章）等。
1941年（42岁）	发表《银河》（《雪国》续章）。
1942年（43岁）	为了写《名人》《八云》等作品前往京都。
1943年（44岁）	赴大阪故里，收养表兄的女儿政子为义女。写了《故园》《父亲的名字》等。
1944年（45岁）	获得第六届"菊池宽奖"。其他活动概不参与，沉溺在古典文学的世界里。发表《夕阳》《一

	草一木》等。
1945年（46岁）	与友人开设出租书屋"镰仓文库"，热心投入这项工作。
1946年（47岁）	结识三岛由纪夫，并推荐和支持三岛《香烟》的发表，从此与三岛结下师生的情谊。发表《雪国抄》《重逢》等。
1947年（48岁）	参与重建日本笔会的工作，发表小说《续雪国》、随笔《哀愁》等。
1948年（49岁）	担任日本笔会会长。出版《雪国》定稿本、随笔集《独影自命》。创作《再婚的女人》。
1949年（50岁）	连载长篇小说《千只鹤》《山音》。
1950年（51岁）	在广岛举办的"世界和平与文艺讲演会"上发表了以《武器招徕战争》为题的"和平宣言"。开始连载《天授之子》《舞姬》等。
1951年（52岁）	出版《舞姬》单行本，开始连载《名人》。
1952年（53岁）	出版《千只鹤》《山音》单行本，《千只鹤》获"艺术院奖"。发表了《波千鸟》(《千只鹤》续篇)。
1953年（54岁）	被选为艺术院会员。担任"野间文艺奖"评委。开始写通俗小说《河边小镇的故事》。
1954年（55岁）	出版《名人》单行本，开始连载《湖》《东京人》。

1955年（56岁）	出版《东京人》单行本等。爱德华·塞登斯特卡节译的《伊豆的舞女》刊登在《大西洋月刊》日本特辑号上。
1956年（57岁）	出版《生为女人》等。是年起，作品在海外的翻译出版逐年增多。
1957年（58岁）	赴欧洲出席国际笔会执行委员会议，同时访问欧亚诸国和地区。主持在东京召开的第29届国际笔会大会。发表随笔《东西方文化的桥梁》等。
1958年（59岁）	被选为国际笔会副会长。发表《弓浦市》等。
1959年（60岁）	在法兰克福举行的第30届国际笔会大会上被授予歌德奖章。是年，在长期的作家生活中，第一次没有发表任何一篇小说。
1960年（61岁）	应美国国务院的邀请访美。作为特邀代表出席巴西圣保罗主办的第31届国际笔会大会。获法国政府授予的艺术文化军官级勋章。开始连载《睡美人》等。
1961年（62岁）	出版《湖》单行本，开始连载《古都》《美丽与悲哀》。获日本政府颁发的第21届文化勋章。
1962年（63岁）	出版《古都》单行本，发表《落花流水》等。
1963年（64岁）	出任日本近代文学馆监事、近代文学博物馆委员长。发表《一只胳膊》等。
1964年（65岁）	作为特邀代表，出席在奥斯陆召开的第32届

	国际笔会大会，归途历访欧洲各国。开始连载《蒲公英》(至1968年，未完)。
1965年（66岁）	辞去自1948年起担任的日本笔会会长的职务。开始连载《玉响》(至翌年，未完)。
1966年（67岁）	受日本笔会表彰，并受赠一尊由高田博厚制作的胸像。
1967年（68岁）	任新开的日本近代文学馆名誉顾问。开始连载《一草一花》等。
1968年（69岁）	获诺贝尔文学奖，赴斯德哥尔摩出席授奖仪式，并在瑞典科学院作题为《我在美丽的日本》的演讲。顺道访问欧洲诸国。
1969年（70岁）	赴夏威夷大学作题为《美的存在与发现》的特别演讲。作为文化使者，出席在旧金山举办的"移民百年纪念旧金山日本周"，并作题为《日本文学之美》的特别讲演。先后被授予美国艺术文艺学会名誉会员、夏威夷大学名誉文学博士称号。

川端康成与电影《伊豆的舞女》中饰舞女的吉永小百合在拍摄现场

	回国后又被授予镰仓市名誉市民等称号。生前第五次出版《川端康成全集》(全19卷)。
1970年(71岁)	出席在中国台北举办的亚洲作家会议。作为特邀代表,出席在韩国汉城召开的第38届国际笔会大会。发表《竹声桃花》等。
1971年(72岁)	举办"川端康成个人图书展"。任日本近代文学馆名誉馆长。
1972年(73岁)	出席《文艺春秋》创立50周年举办的新年社员见面会,并作了演讲,以《但愿是新人》为题发表在《诸君》上。4月16日在逗子市的玛丽娜公寓口含煤气管自杀。

1968年12月10日川端康成在诺贝尔奖授奖仪式上领奖

译著等身，风雨同路：
记学者伉俪叶渭渠、唐月梅

1945年9月，在越南西贡堤岸的知用中学里，叶渭渠和唐月梅初次相遇。彼时，15岁的唐月梅在此读初二，而17岁的叶渭渠刚转学至此，两人正值青春年少。

唐月梅学习成绩优异，又有文艺天赋，在叶渭渠来到知用中学时，她已是学校学生会的主席，是学校里的风云人物。当已然80岁的唐月梅老人谈起两人的初遇时，眼神里闪烁着当年的怦然心动："只见一位少年骑着自行车，正好从对面过来。多么神奇的眼神！"

叶渭渠以俊朗的外表和极高的修养，赢得了老师和同学们的喜爱。他思想进步，积极向共产党组织靠拢，逐渐成为地下学联的主席。这个组织旨在宣传新思想，反对国民党的腐败统治，同时参与越南共产党组织的一些活动。这些都是很隐秘的地下活动，所有成员都是单线联系。叶渭渠发展唐月梅加入，自己作为她的联系人。叶、唐二人在校期间曾一同排演话剧，成为令人艳羡的一对。革命和爱情的种子开始在这对青年男女懵懂的心绪中悄然生发。

1952年6月,叶、唐二人正式踏上归国的路途,最终回到祖国母亲的怀抱。二人在北京安顿下来后,准备考大学。一开始叶渭渠的志愿是新闻系,而唐月梅想学医。但周围有人建议,中国此时外语人才奇缺,作为华侨,他们有一定的语言优势,不如改考语言专业。最终,他们双双考入北京大学,就读于季羡林先生领导下的东方语言文学系,主修日语。

1956年,二人在老师和同学们的祝福下举办了一个小小的婚礼。"新房借用的是一位休假教师的宿舍,加两个凳子,再铺上块木板。全班同学合送了一条新毛巾,算是最值钱的家当。三天后,我们就回到各自的宿舍,随后到青岛旅游度蜜月。"就这样,相识十一年的二人正式结为夫妻。

他们婚后的生活一直很清贫。对于生活的艰苦,二人在回国的时候做了充分的心理准备:只要能做自己喜欢的工作,无论怎样都可以适应。在最艰难的时刻,他们流泪烧毁了积攒的日文书籍,只留了一本日汉词典带在身边,每天晚上拿出来背单词。

20世纪70年代末,叶渭渠和唐月梅才真正开始日本文学的翻译和研究。此时他们的家庭负担异常繁重,上有老、下有小。他们只能挤在逼仄的杂物间里伏案工作。唐月梅回忆:"我们只能在杂物间支起一张小书桌,轮流工作。老叶习惯工作到深夜,我则凌晨四五点起床和他换班。"正是在这样窘迫的环境中,两人完成了《伊豆的舞女》《雪国》《古都》等重要作品的翻译工作。他们很少谈家事,对话大多也是关于工作和学问的。叶渭渠说,这种关系不是"夫唱妇随",也不是"妇唱夫随",而是"同舟共济,一加一大于二"。

不久后,《雪国》《古都》交由一家地方出版社准备出版。但那时川端康成尚属"思想禁区"中的重点人物,有人甚至写文章批判《雪国》是一部黄色小说。《雪国》《古都》译稿在出版社积压许久也没有进展,出版社想单独出版《古都》,可是叶、唐夫妇态度坚决,要么一同出版,要么将两部译稿一并收回。最终两部小说译稿不仅成功出版发行,还成了畅销书。专家和读者给予这两部译著很高的评价。

此后多年,二人同在中国社会科学院,做了大量有关日本文学与文化的研究工作,并共同访问日本。在川端康成的家中,他们见到了自川端自杀后就独自生活的秀子。

退休后,两人也不像一般老人那样颐养天年,而是决心"春尽有归日,老来无去时",两人用近三十年的时间合著了《日本文学史》,光是搜集整理文献资料就耗费近二十年。

叶渭渠、唐月梅携手走过半个多世纪的风雨人生,他们既是相濡以沫的夫妻,也是志同道合的朋友,堪称最美的伉俪学者。他们浩如烟海的译著成就,便是他们忠贞爱情的一大结晶。

图书在版编目（CIP）数据

睡美人 /（日）川端康成著；叶渭渠，唐月梅译. —— 杭州：浙江人民出版社，2022.12
 ISBN 978-7-213-10476-3

Ⅰ.①睡… Ⅱ.①川… ②叶… ③唐… Ⅲ.①中篇小说－小说集－日本－现代 Ⅳ.① I313.45

中国版本图书馆 CIP 数据核字（2022）第 012404 号

睡美人
SHUIMEIREN

[日] 川端康成 著　叶渭渠 唐月梅 译

出版发行	浙江人民出版社（杭州市体育场路 347 号 邮编 310006）
责任编辑	祝含瑶
责任校对	陈春
封面设计	艾藤　沐希
电脑制版	Magi
印　　刷	河北鹏润印刷有限公司
开　　本	880 毫米 ×1230 毫米　1/32
印　　张	11
字　　数	211 千字
插　　页	2
版　　次	2022 年 12 月第 1 版
印　　次	2022 年 12 月第 1 次印刷
书　　号	ISBN 978-7-213-10476-3
定　　价	49.80 元

如发现图书质量问题，可联系调换。质量投诉电话：010-82069336